民國文化與文學 ^{研究}文叢

（四川大學特輯）

八 編

李 怡 主編

第 7 冊

徐訏的「游離」體驗與詩歌創作

高博涵 著

國家圖書館出版品預行編目資料

徐訏的「游離」體驗與詩歌創作／高博涵 著 — 初版 — 新北市：
花木蘭文化事業有限公司，2017〔民 106〕
目 2+204 面；19×26 公分
（民國文化與文學研究文叢 八編；第 7 冊）
ISBN 978-986-485-038-9（精裝）
1. 徐訏 2. 詩歌 3. 詩評
820.9 106012790

ISBN-978-986-485-038-9

9 789864 850389

民國文化與文學研究文叢
八 編 第七 冊　　　　　　　ISBN：978-986-485-038-9

徐訏的「游離」體驗與詩歌創作

作　　者　高博涵
主　　編　李　怡
企　　劃　四川大學現代中國文化與文學研究中心
　　　　　北京師範大學民國歷史文化與文學研究中心
總 編 輯　杜潔祥
副總編輯　楊嘉樂
編　　輯　許郁翎、王　筑　美術編輯　陳逸婷
出　　版　花木蘭文化事業有限公司
社　　長　高小娟
聯絡地址　235 新北市中和區中安街七二號十三樓
　　　　　電話：02-2923-1455／傳眞：02-2923-1452
網　　址　http://www.huamulan.tw 信箱 hml 810518@gmail.com
印　　刷　普羅文化出版廣告事業
初　　版　2017 年 9 月
全書字數　164939 字
定　　價　八編 12 冊（精裝）新台幣 22,000 元

徐訏的「游離」體驗與詩歌創作

高博涵　著

作者簡介

高博涵，女，1987 年生於天津。本科與碩士畢業於天津師範大學文學院，博士畢業於四川大學文學與新聞學院，研究方向爲中國現當代文學。論文見於《文藝爭鳴》、《當代文壇》、《現代中國文化與文學》、《魯迅研究月刊》等刊物，文學作品見於《散文詩》、《散文詩世界》、《中國詩歌》等刊物。

提　　要

　　徐訏的一生經歷坎坷，獲取了較爲強烈的「游離」體驗。這種「游離」體驗主要來自於情感體驗及思想追求兩方面。情感體驗方面，徐訏「游離」於「安身立命」之外，感受到的是一種漂泊不定的情感狀態及人生狀態。思想追求方面，徐訏「游離」於「社會使命」之外，感受到的是一種孤立無依的思想狀態及人生狀態。情感與思想共通的經歷使得徐訏難以掌控自己的人生，始終處於「游離」體驗之下。在這樣的「游離」體驗下，徐訏的詩歌創作表現出獨特的主題內容及抒情特徵。在主題內容方面，徐訏詩歌不拘固定的主題，一切從「感覺」出發，並存在著「現實情境」、「非現實情境」雙重主題，空間抒寫與時間抒寫雙重維度的主題特點。在抒情特徵方面，徐訏詩歌表現出強烈的「感傷」抒情與自憐姿態，並存在著理性與感性表達的分裂。徐訏「游離」體驗下的詩歌創作最終呈現出獨特的文學與文化意義，在文學意義上，徐訏詩歌具備「眞」的貫徹與表達，在文化意義上，徐訏詩歌體現出分裂與彷徨的精神特質。

　　徐訏的「游離」體驗與詩歌創作這個論題，實際上是通過徐訏人生經歷的梳理，挖掘其詩歌創作與之關聯的主題特徵及抒情特徵，並借由詩歌的分析最終呈現出徐訏獨特卻同時富於代表性的精神特質。在研究過程中，本文試圖祛除覆於徐訏研究之上的諸多複雜概念，退還至徐訏的主體性本身，從而更有效更深入地挖掘到眞正屬於徐訏的文學表達與文學意義。

構建中國現代文學研究「川大群落」的雛形——《民國文化與文學研究文叢》四川大學特輯引言

李　怡

　　2012 年，我開始與花木蘭文化出版社合作，按年推出「民國文化與文學」論叢，2014 年以後又按年加推「人民共和國文化與文學」論叢，可以說，鼓舞我完成這兩大學術序列的堅強的動力就在於我本人的「四川體驗」，更準確地說，是我對於四川大學學術群體的深切感受和強烈期待。「民國文化與文學」與「人民共和國文化與文學」論叢自誕生的那一天起，就是以中國現代文學研究「川大群落」的存在爲「學術自信」的，四川大學學人的身影幾乎在每一輯中都有出現，儼然就是這兩大序列的內在的紐帶和基石。迄今爲止，我們已經在論叢中集中推出了「南京大學特輯」、「中國人民大學特輯」與「蘇州大學特輯」，編輯出版「四川大學特輯」則是計劃最久的願望。

　　在當代中國的學術版圖上，四川大學留給人們的印象常常是古代文化的研究，包括「蜀學」傳統中的中國古代史、古代文學、古代漢語研究，新時期以後興起的比較文學研究也擁有深刻的古代文學背景，其實，中國現當代文學的發展和學術研究也與四川大學淵源深厚。

　　作爲西南地區歷史久遠的高等學府，四川大學經歷了一系列複雜的演化、聚合與重組過程，眾多富有歷史影響的知識分子都在不同的時期與川大結緣，構成「川大文脈」的一部分。例如四川省城高等學校下屬機構的分設中學堂時期的學生郭沫若與李劼人，公立外國語專門學校時期的學生巴金，成都高等師範學校時期的受聘教師葉伯和，國立成都大學時期的受聘教師李

劼人、吳虞、吳芳吉，國立四川大學時期的陳衡哲、劉大杰、朱光潛、卞之琳、熊佛西、林如稷、劉盛亞、羅念生、饒孟侃、吳宓、孫伏園、陳煒謨、羅念生、林如稷，新中國以後的川大學生中則先後出現過流沙河、童恩正、楊應章、郁小萍、易丹、張放、周昌義、莫懷戚、何大草、徐慧、趙野、唐亞平、胡冬、冉雲飛、顏歌等。作爲學術與教學意義的中國現當代文學，也在川大早早生根，文學史家劉大杰在川大開設「現代文學」必修課的時間可以追溯到 1935 年，是中國較早開展新文學創作研究高校之一。新中國成立後，隨著中國現代文學（新文學）學科的建立，四川大學的相關學者代代相承，在各自的領域中成就斐然，成爲中國現代文學研究界的主要力量。林如稷、華忱之先生是新中國中國現代文學學科的奠基人之一，新時期以後，則有易明善、尹在勤、王錦厚、伍加倫、陳厚誠、曾紹義、毛迅、黎風等持續努力，在郭沫若研究、李劼人研究、四川作家研究、中國新詩研究等方面做出了引人注目的貢獻，是中國西部地區最早培養碩士生與博士生的學術機構。〔註1〕

我是 2004 年加入四川大學學術群體的，當時中國高校的「學科建設」的大潮已經開始，許多高校招兵買馬，躍躍欲試，而川大剛好相反，老一代學者因年齡原因逐步淡出學術中心，相對而言，當時地處西部，又居強勢學科陰影之下的川大現代文學學科困難重重。在這個情勢下，如何重新構建自己的學術隊伍，尋找新的學科優勢，是我們必須面對的頭等大事。幸運的是，我的川大經歷給了我許多別樣的體驗，以及別樣的啓迪。

首先是寬闊、自由而富有包容性的學術環境。雖然生存在傳統強勢學術的學科陰影之下，但是川大卻自有一種巴蜀式的特殊的自由氛圍，學人生存方式、思想方式都能夠在較少干擾的狀態下自然生長，也正如「海納百川，有容乃大」的川大校訓所示，古典的規誡中依然留下了現代學術的發展空間。在學院的支持下，四川大學現代中國文化與文學研究中心成立，中國現當代文學學科有了學科設計、學科活動的平臺，2005 年，《現代中國文化與文學》創刊，除中國現代文學研究會的《中國現代文學研究叢刊》外，這在當時屬於國內僅有一份由高校創辦的現代文學研究叢刊。八年之後，該刊被南京大學社科評價中心列爲 CSSCI 來源輯刊，算是實現了國內學界認可的基本目標。

其次是相對超脫、寧靜的治學氛圍。進入川大以前，我所服務的高校正

〔註1〕 參見程驥：《四川大學與中國現代文學》，《現代中國文化與文學》2008 年第 5 輯。

處於「學科建設」的焦慮之中，那種「奮起直追」、「迎頭趕上」的熱烈既催人「奮進」，又瓦解著學術研究所需要的從容與餘裕心境。到川大沒幾天，我即受毛迅教授之邀前往三聖鄉「喝茶」，山清水秀的成都郊外風和日麗，往日熟悉的生存緊張煙消雲散，「喝茶」之中，天南地北，學術人生，無所不談，半日工夫雖覺時光如梭，但卻靈感泉湧，一時間竟生出了許多宏大的構想！毛迅教授與我一樣，來自步履匆忙、心性焦躁的山城重慶，對比之下，對成都與川大的生存方式多了幾分體驗，在後來的多次交談中，他對這裡的「巴蜀精神」、「成都方式」都有過精闢的提煉和闡發，據我觀察，這裡的「溢美之辭」並非就是文學的想像，實則是對當今學術生態的一種反省，而只有在一個成熟的文化空間中，形形色色又各得其所的生存才有可能，學術生活的多樣化才有了基礎，所謂潛心治學的超脫與寧靜也就來自於這「多元」空間中的自得其樂。〔註2〕春日的川大，父親帶著孩子在草坪上放風箏，老者在茶樓裏悠閒品茗，學子在校園裏記誦英文，教授一時興起，將課堂上的研究生帶至郊外，於鳥語花香間吟詩作賦、暢談學問之道，這究竟是「學科建設」的消極景觀呢？還是另一種積極健康的人生呢？真的值得我們重新追問。

第三是多學科砥礪切磋的背景刺激著現代文學的自我定位。在四川大學，中國現當代文學並非優勢學科，所以它沒有機會獨享更多的體制資源，但應當說，物質資源並不是學術發展的唯一，能夠與其他有關學科同居於一個大的學術平臺之上，本身就擁有了獲取其他精神資源的機會。與學科界限壁壘森嚴的某些機構不同，我所感受到的川大學術往往形成了彼此的對話與交流，例如文學與史學的交流，宗教學、社會學與其他人文學科的交流，就現代文學而言，當然承受了來自其他學科的質疑與挑戰——包括古代文學與西方文學，然而，在古今中外文化的挑戰中發展自己不正是中國現當代文學的實際嗎？除了挑戰，同樣也有彼此的滋養和借鏡，例如從中國少數民族文學中發展起來的文學人類學，原本與中國現當代文學關係密切，但前者更為深入地取法於文化人類學、符號學、民族學、社會學等當代學科成果，在學術觀念的更新、研究範式的革命等方向上大膽前行，完全可以反過來啟示和推動現當代文學研究的發展。

以上的這些學術生態特徵也是我在川大逐步感受、慢慢理解到的。可能也正是得益於這樣的環境，我個人的學術方式也與「重慶時期」有所不同了，

〔註2〕李怡、毛迅：《巴蜀學派與當代批評》，《當代文壇》2006年2期。

更注重文學與史學的結合，更注意史實與史料的並重，也有意識地從其他學科中汲取靈感，跳出現代文學研究閉門造車式傳統套路，將回答其他學科的質疑當做學術展開的新起點。也是在四川大學，我更自覺地在一個較爲完整的歷史框架中思考中國現代文學的發展方向，進而提出了「從民國歷史發現現代文學」、「民國文學機制」等新的設想，在構想這些新的學術理念的時候，我能夠深深地意識到來自周遭的歷史信息與學術方式的支撐力量，那種生發於土壤、回應於知音的精神基礎，那種彌漫於空氣中的「氣質型」的契合……是的，新的學術之路也關聯著現有的社會文化格局。幾年之後，我重新打量這裡的學術同好，在毛迅對「巴蜀自由」的激賞中，在姜飛對國民黨文學挖掘中，在陳思廣對現代長篇小說史料的鉤沉中，啓示也都透出了某種共同的文史互證的趣味，這可能就是悄然形成的中國現代文學「川大學術群落」的氣質吧。

最值得稱道的還是在這一氛圍中成長著的年輕的學子們，從某種意義上說，努力將前述的「川大學術氣質」融入研究生教育，這可能是我們自覺不自覺地一種追求。在我的印象中，可能源於毛迅教授，我自然也成爲了自覺地推手。在三聖鄉的「茶話會」誕生了「西川讀書會」，從讀書會發展成爲全國性的「西川論壇」，繼而將「論壇」開到了日本福岡，成爲中日現代文學學者的兩國對話，從《現代中國文化與文學》的格局開闢出了《大文學評論》的方法論探求，最後兩岸合作，創辦《民國文學與文化》，誕生《民國文化與文學》論叢、《人民共和國文化與文學》論叢，以及《民國文學史論》、《民國歷史文化與中國現代文學研究》等大型叢書，一批又一批的四川大學的博士研究生在這樣的學術格局中發現了新鮮的話題，滿懷興趣地耕耘著他們自己的學術領地，關於民國文學，關於解放區文學，關於魯迅，關於通俗文學……作爲導師，能夠「快樂著他們的快樂」，大概再沒有比這樣的時刻更讓人興奮的了。這至少說明，我們對川大學術積極意義的理解和發掘是正確的選擇，這樣的選擇無愧於川大，無負於我們自己，也對得起中國現當代文學！

限於論叢規模，《民國文化與文學研究文叢·四川大學特輯》在 2017 年只收錄四川大學資深學者的論著，以及四川大學中國現當代文學專業畢業的博士生尚未出版的論著，這樣的原則，顯然是將兩類川大學子排除了：一是著作已經先期出版了，二是在川大接受了良好的碩士訓練，並繼續沿此道路在其他學校取得博士學位者。這樣一來，某些洋溢著「川大氣質」的優秀論

著便無緣進入論叢了。不過，我想，遺憾只是暫時的，在不久的將來，我們完全可以重新編輯一套完整的「中國現當代文學川大學人論叢」，只要這「川大學術氣質」眞的不是曇花一現，而是持續性的日長夜大，在當代中國的學界引人矚目。在那時，作爲川大學術的曾經的見證人，作爲川大氣質的第一次的闡釋者，我們都樂意以「川大群落」的一員爲驕傲，並繼續爲它添磚加瓦。

2017 年春節於成都江安花園

目次

緒　論

一、本書選題依據

　　「徐訏」並非一個陌生的名字。在中國現代文學史上，徐訏早以通俗小說創作者的身份聞名，除去小說，他更創作有大量的詩歌、散文、戲劇等，「徐訏無疑是 20 世紀中國最多產、創作最全面的少數幾位作家之一」。〔註1〕提起徐訏，無論文學愛好者或是文學研究者，總是更加青睞於長篇傳奇小說《風蕭蕭》，以及充滿著淒冷玄幻色彩的《鬼戀》等篇目，徐訏也確以此等風格在諸多文學創作者中獨樹一幟。在 1940 年代的文壇，即有人如是評價徐訏的小說創作：「他的作品出版單行本的很多，有一本《鬼戀》最得人傳誦。近作有一本《風蕭蕭》長篇小說，描寫抗戰間大後方的一段故事，文采風格，可稱別樹一幟。」〔註2〕這種「別樹一幟」在讀者群中很受歡迎，1940 年《西風》雜誌「編者的話」中，編者即寫到：

> 　　徐訏先生過去在本刊所發表的幾篇《海外的情調》，以格調清新，情節曲折，深受讀者的歡迎。近來徐先生因忙於著作他的《三思樓月書》，無暇續寫，本刊時接讀者來函要求再登一些「情調」的文章。本期特請徐先生撰出《英倫的霧》，以饗讀者；本文頗長，只好分兩期發表，下期即可登完。〔註3〕

〔註1〕 陳旋波：《時與光：20 世紀中國文學史格局中的徐訏》，百花洲文藝出版社，2004 年版，第 3 頁。

〔註2〕 天行：《人物志：記徐訏》，《禮拜六》，1947 年，第 102 期。

〔註3〕 《西風》編者：《編者的話》，《西風》，1940 年，第 47 期。

亦有人著專文描述過徐訏的小說在戰時中國的接受情況：

> 那是還在勝利以前了，一個青年從敵偽統制下的平津跑到了大後方，我問他敵區的文化情形，最暢銷的是些什麼書，他毫不遲疑地回答說：徐訏的《鬼戀》，《精神病患者的悲歌》。那時徐訏的十幾本東西也正在大後方風行一時，一個作家的作品可以通過封鎖線，在炮火相向的兩個後方同時暢銷，在中國也許並不足為奇，在外國是頗費人解的事情罷？〔註4〕

與之同時，在 1940 年代，亦有《人鬼之間：讀徐訏著：「鬼戀」》〔註5〕、《徐訏小說風行女人地界》〔註6〕等讀後感及評介性質的文章存在。這些文章無一不說明了徐訏的小說在其時的風靡狀態。這實際提供給我們兩點內容：一是徐訏的作品曾在 1940 年代擁有大量受眾，二是這些受眾顯然是廣大的普通閱讀群體，也即是所謂的通俗閱讀群體，這也即用事實說明了徐訏作品的受眾範疇。一個受讀者歡迎的徐訏，一個同時風靡淪陷區與大後方的徐訏，其作品及作品展現而出的精神風貌必然有其特出之處，也必然會反映出其時的特殊時代情境與作家的情思狀態。從這個角度上看，研究徐訏及其文學創作應具備較高的價值意義。實際上，徐訏確實是一位有著自己獨特價值堅持的作家，在思想上，徐訏堅持自由主義的價值觀，並將個體「人」的意義看做首位，在文學創作上，徐訏不盲目隨從時代對作品的規約與要求，擁有自己的創作理念與追求。徐訏既然是這樣的作家，研究者在研究徐訏時，即應做到回歸作家主體的精神特質與創作特徵，從作家本身的存在狀態出發，進行無論哪一個向度的探討。

然而，在實際的研究過程中，研究者極易否定或忽略徐訏這樣的作家。建國後最早的文學研究無疑取用的是「政治革命歷史研究框架」，在這樣的研究框架中，一切文學創作的評判標準只有一維的「政治革命」意義，遠離這一意義或是站在相反意義上的作品只能被否定，像徐訏這樣擅寫傳奇玄幻作品，同時又堅持自由主義價值觀的作家，必然無法獲取「政治革命歷史研究框架」的認同，因此，徐訏在這一研究時段中，只能被否定及忽略。1980 年代，文學史研究經歷了從「政治革命歷史研究框架」到「社會文化史研究框

〔註4〕 柳閒：《通過封鎖線的洋場才子：徐訏散記之一》，《遠風》，1947 年，第 3 期。

〔註5〕 任封：《人鬼之間：讀徐訏著：「鬼戀」》，《青年空軍》，1944 年，第 6 卷，第 5／6 期。

〔註6〕 小辛：《徐訏小說風行女人地界》，《星光》，1946 年，新 16。

架」的轉變，與之相對，也產生了從「新文學」、「近代／現代／當代文學」
到「二十世紀中國文學」命名的轉變。在名稱轉變的背後，實際是研究者有
意識地突破政治對文學研究的干擾，還原文學研究本來的獨立與自足。不過，
新的研究框架不僅未能擺脫「文學／政治」的二元對立模式，同時也深陷於
定義纏繞的「現代性」話語中。當徐訏被置放於「政治革命歷史研究框架」
中，其文本固然因不符合政治革命的要求而被排斥，那麼，當徐訏被置放於
「社會文化史研究框架」中，其文本是否又最終得到了應有的評價呢？實際
上，新的研究框架所注目的「現代性」乃是一種啓蒙「現代性」，而徐訏顯然
並不屬於這種「現代性」。相反，徐訏甚至站在了與啓蒙「現代性」相對立的
方向。

　　在評述徐訏所代表的「新浪漫派」時，耿傳明做出了如下分析：

> 如果説「五四」啓蒙主義對傳統的理性化批判代表著正面的、
> 激進化的對「現代性」的追求，那麼這種激進的、理性化的「現代
> 性」在「新浪漫派」這裡則遇到了反撥和質疑，它所抗拒的對象已
> 主要是一種來自啓蒙主義的激進的理性化訴求的壓抑。這可以説是
> 它被稱之爲「新浪漫派」所具有的新的文化內涵。「新浪漫派」這種
> 「反現代的」的「現代性」可以説是與「現代性」同時出現的，它
> 既具認同傳統的「反現代」的精神指向，同時又是一種新的「現代
> 性」原則的表達。〔註7〕

拋開繁複的西方定義的「現代性」不論，僅就啓蒙「現代性」與徐訏所代
表的「反現代的」的「現代性」而言，即存在著向度完全相反的差異性。
很明顯，在我們的文學史及文學研究中，啓蒙「現代性」具有著主流的中
心價值，在文學研究試圖逐漸擺脫意識形態的束縛過程中，啓蒙「現代性」
逐漸代替了意識形態價值，成爲新的文學史敘述及文學研究討論的重心。
由此，我們即可發現徐訏及徐訏文學作品的尷尬處境：無論是注重意識形
態的「政治革命歷史研究框架」，還是注重發覺文學文本啓蒙價值的「社會
文化史研究框架」，徐訏的思想主張及其文學文本創作均不在主流研究價值
的範疇內。對此，陳旋波即在《時與光：20 世紀中國文學史格局中的徐訏》
闡述到：

〔註 7〕耿傳明：《輕逸與沉重之間──「現代性」問題視野中的「新浪漫派」文學》，
　　　　南開大學出版社，2004 年版，第 4 頁。

確實，對於 20 世紀豐富複雜的文學創作而言，強調文學功利性價值的社會歷史批評存在著一個「阿喀琉斯的腳踵」：當在揭示文學作爲歷史存在的意義時，它顯示了無以倫比的理論活力；但當它在把握文本的審美意蘊和娛樂價值時，又往往力不從心。由此看來，在這種主導性的批評話語及藉此形成的文學史觀審視下，徐訏這位孜孜探尋個體生命體驗、標榜文學審美向度以及溝通雅俗分界的獨特作家之被長期忽視也是順理成章的。其中緣由雖然比這複雜得多，但文學觀念的偏差無疑是難辭其咎的。〔註8〕

爲糾正這一文學史的先入觀念帶給徐訏研究的偏差，許多學者已經爲之付出巨大的努力。如陳旋波《時與光：20 世紀中國文學史格局中的徐訏》〔註9〕，即以新的眼光重新將徐訏置入文學史敘述中，發覺文學史與徐訏創作之間的眞正互動關係，並綜合徐訏的多重人生經歷與文化體驗來闡釋文化環境對徐訏文學創作的影響。如耿傳明《輕逸與沉重之間——「現代性」問題視野中的「新浪漫派」文學》，〔註10〕即考量到徐訏作品具有的審美「現代性」與啓蒙「現代性」的異同關係，並將審美「現代性」獨立於其他功利觀念之外，做以客觀的審度與評價。如計紅芳《香港南來作家的身份建構》〔註11〕將徐訏的創作重新代入具體的歷史文化情境中，在類的歸屬同時挖掘個體的經歷與文本創作的關係。如范伯群、湯哲聲、孔慶東：《20 世紀中國通俗文學史》，〔註12〕將徐訏納入適合闡釋其文學文本的文學史敘述框架內，使其作品在某一種特定的範疇內得到較好的討論與評價。這樣的嘗試已然使徐訏的研究逐漸擺脫某種特定歷史文化價值觀的束縛，開始走上眞正有意義的路途。

不過，所有這些宏闊的論證及深入某一具體論題的論述，背後均隱藏著一個始終無法改變的中心：徐訏個體本身。所謂徐訏個體本身，也即是徐訏個體的主體性的存在，無論將徐訏置於某種文學史框架、討論徐訏接受的文

〔註8〕 陳旋波：《時與光：20 世紀中國文學史格局中的徐訏》，百花洲文藝出版社，2004 年版，第 3 頁。

〔註9〕 陳旋波：《時與光：20 世紀中國文學史格局中的徐訏》，百花洲文藝出版社，2004 年版，第 3 頁。

〔註10〕 耿傳明：《輕逸與沉重之間——「現代性」問題視野中的「新浪漫派」文學》，南開大學出版社，2004 年版。

〔註11〕 計紅芳：《香港南來作家的身份建構》，中國社會科學出版社，2007 年版。

〔註12〕 范伯群、湯哲聲、孔慶東：《20 世紀中國通俗文學史》，高等教育出版社，2006 年版。

化影響、論證徐訏文學文本真正的「現代性」意涵，還是發覺不為人知的徐訏生平資料、修復徐訏整體的文學人生，如若拋棄了徐訏的主體性，那麼所有的「現代性」、「影響」、文學史敘述，或是生平資料，也只能是一種空虛的言說、空洞的史實，或被建構的常識而已。這就提醒我們始終需要密切關注到徐訏的主體性問題：所謂關注也即是從徐訏的個體體驗及感受出發，並站在徐訏主體本位的視角及立場上去看待徐訏所相遇的歷史、所接受的文化、所持有的思想。對於徐訏而言，這其實是比任何一個作家都更為重要的事情：徐訏本身即是一個注重個人主義、關注個體的「人」的權利的思想持有者，他終身所關注的，始終是個人的權利的獲得、個體體驗的尊重、個人本位思想的弘揚。我們研究徐訏及其作品，如若未曾將這一關注點放置於基礎性的中心位置，那麼，我們很可能被淹沒於流派命名的爭執、「現代性」類型的辨析、文化影響的剖析、文學史定位的遊移等等繁複的問題中。這些問題本身當然十分重要，也是研究徐訏必須要釐清的，但是，所有的討論始終應基於對徐訏個體本身的體認與發覺的基礎之上，對於徐訏來講，這是十分之重要的前提。既然在文學史的敘述中存在著諸多遮蔽，有關於「現代性」的討論又纏繞於多重理論中，影響研究也更多申說的是外部文化對個體徐訏的影響，我們是不是可以大膽嘗試放棄諸多既有的纏繞性話題：不再更多地將徐訏置放於文學史敘述中（無論這種文學史敘述是否適合於徐訏），不再試圖解釋徐訏的文學思想到底歸屬於哪一種「現代性」，不再試圖將徐訏歸屬於某一種流派，不再著重分析到底有多少種思想對徐訏的人生產生了影響，導致了他創作的變化，而是嘗試著退回到一個赤裸裸的徐訏本身，嘗試著站在徐訏個體本位的角度重新面對他曾經面對的世界，看一看在這個退回原型的徐訏身上，我們能夠感受到及挖掘到什麼新的內容。從這個角度上看，我們應調轉研究方向重新回到徐訏個體的體驗世界，對徐訏的個體的「人」獲取一些新的發現，也只有在這一層級的研究中獲得某些基礎性發掘，更高層級的研究才有再次拓展及深入的可能。

限於資料的不足，也更源於外在研究者的視角無法全部深入徐訏本人的內心世界，有關於徐訏個體世界的挖掘不可能做到面面俱到，但這也並不是說無法抓住研究對象的主體精神，毫無研究的可行性。對於主體體驗的探究首先源於一些外部的徵兆與狀態，以及可以感知的具體事例。對於徐訏來講，我們即可通過他人生的某些經歷以及他思想的某種闡釋窺見其人生的總體狀

態，這種狀態即形成屬於徐訏的人生體驗，在這樣的體驗中，徐訏必將擁有自己獨特的生活狀態與情思狀態。作爲作家的徐訏，當他著筆開始文學創作時，這樣的生活狀態與情思狀態勢必或顯或隱地滲入到文本中，從而影響著文本的寫作走向。也即是說，徐訏的人生體驗將在文學作品中獲得某種展現並影響文本的表達特徵，而文本中的表達特徵同時又印證了徐訏的人生體驗。理論上講，徐訏的人生體驗將在其所有的文學作品中獲取體現。徐訏創作有多種題材的文學作品，小說、散文、詩歌、戲劇等等無所不包，爲研究徐訏的主體精神特徵，我們應該將研究重心偏向於哪種文體呢？當然，無所不包地涉及到徐訏的全部作品自然是最爲全面的討論方式，但不同的文體中，又是否存在著某一類文體最能說明徐訏的主體特徵呢？

　　眾所周知，在先前討論徐訏的文章中，論者多將研究重點偏重於徐訏的小說。這也的確是順理成章的事，徐訏的小說在其諸多文學體材中無疑是傳播最廣、影響最大的，其小說的鮮明特徵及獨特性也最爲突出。無論是讀者還是研究者，在論及徐訏時，都無疑對其「浪漫虛構」的「大眾傳奇」更感興趣。這樣的「大眾傳奇」無疑是一種審美性文本，作者所營造出的傳奇性世界顯然與現實世界保持著一定的距離，更與徐訏眞實的生活世界至少保持著文本層面上的距離。由之，我們可以發現，如若從徐訏的主體性出發，探討徐訏的個體體驗與內在精神世界，則小說文本雖並非沒有論證的意義，卻並不是最佳的研究對象。那麼，徐訏是否存在著一種寫作文體，該文體直接抒發著作者本人的內心情感，直呈出作者內心的矛盾與複雜，並暴露出作者內在的某些潛意識與錯綜的內在體味？很顯然，我們很容易便想到了徐訏的詩歌。實際上，徐訏的詩歌恰恰也是一個長期被忽略的存在。在徐訏的文學創作版圖中，詩歌創作實際並非一塊邊疆地域。在所有的文學創作中，詩歌其實是徐訏最早嘗試的創作體材。「文學與哲學都是我的興趣，大學畢業之後我又繼續念了兩年心理學，事實上我把它當科學來研究。那時我因爲興趣驅使，已開始寫詩。一位教授對我勉勵有加，並叫我多發揮這方面的才能。文學與哲學，說它們像親戚關係亦無不可。」〔註13〕初試詩歌寫作的徐訏也曾得到過周遭師友的好評：「徐訏當時的詩不僅在同學好友中受到好評，而且當時北大德文系楊震文（丙辰）教授也對之贊賞有加。他在評徐志摩的詩時，

〔註13〕徐訏：《孤獨激起了寫作能力》，香港《南華早報》，1972 年 1 月，轉引自吳義勤、王素霞《我心彷徨——徐訏傳》，上海三聯出版社，2008 年版，第 53 頁。

認為他的情感流於輕浮，而對剛剛起步的徐訏，則大加褒揚，稱其作品『情感比較凝重』。」〔註14〕

　　徐訏一生中結集出版的詩歌共九部，〔註15〕前五部（《燈籠集》、《借火集》、《幻襲集》、《進香集》、《未了集》）出版於大陸，可算作詩人前期的作品，後四部（《輪迴》、《時間的去處》、《原野的呼聲》、《無題的問句》）則是詩人被迫南下香港後寫成的，可算作詩人後期及晚期的作品。這樣的詩作成果在數量上已足以令人提起關注，而品質上更有可言說之處，它為我們提供了最直接觸碰徐訏主體體驗的文學文本，也即是徐訏諸多創作體材中最能展露徐訏內在生命感受的文本，如果討論徐訏與外在世界的關係以及徐訏個體的人生體驗，則詩歌文本是需要首要被討論的。我們知道，徐訏本人是一個不願透露自己更多私生活的作家。在陳乃欣對徐訏的回憶中，曾有如下的說法：

　　　很奇怪，徐先生的著作以厚重著稱，但說話簡單扼要，絕少長篇大論，若因好奇或關心而想得悉一些他的私人詳情，無論那一種，徐先生都守口如瓶，淡然處之，好像所有關於他的，均不值一提。

　　　即便是為了寫「專訪」的事而專程拜訪，他依然如故，並未給予太多援手，令我原就戰戰兢兢的心情更增惶恐。除了憑過去留下的印象之外，唯有爭取一些接觸機會，希望有些意外的收穫。〔註16〕

這就使我們更難從回憶性的資料及作者的自述中去瞭解作者內心的真實世界，也更遑論進一步推進徐訏作品的研究。與之相對，徐訏的詩歌雖然並不是具體人生經歷的直呈，但其情感顯然是十分真切的，也同時留下了徐訏人

〔註14〕吳義勤、王素霞：《我心彷徨──徐訏傳》，上海三聯出版社，2008年版，第54頁。

〔註15〕這九部詩集分別為：《燈籠集》、《借火集》、《幻襲集》、《進香集》、《未了集》（以上五部集結為《四十詩綜》，1948年由上海夜窗書屋出版，同年上海懷正出版社又再版這五部詩集，《幻襲集》更名《待綠集》，《未了集》更名《鞭痕集》）、《輪迴》（臺灣正中書局，1977年版）、《時間的去處》（南天書業公司，1971年版）、《原野的呼聲》（臺北黎明文化事業，1977年），最後一部詩集《無題的問句──徐訏先生新詩・歌劇補遺》（香港夜窗出版社，1993年）則由廖文傑整理徐訏遺作編輯而成。另注：本書引用的徐訏詩歌，主要來源於《四十詩綜》、《輪迴》、《時間的去處》、《原野的呼聲》、《無題的問句》幾部詩集，版本即為上文標注，另同時參考《徐訏全集》（正中書局，1966～1970年版）、《徐訏文集》（上海三聯書店，2008年版）所輯錄詩歌。

〔註16〕陳乃欣：《徐訏二三事》，見陳乃欣等著《徐訏二三事》，爾雅出版社，1980年版，第18頁。

生經歷中的種種情感與心懷。徐訏本人顯然有意識地將詩歌體材看做他文學創作的「自留地」，並有意識地在詩歌中抒發內心眞實的心懷，在《四十詩綜》的後記中，徐訏曾說到：「我對這些詩篇有比對一切我其他的作品有特別的情感。它忠實地記錄我整整二十年顚波的生命，坦白的揭露我前後二十年演變的胸懷，沒有剪斷，沒有隱藏。」〔註17〕詩歌最眞實地呈現出徐訏的心路歷程，可成爲探究作家創作心態、精神向度的最佳文本。與此同時，循著「特別的情感」創作而出的詩歌，亦在文本的層面上展現出眞實而複雜的主題與思域，其隱含的諸多內蘊，正有待逐步被挖掘。關注徐訏詩歌，已不僅是研究範圍的拓展，而更多試圖挖掘原始時空下作家的感覺，走入作家的原質精神世界，嘗試觸及徐訏個體生命中複雜的體驗。

在明確了本書的討論對象與討論體材之後，新的問題也將浮出水面。徐訏到底有著怎樣的人生經歷，這樣的經歷帶給他的究竟是怎樣的體驗？這種體驗又如何滲透進詩歌文本，並形成了文本獨特的主題與表達特徵？徐訏經歷的人生可以說是顛沛流離的，他出生於浙江，求學於北京，工作於上海，留學於法國，抗戰後輾轉於大後方，又因工作曾赴美國，1949 年後，他被迫南下香港，旅居新加坡、臺灣，又最終病逝於香港。他的顛沛流離既有主動的遷徙，又有被動的逃離，一生始終未曾獲取穩定的居所。在這樣的人生經歷中，他的心理狀態也始終漂泊不定。實際上，顛沛流離的人生帶給徐訏的是一種終身的「游離」體驗，使其無論在情感經歷還是思想追求上，都獲取不到穩定感，而始終處於彷徨中。在「游離」體驗之下，徐訏創作的詩歌文本也即滲透入「游離」的感受，並呈現出無論主題還是表達特徵上的獨特特點。這種特點鮮明地呈現出徐訏「游離」的精神特質，並可以說代表了人類某一向度的典型精神狀態。綜上所述，本書的研究中心爲徐訏的「游離」體驗及其詩歌創作，在研究過程中，本書嘗試驅除過多附加的評判標準，回歸到徐訏的主體本身，並通過對其人生「游離」體驗的論述，來闡釋其詩歌作品的特徵。最終，我們將看到徐訏通過詩歌創作體現而出的某種精神特質，而這種精神特質也可以說代表了人類的某種典型精神狀態。

〔註17〕徐訏：《四十詩綜・後記》，上海夜窗書屋，1948 年版。

二、徐訏的人生經歷及其詩歌的研究現狀

在明確了本書的基本研究方向之後，本節將對「徐訏的『游離』體驗與詩歌創作」這一論題涉及的研究現狀進行綜述。在現有的研究中，已有一些研究者關注到徐訏的人生經歷、思想狀況以及徐訏的精神特質等角度，並深入到徐訏的精神世界，剖析其人生經歷、精神特質與其文學創作之間的關係。這方面的研究首先體現在對徐訏生平資料及相關評述的挖掘上。吳義勤與王素霞合著了徐訏的傳記《我心彷徨──徐訏傳》〔註 18〕，徐訏雖然並非完全陌生的作家，但一直以來，有關徐訏的生平資料始終處於模糊缺失的狀態，即如作者所說：「徐訏的人生經歷具有某種神秘色彩。他的人生中有許多重要的問題都留下了難以索解的謎團。」〔註 19〕因此，該傳記的出版可以說有效地填補了徐訏生平資料的空白，並系統全面地對徐訏的生平經歷進行了介紹與述評，為徐訏研究做出了重要貢獻。在具體的論述中，該書細分了八章內容對徐訏的人生經歷進行介紹：童年歲月、北京的記憶、早期的文學活動、去國、遊子歸來、上海的苦悶、香港香港、回不去的「家園」。這些資料的呈現為本書的論述提供了大量詳實的資料，並尤其體現在童年經歷、婚戀經歷等問題上。如徐訏的出生環境、家庭狀況，徐訏在寄宿學校的孤寂體驗，徐訏的三次婚姻及多次戀情等問題，多是從該書中獲取了基本的資料。有關徐訏的傳記介紹及資料收集顯然是必不可少的基礎性研究，正是因為這本較為完整的傳記資料的出現，經由徐訏人生經歷而得的精神特質方面的研究才有進行的可能。通過這些人生經歷的引述與呈現，我們才有可能挖掘到徐訏的主體精神世界，並尋找徐訏人生經歷中的「游離」體驗問題。可以說，徐訏的「游離」體驗來源於基本的人生經歷，又同時是該種經歷之上的更高層級的精神體驗。在「游離」體驗的視角之下，徐訏的生平資料也就不僅僅表現為資料性質，而成為了具體論述方向上的有力佐證。

除去基礎性生平資料的收集與呈現，一些研究者也整理了回憶及評論徐訏的相關文章。這樣的搜集與整理為我們提供了有關徐訏的他者視角與他者觀點。徐訏去世同年，即出版了由陳乃欣編輯的紀念文集《徐訏二三

〔註 18〕吳義勤、王素霞：《我心彷徨──徐訏傳》，上海三聯出版社，2008 年版。
〔註 19〕吳義勤、王素霞：《我心彷徨──徐訏傳》，上海三聯出版社，2008 年版，第 320 頁。

事》〔註20〕，其中收錄了秦賢次、陳乃欣、心岱、魏子雲、隱地等多位作者對徐訏的回憶，同時也收錄了幾篇徐訏自己的文章。這些文章既包括人們對徐訏人生經歷的回憶，也包括人們對徐訏為人及性格特徵的評價，還包括對徐訏文學作品的解讀，即如編者在扉頁所言：「徐訏先生是一位全才作家，是文壇的一位墾拓者。他寫了一輩子。爾雅出版社印行這本書，是為了表示對他的尊敬和懷念。」在該書中，回憶徐訏為人及性格特徵的文章成為了探討徐訏「游離」體驗的重要資料，也即是在徐訏個人生平呈現的基礎上，同時獲取了他人對徐訏人生狀態的評述，這必然使徐訏生平狀態的呈現具備了多層次的展現視角，也更詳實了徐訏人生經歷方面的資料。同類型的紀念類文集還有香港浸會學院中國語文學會出版的《徐訏紀念文集》，〔註21〕該文集除了收集到紀念徐訏的回憶性質的文章，同時也收錄了陳德錦、寒山碧等人對徐訏作品的評價。更重要的是，這部紀念文集為徐訏的學生編著，這就在同齡人及朋友的視角之外，增添了晚輩及學生對徐訏的回憶內容，進一步豐富了回憶及評述徐訏的多元化視角。2009年，徐訏誕辰百年後，又出版有寒山碧編著《徐訏作品評論集》〔註22〕，該評論集分「徐訏的創作道路」、「徐訏的小說」、「徐訏的詩和雜文」、「悼念與回憶」等多輯對評論及回憶徐訏的文章進行輯錄，比之1980年代的輯錄更增添了新學者的評價及回憶文章。可以說，以上這些基礎性的回憶及述評文章，均為日後的徐訏研究提供了豐富的資料及多元化的視角。即如《徐訏紀念文集》的序言所說：

> 徐訏老師逝世後，我們深感到要為這位創作近五十年的作家，出版一本紀念文集。我們認為，以徐老師的文學成就而論，當代文壇應該給予他一個公允客觀的評價。但是，無論就徐老師的生平方面或創作方面，迄今尚無較為全面的論述。因此，我們希望借著這本文集，能夠較為全面地介紹徐老師的生平、為人、和他的作品風格特色，俾使後人在研究徐老師時，有比較詳確的資料。〔註23〕

〔註20〕 陳乃欣等：《徐訏二三事》，爾雅出版社，1980年版。

〔註21〕 徐訏紀念文集籌委會編輯：《徐訏紀念文集》，香港浸會學院中國語文學會出版，1981年版。

〔註22〕 寒山碧編著：《徐訏作品評論集》，香港文學研究出版社有限公司、香港文學評論出版社有限公司，2009年版。

〔註23〕 徐訏紀念文集籌委會編輯：《徐訏紀念文集》，香港浸會學院中國語文學會出版，1981年版，序言頁。

不過，對於本書而言，有關徐訏的生平、爲人等方面的回憶及評述不僅僅只是一種「詳確的資料」。進一步說，有關徐訏的回憶及評述不僅僅是研究徐訏的「游離」體驗所應瞭解的背景性材料，而更是必備的基本材料。如果說吳義勤、王素霞所著的《我心彷徨——徐訏傳》爲我們提供了基礎性的生平線索，那麼，回憶及評述徐訏的文章同時即成爲論證徐訏人生經歷的他者視角，也即是與基礎性生平線索並行的第二個向度的引述佐證。因此，與傳記的意義相同，這些回憶文章的收集對我們研究徐訏的「游離」體驗同樣起到了重要的實證作用。

　　在生平資料的介紹與回憶性質的文章之後，一些學者已經開始深入到徐訏精神世界的挖掘之中。這樣的研究開始具備明確的研究視角，並努力從徐訏的主體性出發，探求屬於徐訏的眞實內心世界。吳福輝《城鄉、滬港夾縫間的生命回應——從徐訏後期小說看一類中國現代作家》〔註24〕一文，即從城鄉滬港夾縫生存的角度去探討徐訏晚年的生命狀態，可以說已深入到徐訏的內在精神世界。「在生命感受上，現代人的混雜身份，不知籍貫，不知家園，也許便是正宗的都市身份。異鄉人的感覺，無根的感覺，不堪忍受都市壓迫而起的反叛性遊蕩的行爲方式，都是這種身份的顯現。徐訏小說是一部生命流浪的史蹟，是表達現代中國人（主要是知識者）生存方式的一幅長卷。」討論現代人生命感受以及異鄉人的無根感受等問題，實際上已與「游離」體驗的討論具備了一定的相關性，並在城鄉滬港夾縫這一視角之上給予我們一定的啓發。不過，論者顯然更多選擇從文學作品的分析來印證徐訏滬港夾縫的生命狀態，而更少直接從徐訏的人生體驗出發，直接觸碰徐訏的內心感受。與之相對，耿傳明《徐訏的晚年心境與精神歸宿》〔註25〕一文，就更多站在徐訏主體精神分析的視角，並直接分析徐訏的晚年心境與精神歸宿問題。在這篇文章中，論者看到了晚年徐訏精神狀態的無依與內心渴望歸宿的願望：

　　　　徐訏承認他一生是一個個人主義者，自由主義者，並在 50 年代就專門撰文《回到個人主義與自由主義·道德要求與道德標準》。但個人主義和自由主義是價值中立的信仰，它只是維護人的個人價值偏好而已，它在信仰上實際是無能爲力的。在精神上漂泊了一生的

〔註24〕吳福輝：《城鄉、滬港夾縫間的生命回應——從徐訏後期小說看一類中國現代作家》，《文藝理論研究》，1995 年，第 4 期。
〔註25〕耿傳明：《徐訏的晚年心境與精神歸宿》，《粵海風》，1999 年，第 1 期。

　　徐訏，在晚年有一種強烈的尋找精神歸宿的願望，這使他臨終前寫
出了一些具有自述意味的小說，並最終受洗成爲一個基督教徒。
這樣直接切入徐訏心境狀態的論述方式，以及關注到徐訏本體精神世界的
論述內容，顯然都已更爲接近徐訏「游離」體驗的研究方式與研究內容，
也同時在徐訏某一具體人生階段的論述上給予我們一定的啓發。計紅芳《香
港南來作家的身份建構》〔註26〕專門討論了南來作家避居香港的諸多思想
變遷與文學創作變遷，其中亦獨立成章地論述了徐訏的南來體驗。該章共
分五部分內容討論了徐訏的南來體驗：「自由主義與文藝的自由」、「人困小
島異域」的香港過客、霧裏看花的香港故事、鄉村記憶和上海情結、都市
孤魂的身份建構，可以說較爲全面地論述了南下香港後的徐訏的人生體驗
與整體的精神狀態。在徐訏整體的「游離」體驗中，南下香港的最後三十
年顯然是十分重要的一重經歷，這樣的論述也爲我們提供了一定的思考視
角與論證材料。有關徐訏人生狀態的討論還可見田仲濟《通過封鎖線的洋
場才子——追憶徐訏的爲人與爲文》，〔註27〕佟金丹《論童年經歷對徐訏及
其小說創作的影響——紀念徐訏誕辰百年》，〔註28〕趙柏田《說寂寞，誰最
寂寞——徐訏在 1950 年後》〔註29〕等多篇。不過，以上這些討論徐訏人生
經歷及精神狀態的，顯然都僅是在某一具體的關注點上進行探討，如晚年
精神狀態、童年經歷、南下體驗等等。在本書的研究範疇中，徐訏的人生
經歷及情感感受是以一種整體性的狀態存在的，這其中既包括童年的情感
體驗，也包括成年後的婚戀體驗，同時涉及到徐訏晚年的精神狀態。並且，
有關徐訏童年體驗、婚戀體驗等問題的討論並不僅僅是一種生平經歷的廣
泛介紹與討論，而是存在著一個集中向度的論證中心，即徐訏的「游離」
體驗。在這一體驗的視角下，徐訏整體的情感狀態不僅得到概括，同時也
鮮明地呈現出了最爲特出的存在狀態。

　　與之同時，有關徐訏人生經歷及精神狀態的論述實際上還包括對徐訏思
想追求的討論。一些論者也注意到徐訏思想特徵的變化，如李洪華《論左翼

〔註26〕 計紅芳：《香港南來作家的身份建構》，中國社會科學出版社，2007 年版。
〔註27〕 田仲濟：《通過封鎖線的洋場才子——追求徐訏的爲人與爲文》，《語文學刊》，
　　　　 1993 年 01 期。
〔註28〕 佟金丹：《論童年經歷對徐訏及其小說創作的影響——紀念徐訏誕辰百年》，
　　　　 遼東學院學報（社會科學版），2008 年第 2 期。
〔註29〕 趙柏田：《說寂寞，誰最寂寞——徐訏在 1950 年後》，《西湖》，2006 年 8 期。

文化思潮對徐訏文學路向的影響》〔註 30〕一文就對徐訏接受、弘揚、懷疑、排斥馬克思主義思想的思想歷程進行了梳理，並討論了這些思想變遷對徐訏文學創作的影響，另有楊劍龍《論徐訏創作中的宗教情結》〔註 31〕、古遠清《「回到個人主義與自由主義」──評徐訏的文藝思想》〔註 32〕、吳義勤《論徐訏的文藝思想》〔註 33〕、馮芳《作家徐訏 30 年代思想巨變之考辨》〔註 34〕等文從不同角度對徐訏的思想進行了考證、梳理及分析，徐訏是哲學專業出身，其作品無論小說還是戲劇還是詩歌，均帶有一定的理性思辨色彩，且徐訏的思想狀態直接決定了徐訏的個人立場、文藝立場及徐訏的命運走向。因此，討論徐訏的思想可以說是十分重要的。以上這些短篇的討論可以說為我們進一步研究徐訏的思想提供了多重角度的有效觀點。不過，以上這些更多討論的是徐訏某一向度的思想內容，以及這種內容與文學創作之間的關係。而在「游離」體驗研究中，我們顯然要將徐訏的思想追求作為整體人生狀態中的一部分進行討論。進一步說，在「游離」體驗的論述中，徐訏的思想追求將與情感體驗共同形成徐訏整體的人生體驗，而通過思想追求討論，我們最終得以清晰地看到徐訏「游離」的人生狀態，以及這種狀態給予他的感受。在「游離」體驗的討論向度中，思想追求已不僅僅是追求內容本身，而是在此基礎上上升為徐訏主體性討論的一部分。

　　通過以上若干研究現狀的綜述可以發現，有關徐訏的人生經歷及精神特質的研究雖然尚未形成較為系統全面的評價體系，卻也在各自的關注點涉及了徐訏人生資料的搜集、人生狀態的描述，並逐漸深入到徐訏的思想與精神世界中。這就為進一步的研究提供了較為詳實的資料，也提供了徐訏某一人生狀態的寫照及評價，在這一基礎上，更深層次的探討才更有可能實現。不過，現有的研究多是短篇的討論，且關注的只是徐訏的部分人生或部分精神狀態。因此，我們即在前人研究的基礎上，從徐訏的主體性出發，以徐訏整

〔註 30〕　李洪華：《論左翼文化思潮對徐訏文學路向的影響》，《南昌大學學報》（人文社會科學版），2011 年 1 期。

〔註 31〕　楊劍龍：《論徐訏創作中的宗教情結》，河南師範大學學報（哲學社會科學版），1999 年 4 期。

〔註 32〕　古遠清：《「回到個人主義與自由主義」──評徐訏的文藝思想》，《中國海洋大學學報》（社會科學版），2009 年 3 期。

〔註 33〕　吳義勤：《論徐訏的文藝思想》，《揚州師院學報》（社會科學版），1992 年 4 期。

〔註 34〕　馮芳：《作家徐訏 30 年代思想巨變之考辨》，《欽州學院學報》，2012 年 2 期。

體人生經歷的討論為論述對象，並從「游離」這一生存及精神狀態切入，挖掘徐訏的體驗，以及這一體驗帶給徐訏的影響。

值得注意的是，以上所有這些有關徐訏人生經歷及精神世界的研究所結合的創作文本多是小說。如吳福輝即從徐訏的後期小說創作特徵入手，挖掘徐訏的典型精神狀態。如計紅芳即從徐訏創作的香港故事入手，挖掘徐訏南下香港的身存狀況與內心精神感受。實際上，在以往的研究中，研究者顯然都更偏愛徐訏的小說創作，而相對忽略他的散文、詩歌及戲劇。但在徐訏的「游離」體驗這個論題中，能夠更多挖掘到徐訏主體精神世界的文學文本，恰恰是前人較少研究到的詩歌。這不僅因為詩歌本身就是抒情性質的文學文本，還因為徐訏更是一個將自我情感毫無保留呈現於詩歌文本中的詩人。在目前的評論及研究中，只有部分研究者關注到了徐訏的詩人氣質及其詩歌作品。早期的讀者曾表達過對徐訏詩歌的喜愛：「他的寫作是多方面的，小說、散文、詩、劇、可說件件都是能手。但在我個人，尤喜歡他獨創一格的詩。」〔註35〕在錢歌川1980年代對徐訏的回憶中，談及到徐訏內在的詩人氣質：「為我題寫手冊的，徐訏當然是第一人。他是小說家又是詩人。提起筆來略加思索，便寫出下面這樣一首詩來了⋯⋯他很瀟灑，確是有些詩人氣質。」「我問楊君徐訏為什麼要和他太太離婚，楊君的回答是因為他的詩人氣質所使然吧。」〔註36〕無論是回憶者本人，還是回憶者提及的友人觀點，均認為徐訏周身散發著濃重的詩人氣質，就連他的私人生活的變化（離婚）也被認為與詩人氣質息息相關，可見這種氣質對徐訏人生的影響之重大，按照這些人的回憶，詩人氣質已成為包圍著徐訏主體氣質的主要特質了。有關徐訏詩人氣質的探討實際還僅是徐訏詩歌研究的邊緣性話題，僅在感性認識上對徐訏長期以來的小說家身份所有衝擊。早期論及徐訏詩歌的可見司馬長風《中國新文學史》，論者認為：「徐訏是多產作家，也是全才作家。他雖以小說知名，但他在詩和文學批評方面的成就，絕不低於小說，此外他也寫了不少劇本。」〔註37〕司馬長風更列專節對徐訏的詩集《四十詩綜》進行論述，認為徐訏的詩歌符合聞一多的「三美」要求，富於節律的美，並忠於自己的感受。司馬長風同時認為，徐訏的詩歌具備三大特點：想像勝於寫實、詞勝於情、同時亦不缺乏富於哲思的詩歌。在缺點方面，司馬長風

〔註35〕天行：《人物志：記徐訏》，《禮拜六》，1947年，第102期。

〔註36〕錢歌川：《追憶徐訏》，《新文學史料》，1986年，第02期。

〔註37〕司馬長風：《中國新文學史》（下），香港昭明出版社，1978年版，第93頁。

則認為，徐訏的詩歌題材太狹窄、古典氣息過濃。但在詩人的精神堅守上，論者還是給出了較為正面的評價，認為其「在文壇上是社會使命、政治意識橫流的時代，徐訏冷蔑這些喧囂，孤傲的獨行其是，從未惶恐、動搖。」〔註38〕司馬長風的《中國新文學史》可以說是較早完整討論徐訏詩歌的論著，也為徐訏詩歌研究打開了論述的大體方向。不過，該種討論顯然僅只是站在某一文學史視角上對徐訏詩歌進行整體述評，其中雖不乏中肯的觀點，卻也很難超脫這一文學史視角，真正深入到徐訏詩歌的肌理中。在這樣的論述中，作者很難真正將徐訏的主體精神狀態與徐訏詩歌融通一處，也就很難挖掘到徐訏詩歌真正呈現而出的精神特質。

在《徐訏作品評論集》〔註39〕中，一些論者也對徐訏的詩歌進行了專文論述。逯耀東《〈無題的問句〉解題》，即針對徐訏的長詩《無題的問句》進行了討論，不過，整篇文章更多是對此詩的介紹及徐訏人生背景狀態的述評，認為「徐先生和許多知識分子一樣，對於政治局勢的波蕩感到焦慮和憂愁，形諸筆端是感時憂國的」，這樣的述評顯然更意在表達作者的一種態度與感情，而更少詩歌評論方面的意圖，可為徐訏的「游離」體驗等問題提供一定的佐證材料。黃康顯《〈無題的問句〉，有韻的詩篇——評徐訏最後期的詩作》則相對系統而細緻地對徐訏晚期的詩歌進行了論述，論者分「徐訏的詩論」、「詩的特性」、「風格內容的改變」、「突破的嘗試」、「時代的反映」、「有韻的無題」幾大部分對徐訏詩歌的詩論特點、表現題材、藝術特徵等問題進行了討論，並認為「因此徐訏最後期的詩，是藝術的、人間的、時代的，亦開始是多元的變化的，完成了詩三個創作階段：由有感，到表達，再傳達，向讀者表達感應、感覺、感情或思考，將『真我』完全表現出來。」〔註40〕這樣的論述即已深入向徐訏詩歌的肌理層面，也為本書的徐訏詩歌文本研究提供了一定的方向。該文集中另有方寬烈《談徐訏的舊詩和新詩》，陳德錦《詩與詩論》等篇目。以上這些短論在不同的角度不同的論點上關注到了徐訏的詩歌，雖然尚未能形成整體性的綜合論述，卻也已然為「徐訏的『游離』體驗與詩歌創作」這樣的論題提供了相對清晰的基礎性實證與論點。

〔註38〕司馬長風：《中國新文學史》（下），香港昭明出版社，1978年版，第223頁。
〔註39〕寒山碧編：《徐訏作品評論集》，香港文學研究出版社有限公司，香港文學評論出版社有限公司，2009年版。
〔註40〕寒山碧編：《徐訏作品評論集》，香港文學研究出版社有限公司，香港文學評論出版社有限公司，2009年版，第231頁。

　　吳義勤的專著《漂泊的都市之魂──徐訏論》〔註41〕同時也專章節討論了徐訏的詩歌，論者對徐訏的詩歌進行了思想與藝術特徵的逐步分析，可以說打開了徐訏詩歌研究的先河。論者認為，徐訏詩歌的主題主要包括「密切關注現實人生的憂患情緒」、「濃烈的鄉土情結和遊子情懷」、「在愛情世界沉浮的人生情緒」，並在藝術構思、語言意識等方面對徐訏詩歌的藝術特徵進行了分析。這樣的研究顯然已經更進一步地深入到徐訏詩歌的討論過程中了，不過，這尚是有關徐訏詩歌的廣泛而基礎的研究，目的在於挖掘出塵封已久的徐訏詩歌，並使我們初步瞭解到徐訏詩歌的存在狀態與表達特徵。可以說在此基礎上，有關徐訏詩歌的更多問題依然有待討論，如徐訏詩歌到底具備怎樣的區別於其他詩人詩作的典型表達特質？徐訏詩歌與徐訏的主體精神狀態之間具備怎樣的密切關聯？這些又將帶給我們怎樣的思考？在「徐訏的『游離』體驗與詩歌創作」這個論題中，我們即可對以上這些問題進行闡釋。在全面闡釋徐訏詩歌的同時，也有學者將徐訏詩歌納入某一階段新詩史的討論中。如古遠清《香港當代新詩史》〔註42〕就將徐訏納入香港詩人的列陣中，並從難民身份、精神思維的放逐角度對徐訏的詩歌加以討論，論者認為「從徐訏到戴天、從徐速到也斯，經歷了從『難民』或『僑民』到『香港人』的身份轉化」。〔註43〕這樣的討論顯然已將徐訏詩歌與徐訏的人生狀態結合一處，並從徐訏的身份視角入手去分析徐訏的詩歌。不過，這樣的討論是從屬於「香港當代新詩史」的某一小部分的討論，尚沒有形成有關徐訏人生狀態與詩歌創作整體性的論證。2013年，亦出現了論述徐訏詩歌的專文：李佳《評徐訏後期詩作〈無題的問句〉》〔註44〕這雖然還僅是側重於推介及評述的一篇短論，論述的也僅是徐訏的部分詩作，但以單篇篇幅集中討論徐訏詩歌這一行為本身，即已充分說明論者對徐訏的作品、徐訏的詩歌已開始了更加深入的關注和論述。

　　從徐訏詩歌研究的綜述可以看出，徐訏詩歌雖比不上徐訏小說的影響力及關注度，但也始終存在於評論者及研究者的視線中，不曾完全被忽略。論者有的從文學史的整體架構中衡量徐訏的詩歌文本，有的從個體研究中切入詩歌創作的主題與藝術特徵，有的又將徐訏置於某一作家群與論題中進行研

〔註41〕 吳義勤：《漂泊的都市之魂：徐訏論》，蘇州大學出版社，1993年版。
〔註42〕 古遠清：《香港當代新詩史》，香港人民出版社，2008年版。
〔註43〕 古遠清：《香港當代新詩史》，香港人民出版社，2008年版，第30頁。
〔註44〕 李佳：《評徐訏後期詩作〈無題的問句〉》，《青春歲月》，2013年5期。

究，可以說爲我們繼續研究徐訏詩歌提供了較好的參考，也提供了相應的材料。不過，以上涉及到的這些徐訏詩歌研究，多是部分性質的研究：或是在專論徐訏的專著中以部分章節的形式出現，或是被納入某一專論的主題中，或是在某一視角下部分性地對徐訏詩歌文本進行介紹與述評，等等。至今爲止，尚沒有出現以徐訏詩歌爲集中研究對象的專論，更沒有從「游離」體驗的角度對徐訏詩歌進行整體研究的著作了。「徐訏的『游離』體驗與詩歌創作」這個論題將不僅以專論形式對徐訏詩歌做以討論，而同時試圖尋找徐訏詩歌與徐訏「游離」體驗的關係，以及該種關係在詩歌中的具體反映與表現。因此，我們將沿著前人開創的研究成果繼續深入，退還至徐訏本身，從他的人生經歷及「游離」體驗的具體內容出發，挖掘其詩歌與「游離」體驗的關係，並最終抓取到徐訏詩歌體現而出的精神特質。

除去重點綜述的三個徐訏研究方向之外，我們也要對徐訏文集的出版情況做以簡單說明。在徐訏的九部詩集之外，徐訏亦創作有大量的雜文集，如《街邊文學》〔註45〕、《個人的覺醒與民主自由》〔註46〕、《門邊文學》〔註47〕、《場邊文學》〔註48〕、《現代中國文學過眼錄》〔註49〕、《懷璧集》〔註50〕等。1966年臺灣正中書局即陸續出版18卷本《徐訏全集》〔註51〕（後只出版15卷），這部全集雖然並不「全」，卻也較早地將徐訏的大部分作品做了輯錄。2008年，上海三聯書店又出版了16卷本《徐訏文集》，這雖然依然並非「全集」，其編撰也頗顯粗糙，卻已是大陸可見的對徐訏作品收錄最完全的文集版本。在本書中，除去徐訏的詩集之外，《徐訏全集》、《徐訏文集》及以上提及的徐訏文集均是主要的引文來源。

三、「游離」的界定與研究思路

在正式進入論述之前，本書需要對最爲重要的論述關鍵字進行界定，即「游離」一詞。既要討論徐訏及徐訏詩歌的「游離」，實際上已隱在地預設了

〔註45〕徐訏：《街邊文學》，香港上海印書館，1972年版。
〔註46〕徐訏：《個人的覺醒與民主自由》、傳記文學出版社，1979年版。
〔註47〕徐訏：《門邊文學》，南天書業公司，1972年版。
〔註48〕徐訏：《場邊文學》，香港上海印書館，1971年版。
〔註49〕徐訏：《現代中國文學過眼錄》，時報文化出版企業有限公司，1991年版。
〔註50〕徐訏：《懷璧集》，大林出版社，1980年版。
〔註51〕徐訏：《徐訏全集》，正中書局，1966年版。

另一個關鍵字：「中心」。由此，一連串的疑問也便引發而出：徐訏究竟身處在什麼樣的場域中？在這個場域中，是什麼樣的存在引導著並形成著「中心」？這個「中心」具有怎樣的價值態度？徐訏何以拒絕或被拒絕於這個「中心」之外？他因在「中心」之外而產生的「游離」具備什麼樣的特徵？「游離」後所產生的向度又有多少種？「游離」與「中心」之間的關係又是怎樣的？是完全超離其外，還是始終與其保持著遊而未離的關係？

　　在西方文化詩學傳統中，所謂「中心」即「邏各斯」。古希臘先哲赫拉克利認為：「事物的這一秩序不是任何神或人所創造的，它過去一直是、現在是、將來也永久是永生之火，按照定則而燃燒，又按照定則而熄滅」〔註52〕，「邏各斯」形成了西方文化的「中心」，具有極高的話語權力，「『邏各斯』是思想權力的施使者，『邏各斯』是文化信仰的布道者，『邏各斯』是話語權力的釋放者，也更是語言暴力的肇始者，『邏各斯』是言說著的絕對真理，『邏各斯』是言說著的終極的美……」〔註53〕所有背離「邏各斯」之外的存在皆只能是「中心」價值觀之外的「游離」。在中國古典文化傳統中，這一「中心」被認作是「經」與「道」，所有背離這一「中心」價值的存在即被認作離「經」叛「道」。而儒家詩學批評傳統即是建立在「經」學之上的「立言」系統，「儒家詩學的深層目的就是要迫使學術思潮和匯流沿著自我思想體系設定的方向來推動歷史行進，從而為東方詩學文化傳統的整體發展追尋思想的正統化和文化的一體化，也為了使儒家詩學成為東方文化傳統中的話語權力和中心主義。」〔註54〕在這樣的「中心」規約下，只有符合「經」學的詩學文本才有可能進入「思想的正統化和文化的一體化」，一旦不符合這樣的規約傳統，所寫的文本只能被認作難以進入主流的文本。當時間進入徐訏在世的 1908～1980 年，當中國的社會現實面臨著多元的挑戰與混亂的危機，當中國的文化身處中國古典文化及西方文化的多重影響中，徐訏所經受的又將是怎樣的思想狀態與情感狀態？在這樣的思想狀態與情感狀態中，徐訏是篤定地堅持一維的價值觀念，還是被多種價值觀念裹挾，並彷徨其間？

〔註52〕（美）梯利著：《西方哲學史》，商務印書館，1995 年增補修訂版，第 22 頁。

〔註53〕楊乃喬：《悖立與整合──東方儒道詩學與西方詩學的本體論、語言論比較》，文化藝術出版社，1998 年版，第 124 頁。

〔註54〕楊乃喬：《悖立與整合──東方儒道詩學與西方詩學的本體論、語言論比較》，文化藝術出版社，1998 年版，第 84 頁。

　　實際上，處於過渡時代的徐訏內心中仍然保藏著較爲傳統的心態與觀念，在生活狀態上，徐訏依舊渴望傳統的「安身立命」，希望自己能夠獲取穩定的生活狀態，並獲得美滿的感情生活，這在其詩歌作品中即有鮮明的表達。在思想狀態上，徐訏依舊保留了傳統的社會使命觀念，認爲天下興亡匹夫有責仍舊是每一個國人理應肩負的責任，在實際的人生中，徐訏確實也以此爲重，例如他甚至放棄了繼續在法國求學的機會，也放棄了在法國與心愛女子相聚的可能性，只爲奔赴回祖國，加入抗戰的浪潮中。可以說，傳統思想在徐訏的內心中始終都是根深蒂固，並未隨著時代的激進而泯滅。然而，這卻並不能代表處於動盪年代的徐訏最終尋求到了「安身立命」，同時也不能代表徐訏未曾產生自己的個體思想意識。如果說傳統觀念中的「安身立命」、「社會使命」是內化於徐訏意識深處的「中心」意識，那麼，徐訏實際的情感經歷及思想追求則不斷地「游離」於這樣的「中心」意識之外，並造成徐訏終生的彷徨狀態。在情感經歷上，徐訏一生並未能獲得「安身立命」的穩定狀態，童年間他被迫遠離父母來到寄宿學校，未能獲取到幼年孩童應有的家庭溫暖，成年後他不停地輾轉於各地，婚姻屢次出現危機並破裂，未能獲取到穩定的生活狀態與情感生活，可以說始終「游離」於「安身立命」之外。在思想追求上，徐訏擁有內化於心的「社會使命」意識，將愛國救國看做重大的事情與人生責任，然而，眞切而具體的人生經歷及人生感受又使他產生了尊重個體的「人」的思想追求，這無疑是現代人生存於現代社會所可能產生的新型思想。這樣的思想原本與「社會使命」思想並不矛盾，並且對於徐訏而言，他個體思想的深化與成熟恰恰是在履行「社會使命」意識的過程中實現的。但在特殊的戰爭及意識形態背景下，人們的思想被要求一維化，「社會使命」與個體思想則變成了矛盾的不相容關係，徐訏的個體思想則只能「游離」於「社會使命」之外。在這樣的闡釋中，我們看到了「游離」於「安身立命」與「社會使命」之外的徐訏。

　　這樣看，在我們的討論範疇中，「游離」與「中心」實際上均存在於徐訏個體自身中，也即是簡單講，徐訏擁有著兩種不同向度的心理意識，而這兩種心理意識始終左右著徐訏，使他終生感到彷徨：在人生經歷上，徐訏內心中追求「安身立命」，但實際的人生卻始終無法穩定下來，他無法穩定，卻又始終不忘「安身立命」，這造成他始終彷徨於安穩人生的追求與實際人生的漂泊之間。在思想追求上，徐訏內心中追求「社會使命」，但實際的思想狀態卻

使他同時萌生了自己的個體思想，他萌生了個體思想，卻又始終不忘「社會使命」，在國人的思想被要求一維化之時，「社會使命」意識愈發窄化自身的涵義，並具有獨佔性，這使得徐訏只能反覆彷徨於「社會使命」與個體思想之間。這樣的兩個向度的彷徨共同作用於徐訏，使他獲得了充分的「游離」體驗，這種體驗無疑將帶給徐訏巨大的內心焦慮，當他著筆創作詩歌時，我們即可在詩歌文本中發現這種焦慮的寫照，也同時可以找到這種焦慮折射的特殊主題與表達方式，這種主題與表達方式最終呈現出徐訏獨特的精神特質，這種精神特質具有其獨特價值，並代表了人類某一向度的精神狀態。

由此，有關「游離」的具體涵義也即得到了基本的闡釋。以上這些有關徐訏「游離」體驗的討論將集中展現於徐訏的詩歌領域，換句話說，我們將以最能體現徐訏內在精神世界的詩歌文本為中心，來論述徐訏的「游離」體驗問題，並同時涉及到部分其他文體（如小說、散文等）。可以說，我們對徐訏詩歌做出的討論，不僅僅是本體論意義上的討論，而同時以詩歌為研究方法，挖掘出徐訏的「游離」體驗在詩歌中的呈現特徵，並由此發現徐訏生之於內心宣之於文本的某種獨特的精神特質。當然，在對詩歌文本進行論述的過程中，我們也同時會觸及到詩歌文本本體層面上的重要問題，如徐訏詩歌的主題、徐訏詩歌的抒情特徵等，這些問題展現出的具體論證與論點實際上也依然存在於「游離」體驗的範疇之內，並構成「徐訏的『游離』體驗與詩歌創作」這一論題的全部內容。

在對以上這些研究範疇進行關照及整合之後，本書最終形成了各自獨立又密切相關的三大部分論證內容：徐訏的「游離」體驗，徐訏「游離」體驗下的詩歌創作，以及基於以上研究所得的徐訏詩歌的文學與文化意義。也即是說，我們將通過徐訏具體「游離」體驗的闡釋，發掘徐訏在這種體驗下的詩歌創作特徵，並經由這種特徵呈現出徐訏詩歌的精神特質，總結出徐訏詩歌獨特的文學與文化意義。

我們將首先完成徐訏的「游離」體驗這一部分的論證內容。徐訏「游離」體驗的論述與論證可以說是基礎性論證內容，它將提供實證材料，以明確徐訏「游離」體驗的具體經歷及表現狀態。徐訏的「游離」體驗指的是徐訏整體人生過程的體驗，這既包括徐訏的感性體驗也包括徐訏的理性認知。實際上，在徐訏的人生中，感性的情感體驗與理性的思想追求均體現出強烈的「游離」，並深刻地影響著徐訏的人生走向與精神狀態。情感體驗可謂感性的體

驗，是徐訏從生活中最直接感受到的體驗，而思想追求可以說是在生活體驗的基礎上進一步形成的理性認知，兩者既有區分又有密切的承接性。因此，我們將分別對情感體驗及思想追求的「游離」進行論證，並分兩章做討論：一章為徐訏「游離」於「安身立命」之外的情感體驗，一章為徐訏「游離」於「社會使命」之外的思想追求。在這兩章內容中，情感體驗側重討論徐訏的童年經歷、婚戀經歷對其情感的影響，思想追求側重討論抗戰背景下徐訏個體思想的形成，以及個體思想的生存狀態。而無論情感體驗還是思想追求，徐訏的體驗均是「游離」體驗，並共同形成徐訏人生體驗的「游離」。如果說情感體驗是徐訏感性感受的「游離」，那麼，思想追求則是徐訏理性認知的「游離」，兩者雙重的「游離」使徐訏無論在具體的生活狀態上還是精神層次的思想狀態上，均處於難以掌控的人生狀態。

接下來，本書將完成「游離」體驗下徐訏的詩歌創作這一部分的論證內容。這一部分內容是在獲取了徐訏「游離」體驗的大量實證材料與具體的表現狀態之後，根據該種體驗的諸多特質對徐訏詩歌進行分析，發覺徐訏詩歌呈現出的諸多與「游離」體驗存在密切關聯的表現特徵。這一部分內容實際是挖掘出作為人生體驗的「游離」在具體的詩歌文本中具形化的呈現，經過論證，徐訏的人生體驗與徐訏的詩歌創作也便因為「游離」特徵而得到了關聯，而體驗的「游離」也因詩歌創作的挖掘得到了確證性的文本表達。我們發現，徐訏詩歌無論在主題內容還是在抒情特徵上均體現出強烈的「游離」體驗影響特徵，因此，在具體的論證過程中，我們將分兩章內容分別對「游離」體驗下的徐訏詩歌主題內容及抒情特質進行討論。主題內容方面將涉及從「感覺」出發的多樣化主題表達、「現實情境」與「非現實情境」的雙重主題、空間抒寫與時間抒寫雙重維度等問題，抒情特徵方面將涉及「感傷」抒情與自憐姿態、抒情主人公的兩重聲音等問題。

最後，我們將完成徐訏詩歌的文學與文化意義的討論。這一部分內容是在獲取了「游離」體驗的實證，又論證出「游離」體驗下徐訏詩歌的諸多表現特徵之後，對徐訏詩歌創作呈現出的文本特質與詩人精神特質進行提煉，並將之上陞於文學與文化的整體意義上進行討論。可以說，這一部分內容是本書所有內容的總結與提升，最終使徐訏「游離」體驗及詩歌創作的獨特意義得到呈現。在具體的論證過程中，我們將列專章對此問題進行闡釋，並分別對徐訏詩歌的文學意義與文化意義進行討論。在文學意義上，我們將徐訏

詩歌放於整體的新詩發展史中，發現其詩歌「真」的貫徹與表達特徵，並對照其他詩歌流派，發覺「真」的獨特意義。在文化意義上，我們將挖掘出徐訏詩歌的精神特質：分裂與彷徨。這種精神特質可以說代表了現代人乃至人類某一向度的共通精神狀態，並通過徐訏獨特的詩歌表達清晰準確地抓取而出。

第一章　徐訏的情感體驗：「游離」於「安身立命」之外

　　當一個人降臨人世、存活人世，並接觸生存環境的方方面面，他最先感受到的，便是世界給予他的感性印象，他最先獲取的，便是綜合了多重體驗之後的情感感受。基於情感體驗，不同的人將對世界做出不同的評價，生存方式及生存態度也會出現分野。對於徐訏而言，想要討論他的「游離」，首先需從最初的情感體驗談起，正是最初的人生經歷獲取的情感體驗，奠定了徐訏一生的情感態度與行為走向，也即是造成他「游離」狀態的根本原因。在本章中，所謂情感體驗指的是徐訏初涉世界、初涉情感產生的感性認知與態度，及基於此的情感狀態與情緒反應。這樣的認知與反應形成於徐訏的成長階段，並彌散於此後整體的人生中，造成他「游離」的總體人生感受。並且，在本章中，徐訏的「游離」是圍繞著「安身立命」的人生追求進行的，也即在情感體驗上，徐訏始終「游離」於「安身立命」的人生追求之外，終年在精神上漂泊彷徨，難以找到真正的立足點與歸屬。這種「游離」於「安身立命」之外的人生狀態在兩種體驗中體現得最為明顯，一種是童年經歷，一種是婚戀經歷。在本章中，我們將用兩節內容對以上問題分別做以闡釋。在第一節中，我們將首先對徐訏的「鄉愁」體驗進行討論，挖掘這一情感狀態對其人生的影響，並試圖說明「鄉愁」對徐訏情感體驗的重大作用。在第二節中，我們將進一步討論，婚戀經歷如何進一步促使並顯現了徐訏情感體驗的「游離」。

查閱《古今漢語詞典》,「安身立命」一詞的解釋是:生活有著落,精神有依託。〔註1〕這種「安身立命」的人生狀態本是徐訏內心渴望擁有的,在1954年所寫的詩歌《原子的和平》中,徐訏表達了他渴望過原始的普通生活的願望:

以前你說我們到了新時代,
大家都有福在天空飛行,
早晨在哈爾濱吃火鍋,
夜裏可到菲律賓吃霜淇淋。

但還未等我看到飛機,
我已經先聽到飛機的聲音,
它帶著大小的炸彈,
炸毀了千千萬萬的家庭。

無數舊友的四肢飛到天空,
許多新知一生患著神經病:
而我一年四季逃警報,
到處聽人喊救命。

如今我住在九龍城,
天天還聽飛機的聲音,
一清早我就無法安眠,
到夜半又常常驚醒。

……

我說那麼你為什麼要提倡原子,
為什麼你不乾脆提倡原始的和平。
我只想同父母妻子過原始的生活,
並不想享受飛機原子的文明。

　　　　(《原子的和平》,《街邊文學》,1954年5月18日)〔註2〕

在這首詩歌中,徐訏明確表示,所謂的原子的文明非但沒有帶來所謂的現代生活,反而使他遠離了他本該擁有的原始的人生幸福。字裏行間,徐訏對安

〔註1〕 商務印書館辭書研究中心編:《古今漢語詞典》,商務印書館,2000年版,第10頁。

〔註2〕 徐訏:《街邊文學》,香港上海印書館,1972年版,第37～40頁。

穩幸福人生的渴望之情也便立現。他所追求的也就並非所謂「現代化」，更不需要「現代」帶來的多重不可控，而只希望「同父母妻子過原始的生活」。在另一篇文章中，徐訏也說：

> 我是一個笨拙呆板，疏懶冷淡，既怕敷衍又怕應酬的人，……
> 這樣的時代，也許正是產生英雄豪傑的搖籃，但我們偏是沒有大志
> 的人，既不慕富貴，也無意於榮利，只是想在寧靜的鄉村裏，過一
> 種質樸簡單的生活，而這又偏是這時代所不允許的。〔註3〕

徐訏一生所追求的，正是這樣的「原始的」、「質樸簡單」的生活，而這種生活狀態也即「安身立命」：生活有著落，精神有依託。具體來講，即人生有穩定的發展方向，有適合自己棲息的生活環境，並且，親情愛情從未虧損，而較為健康長久地延續著，並獲得了較為安穩順暢的情感體驗。

然而，正如徐訏所說，「而這偏又是這時代所不允許的」。在徐訏的一生中，他的狀態卻從未真正獲得「安身立命」，而始終「游離」其外。對此，徐訏其實有著較為自覺的認識和評價，「像我這樣年齡的人，在動亂的中國長大，所遭遇的時代的風浪，恐怕是以前任何中國人都沒有經歷過的。我們經歷了兩次中國的大革命，兩次世界大戰，六個朝代。這短短幾十年工夫，各種的變動使我們的生活沒有一個定型，而各種思潮也使我們的思想沒有一個信賴。」「我同一群像我一樣的人。則變成這時代特有的模型，在生活上成為流浪漢，在思想上變成無依者。」〔註4〕徐訏的這段話道出了他們這一代人特殊的人生狀態與思想狀態。本章則重點討論徐訏「生活上成為流浪漢」的情感體驗狀態。在這段話中，徐訏是從大的歷史時代背景去挖掘一代人共同的精神經歷，而在本章中，我們將從徐訏具體的人生經歷入手，討論相對特殊的某些人生經歷對徐訏精神狀態的作用。深刻地體現並加重著徐訏「游離」體驗的經歷有兩種，一種是童年經歷，一種是婚戀經歷，這兩種經歷均較強烈地影響了徐訏，造成他情感體驗的某種「症候」，並使這種「症候」一直延續，使其終生「游離」於「安身立命」的追求之外，從未獲得安穩的人生感受。

〔註3〕 徐訏：《〈山城之夢〉序》，《徐訏全集》（第10卷），正中書局，1969年版，第
625～626頁。
〔註4〕 徐訏：《道德要求與道德標準》，《個人的覺醒與民主自由》，傳記文學出版社，
1979年版，第1頁。

在正式論述之前，我們先來看幾則他人初遇徐訏的印象記錄：

> 初見徐訏先生並不覺得他如一般人所說的嚴肅，可是飯桌上的氣氛卻因徐訏先生並不多話的緣故而顯得有些拘束。〔註5〕

> 在學校的一個教師會議上，我見到了徐訏。他彎著腰坐在桌子旁邊，像是儘量把自己弄矮，只把碩大的、給人印象深刻的頭部，和聰慧的面孔露出來。他十分沉默，讓其他人喧嚷。〔註6〕

> 記得那是一場會議之後，樓外下著傾盆大雨，來自世界各地的漢學家們都擠在門口，徐訏卻獨立在門外石階盡頭，看不出是快七十歲的人了，依然那麼英挺，依然很有風采。他的嘴堅定地抿著，一雙眼珠灰黝黝的，注視著樓外的雨絲，像是深潭一般，蓄滿了落寞。〔註7〕

「初遇」是一種純粹而飽滿的體驗，它瞬間凝聚了人與人片刻的神交，最直接最鮮活，毫無任何外物干擾，也不摻雜日後的主觀情感，不介入世俗生活場景的拖拽，保留了個體對某物某人剎那的印象，具備較高的表層感知度。在三個不同個體與徐訏的「初遇」中，剎那的印象向度十分一致，「不多話」、「十分沉默」、「像是儘量把自己弄矮」、「獨立在門外石階盡頭」、「深潭一般」、「蓄滿了落寞」……這些表述與形容皆指向相同的方向：不善交際、孤僻、自我封閉、深邃。的確，這三位初遇者相遇徐訏時，徐訏皆已是度過了大半生歲月的滄桑者，其神情、姿態、風度無不滲露著往日的風雲。換句話說，年入後半生的徐訏，其性情及人生態度已固定，以上總結的形容，足以作為徐訏外在印象的整體概括。

這樣的外在印象必然是與世界存在著一定距離的，徐訏與社會人情的關係，在表層層面就已斷裂。徐訏展現給他者的，是一個與世界不相融合、甚至齟齬的人物形象。作為一個畢生的文學創作者，甚至一個畢生的詩人，這樣的形象並不讓人驚異，文藝史中的諸多藝術家、創作者都或多或少帶有此類氣質。但就是這種看似熟悉的氣質形態，不同個體間會存在微妙的差異，

〔註5〕三毛：《徐訏先生與我》，見徐訏紀念文集籌委會編：《徐訏紀念文集》，香港浸會學院中國語文學會，1981年版，第36頁。

〔註6〕布海歌：《我所認識的徐訏》，見《徐訏紀念文集》，香港浸會學院中國語文學會，1981年版，第109頁。

〔註7〕鍾玲：《三朵花送徐訏》，見陳乃欣等著：《徐訏二三事》，爾雅出版社，1980年版，第173～174頁。

同一個體內也隱藏著向度交織的內在精神與錯綜複雜的生命體驗。「沉默」、「落寞」的氣質引發我們更深層次的探尋，並試圖解釋表象背後的意涵，以及它們與徐訏詩歌的生成關係。若想挖掘出這一切隱在的涵義，必須從徐訏的具體人生經歷說起，去看一看，在徐訏的情感體驗中，究竟是什麼樣的經歷帶給了他如此的外在氣質，又是什麼，使他「游離」於「安身立命」的追求之外，而最終顯現著得不到穩定人生的「沉默」與「落寞」。

第一節　童年經歷：作爲精神「症候」的「鄉愁」

如果說「游離」於「安身立命」追求之外的人生狀態是徐訏整體的人生狀態，那麼，童年經歷則可以說是這一人生狀態的起點。正是因爲童年的經歷時常縈繞於徐訏的腦海，徐訏形成了較爲強烈的「鄉愁」，無論其日後漂泊何處，童年的經歷均成爲其懷緬的對象。並且，如果更進一步說，這種「鄉愁」已不僅僅是一般意義上的「鄉愁」，更因「鄉愁」本身的多重特質及影響意義而成爲一種精神「症候」。作爲精神「症候」的「鄉愁」成爲徐訏終其一生的精神特質。在本節中，我們將闡釋徐訏的童年經歷對其日後人生的重大影響作用，並重點討論這種經歷在以後人生中形成的「症候」。

（一）

徐訏出生於 1908 年的浙江慈谿。這一年是農曆戊申年（猴年），清光緒三十四年。這一年出版事業日漸興起，清廷頒佈了《大清報律》，孫中山策劃、黃興發起的欽州、廉州、上思武裝起義失敗，全國興起立憲請願高潮，清政府批准學部奏疏，開辦分科大學、計經學、法政、文學、醫、格致、農、工、商 8 科。同樣是這一年，光緒帝、慈禧太后前後離世，年僅三歲的宣統帝愛新覺羅溥儀即位，待光緒紀年結束後，改年號爲宣統。這一年發生的諸多重大事件皆預示著一場大的變革即將到來，這場變革將改變國人的命運，使生於此時的人迎接著「新」的衝擊與波動，也隱隱爲徐訏日後的人生走向埋下客觀伏筆，可以說，徐訏人生經歷與一切情感的生發源頭，都與這個龐大的歷史背景息息相關。在這一背景籠罩下，徐訏最直接接觸到的是他的故鄉與他的家族。慈谿究竟是一個怎樣的地方？「慈城歷史悠久，設治始於吳越句踐時，名叫句章。」「慈城擁有極爲深厚的文化底蘊，文物古蹟眾多，歷史遺

跡豐饒」，「慈城的巨大魅力還在於它擁有豐盈深厚的非物質文化資源。」〔註8〕據說慈谿的文化特質可用「六多」來概括：孝子多、科考人才多、高官廉官多、儒商巨賈多、慈善人物多、文化名人多。〔註9〕生長於此的故人回憶起故鄉，也頗多讚譽：「君舊籍慈谿，於余爲同里，慈谿邑治之北，有湖作半規形，曰慈湖，爲楊文元舊講學處，環湖三面有異峰、闕峰之勝，煙波浩渺，風景森秀」〔註10〕，「那小街，那深巷，不是有著一個個歷代狀元、榜眼、探花、進士第等遺址麼？多像一串串明珠在我身旁發光！這又是名鎮慈城的化身！」〔註11〕沐浴在這樣風景雋美、文化豐厚的小鎮，徐訏的成長可謂頗多善宜之處，他日成爲著作等身的作家，也很難無關於這份豐厚的故鄉饋贈。徐訏的家族也具備較爲豐厚的文化底蘊。細緻考察過慈谿歷史文化的研究者王靜，曾親自走訪過徐訏故居，指出徐訏出生於浙江寧波江北區紅塘鎮的竺楊村，〔註12〕「徐訏的故居，雖不見雕樑畫棟，但經過一個多世紀風霜侵染的老屋，那五開間兩明軒的二層小樓也足見房主昔日的殷實。」〔註13〕又據吳義勤、王素霞撰《徐訏傳》，「徐家的祖業曾經繁盛一時，是當時有名的大戶人家」，徐訏的父親「是一位有著傳統學識，眼光又很開放的家長。」徐訏的母親「是一個長期生活在農村，勤儉克家的人。」〔註14〕徐家一連誕三女，日日期盼兒子的降臨，據徐訏女兒葛原回憶：「我祖母姜燕琴是個身材纖小纏足的老式婦女，在一連生下三個女兒（我的梨如、班如、瑟如三位姑母）之後，她許下了願：祈求菩薩能賜給她一個兒子。終於她得到了我父親這個兒子，從此便以吃素來還願。」〔註15〕

〔註 8〕 吳廷玉編著：《江南第一古縣城再發現：寧波慈城文化內涵挖掘及開發研究》，四川大學出版社，2010 年版，第 6～7 頁。

〔註 9〕 參考吳廷玉編著：《江南第一古縣城再發現：寧波慈城文化內涵挖掘及開發研究》，四川大學出版社，2010 年版，第 7～8 頁。

〔註10〕 陳布雷：《故鄉大有佳山水——題亞子分湖歸隱圖》，見寧波市江北區慈城鎮文聯編《慈城：中國古縣城標本》（上卷），寧波出版社，2007 年版，第 3 頁。

〔註11〕 應昌期：《慈城，我可愛的故鄉》，見寧波市江北區慈城鎮文聯編《慈城：中國古縣城標本》（上卷），寧波出版社，2007 年版，第 9 頁。

〔註12〕 王靜：《尋找徐訏故居》，見《留住慈城》，上海遠東出版社，2004 年版，第 18 頁。

〔註13〕 王靜：《尋找徐訏故居》，見《留住慈城》，上海遠東出版社，2004 年版，第 19 頁。

〔註14〕 吳義勤、王素霞：《我心彷徨——徐訏傳》，上海三聯書店，2008 年版，第 5～6 頁。

〔註15〕 葛原：《殘月孤星：我和我的父親徐訏》，上海文化出版社，2003 年版，第 5 頁。

　　徐訏父親也給了徐訏較爲正向的人生開蒙。徐訏的父親算是一位思想較先進開明之人，在吳義勤、王素霞所著的《我心彷徨——徐訏傳》中，有關徐訏父親的描述並不算少：

　　　　徐訏的父親徐荷君，又名徐曼略、徐韜，從小聰穎過人，能詩善文，後從師於「四明四才子」之一，慈谿縣著名學者馮君木，清光緒三十年中了舉人。他是一位既有著傳統學識，眼光又很開放的家長。在徐訏後來成長的過程中，他逐漸接觸了西方文化，尤其對康德特別感興趣，也許正是康德的理性使他在 20 世紀初年，當商品經濟僅在上海等沿海城市興起的時候，就能以非凡和超前的眼光關注商業，並企圖以此來光復祖業。他早年在北京北洋政府任財政部秘書工作，徐訏出生時，他已到上海銀行工作。當徐訏 11 歲那年被接到上海時，他已成了上海有名的銀行家。後來，抗戰時期他還曾一度在重慶任中央銀行監理會秘書，可謂名噪一時。〔註16〕

有關徐訏父親的這一段描述十分重要，它向我們呈現出徐訏父親的身份狀態及身份變化。舊學功底厚實，師從「四明四才子」，光緒年間中舉，以上三點可知徐訏父親舊學學養深厚，且也算求得過功名利祿。西方文化湧入，徐訏父親亦能中西溝通，不曾排斥。除文化學養外，商場上亦是弄潮兒，絕不遜色。這不僅說明徐父「既有著傳統學識，眼光又很開放」，同時更說明徐父在面對時代的浪潮時，勇於做出選擇和改變。從舊學才子到舉人，從舉人到西方文化的接受者，從西方文化的接受者再到銀行家、中央銀行監理秘書，徐父實際已完成了身份意義上的傳統至現代的轉換。這樣的轉換值得注意，它實際說明了，在徐訏的成長過程中，徐訏的父親顯然已具備較好的能力，可以給予徐訏較爲正面的教育與人生指引。在父子關係上，徐訏並不存在著任何隔閡，也即可見幼年生活狀態中，徐訏很可能獲取到較爲開明通達的父愛。

　　以上種種材料可以證實徐訏出生及幼年生活環境的平和安穩開明的狀態。這種背景給予徐訏的是較爲正面的影響，徐訏不會懷疑家鄉的山清水秀，不會懷疑慈城的文化氛圍，更不會懷疑母親對他到來的期盼，以及父親給予他的開明之愛。這終形成了徐訏一生中對故鄉的懷戀，也即人們熟悉的「鄉愁」。在這一層意義上，故鄉對於徐訏意味著安定、溫暖、美好，也即「安身

〔註16〕吳義勤、王素霞：《我心彷徨——徐訏傳》，上海三聯書店，2008 年版，第 5
　　　～6 頁。

立命」的狀態：生活有著落、精神有依託。童年時期的徐訏自不必如同成年之後般漂泊無依，在他的內心深處，童年的故鄉生活代表著一種「安身立命」的穩定狀態，與難以企及的歸屬之感。也就是說，當詩人面對著不堪承受的現實境遇時，故鄉便成爲詩人藉以懷想與隱遁的所在——懷戀故鄉的一切美好，愁苦他鄉的無處棲身。正如研究者王靜在《尋找徐訏故居》中提到的《幻寄》：

> 小城外有青山如畫，
>
> 青山前有綠水如鏡，
>
> 還有夏晚明亮的天空，
>
> 都是我熟識的星星。
>
> 大路的右面是小亭，
>
> 小亭西有木橋槐蔭，
>
> 木橋邊是我垂釣的所在，
>
> 槐蔭上有我童年的腳印。

（《幻寄》，《時間的去處》，1952 年 10 月 28 日，九龍）

1952 年 10 月 28 日的香港與這首詩歌所描寫的場景是多麼的毫無關聯。同樣是 1950 年代，葉靈鳳卻寫出了歡喜香港風物之美的《香港方物志》，鳥獸蟲魚，無不一一細細描繪，如寫野花一篇：「香港的自然是美麗的，尤其是花木之盛。有許多參天大樹，你決料不到它們是會開花的，可是季節一到，它們忽然會開出滿樹的大花來。」〔註 17〕可見此時此地，香港絕非一片蕭瑟，不值一提，而在徐訏筆下，竟只青睞《幻寄》這樣的「鄉愁」描寫。在徐訏眼中，香港只是一片無法寄託他心靈的文化沙漠：「香港是物質的天堂，沒有精神生活。大家都在爭取賺錢機會，或掙扎活命，沒有人提倡文藝活動，充其量有藝無文，並非只有文學不能自下而上茁壯，其他如音樂、美術等等亦然。」〔註 18〕香港固然不適合純文學的寫作及發展，但徐訏自我的精神狀態也是造成他不喜關注當下的重要原因。1952 年，徐訏剛剛安頓於香港，南來的齟齬與孤獨使他更容易或更需要將文字停留於「鄉愁」，停留於對「安身立命」的懷想中。「對鄉土執著的熱愛和繫念，正是某種程度上支撐徐訏漂泊人生的精

〔註 17〕 葉靈鳳：《一月的野花》，見《香港方物志》，江西教育出版社，2013 年版，第 15 頁。

〔註 18〕 陳乃欣：《徐訏二三事》，見陳乃欣等著《徐訏二三事》，1980 年版，第 30 頁。

神支柱。」〔註 19〕無論是「青山如畫」、「綠水如鏡」，還是「熟識的星星」，都不僅僅是回憶式描寫，而更試圖取代當下的生存境遇。當大路的右面展現小亭、小亭西面展現木橋槐蔭，及「我」垂釣的所在時，詩人更將自己帶入畫面，使「童年的腳印」復刻於腦海。此時，不僅讀者，就連詩人自己也在表面上很難想起當下的香港，而始終停留在對「安身立命」的童年生活的懷想中。

　　徐訏一生漂泊中外各地，晚年又因政治原因隔絕於大陸，的確有十足的理由產生這樣的情感體驗。自中學時代，徐訏便已然開始了漂泊的生涯。1927年，徐訏考取了北京大學，1933 年，徐訏離開北京前往上海，從事自由撰稿和編輯工作，1936 年，徐訏赴法國求學，1938 年初，徐訏因抗戰歸國，1942年，徐訏踏上奔赴大後方之途，1944 年赴美擔任《掃蕩報》駐美特派員，1950年，被迫南下香港，直至 1980 年去世，30 年時間，又曾輾轉新加坡、臺灣等多地……如果說童年時期在故鄉的生活算得上是「安身立命」的話，那麼，徐訏成年後的多重漂泊則可以說始終「游離」於他所期待的「安身立命」之外。香港時期，徐訏被迫多年停留於他所不願居住之地，「鄉愁」情懷的張力達至最高。「在香港他是一個異鄉人，他不喜歡香港，住在這裡的人與他是那樣的不同，根本對他沒有絲毫反應。他也不講他們的語言，只講自己略帶浙江鄉音的普通話，因此他實在難以維持體面的生活。」〔註 20〕在返回故鄉無望的心態下，故鄉意識卻根深蒂固地存留於詩人腦海中，以異鄉人姿態自處、厭惡香港、講浙江普通話……徐訏對香港擺出了十足的「游離」姿態，又確實在客觀上形成了難以挽回的「游離」局面，使其長久地「游離」於「安身立命」的追求之外。

　　徐訏這種「游離」於「安身立命」之外的「鄉愁」意識，可在其詩歌作品中窺見端倪。在徐訏的詩歌中，涉及故鄉體驗的作品信手拈來。僅舉以下四首詩的四個片段為例：

　　　　他從娘的肚爬到娘的乳峰，

　　　　他愛搖籃的震盪，

〔註 19〕吳義勤：《漂泊的都市之魂：徐訏論》，蘇州大學出版社，1993 年版，第 160頁。

〔註 20〕吳義勤、王素霞：《我心彷徨——徐訏傳》，上海三聯書店，2008 年版，第 226頁。

他愛睡歌的低唱，
他呼吸在娘溫柔的懷中。
⋯⋯

如今，他對於當年的回想，
唱著無意義的歌，含著糖笑，
乃是那抓白天際破曉的光明。

（《十四行》，《借火集》，1934 年 5 月 5 日，上海）

天邊海角迢迢，
應念故鄉池塘。
問涓涓江水，
今夜流向何方？
⋯⋯

（《故鄉》，《燈籠集》1942 年 10 月 23 日，重慶）

最可愛是春天裏燕子飛來，
寄居在堂前的舊樑，
他們唱我們童年的歌曲，
贊美我素樸的家鄉。

多年來我流落在海外，
久久沒有見我家鄉，
我家鄉遠在江南
寄存著古舊的音響。

（《未題》，《無題的問句》，1975 年）

這三首詩分別寫於 1934 年、1942 年、1975 年，均表達的是「鄉愁」，可以說，終其一生，徐訏的內心都縈繞著故鄉，始終未曾忘懷。「寫作使回憶轉變為藝術，把回憶演化進一定的形式內。」〔註 21〕通過這幾首詩的列舉，我們也可以從詩歌作品中窺到徐訏內心的情感世界：在他漫長的人生中，始終存在著深重的「鄉愁」意識，這種「鄉愁」的存在也即說明他的人生狀態始終難以獲取生命原初的「安身立命」之感，始終「游離」於「安身立命」的追求之外。

〔註21〕宇文所安：《追憶》，三聯書店，2004 年版，第 129 頁。

　　當我們瞭解到徐訏一生的漂泊狀態，以及與之相對的「安身立命」的故鄉體驗，我們也即能理解徐訏「游離」於「安身立命」之外的「鄉愁」。不過，問題到此似乎尚沒有完全討論完畢。如果說徐訏離開故鄉後，他屢次的不安穩的輾轉使其產生「游離」之感，那麼，徐訏最後一次停泊的香港卻實際上並不再存在輾轉的問題。徐訏離滬抵港前後定居時間長達三十年之久，佔據徐訏生命近半，更遠遠超過他生長於故鄉的時間。根據我們每個個體的情感體驗，在某地停留一段時日後，總會對它產生些許感情，若長年累月客居，則會產生較高的心理認同度，甚至有可能模糊以往的生存印象，至少，在懷戀故里的同時，人們往往也產生了他鄉變故鄉的心理認同。徐訏居港時曾寫有一篇小說《仇恨》，主人公的姐姐多年前被有錢老闆設計娶做姨太太，多年後弟弟回來為之報仇，卻發現姐姐早已改變：「弟弟，這些都已過去了，他待我也不錯，我有了兒子以後，他們再沒有人欺侮過我了。他只要我替他生了個兒子，這許多產業，你想想看。」〔註 22〕小說真實地描寫出了世俗心態下小人物的生存需求與精神渴望，時過境遷，殺人復仇遠不如安享現狀來得實際，且起先的對立雙方（老闆與姐姐），若干年後已成為擁有共同兒子的夫妻，情感繫連也變得複雜起來——這是未曾干預當下的弟弟不能理解的。我們不能武斷定位徐訏對此的看法，但至少得知他是可以感知到這種世俗心態並承認它的存在的，然而，在自身的情感體驗中，徐訏無論如何還是未能做到這種世俗心態，且三十年這樣漫長的居港時間也不曾「時過境遷」。「二十多年了，如果是一個孩子，早已長大成人，而他覺得他未曾生根，香港這殖民地，在他的世界裏究竟是怎樣的？」〔註 23〕漫長的時間之後，徐訏仍舊像一個剛剛輾轉於此的客子一般無法接受香港，這到底是怎樣的一種情況，又是怎樣的一種心態？又與他以往的情感體驗有什麼關係？

　　我們當然可以將之解釋為南來作家對香港普遍的不適，在一個不被外界接受又同時缺乏自我認同的地域，若想提高對這個地域的心理認同度，則顯然更為困難，甚至不能靠時間的延伸來解決。「面臨著適應自然地理和人文環境的痛苦，體驗著身份歸屬的焦慮，承受著迷失自我的風險，感受著孤獨、彷徨、迷茫的情緒，陷入被拋出主流商業社會、行旅在邊緣的境地。」〔註 24〕南來作家

〔註 22〕徐訏：《仇恨》，《徐訏文集》（第 8 卷），上海三聯書店，2008 年版，第 274 頁。
〔註 23〕心岱：《臺北過客》，《徐訏二三事》，爾雅出版社，1980 年，第 41 頁。
〔註 24〕計紅芳：《香港南來作家的身份建構》，中國社會科學出版社，2007 年版，第 33 頁。

集體身處不堪的生存地域,很難將自我安放於存在而不屬於的香港。我們同時也可以推論,徐訏「鄉愁」的行為是他內心建設的必然回歸,「這符合徐訏香港時期的總體心態,是想由上海進入香港不可得才返回慈谿的一種深沉歎息。」〔註25〕當身處之境不能接納個體時,個體很可能選擇建構某種接納場域,以彌補現實中的巨大空虛,這種建構最容易來自過往經驗,並在此基礎上進行想像。這種過往經驗必然是美好的,自我也一定是充分被接納的,在遁入其中的過程中個體才能暫時忘卻現實的殘酷,獲得片刻安寧與富足。一個人的童年體驗及故鄉體驗最有可能成為美好的回憶,即便童年並非真正美好,也會因認知的懵懂而使其多少帶有輕鬆感。然而,對於徐訏來講,問題似乎並沒有那麼簡單。終其一生,徐訏都未能放下故鄉,且始終縈繞回溯,反覆申說,張力越拉越大,內隱的涵義也越來越複雜。這就不同於一般意義上的「鄉愁」,而顯然形成了某種「症候」。這種懷戀欲望不僅源於一般意義上的離鄉之感、不被接納之感,更連通了更深層次的精神訴求。當這種精神訴求猛然出現時,故鄉與回憶便浮上心頭及筆端。「最可愛是春天裏燕子飛來, /寄居在堂前的舊樑, /他們唱我們童年的歌曲, /贊美我素樸的家鄉。」在簡單的畫面描繪背後,我們感到的絕不僅僅是為遮蔽現實而做的刻意回歸式描繪,而更有借助恬淡情境隱於其中的抒情主人公的心懷,這位主人公已無意直呈內心經年的感受。1975 年,寫這首詩的徐訏已年過六十,在飽經亂離滄桑之後,他的「鄉愁」抒寫已暗含更多的精神向度。形成「症候」的「鄉愁」到底暗示著怎樣的精神訴求?又是什麼使得這一精神訴求彌漫了徐訏的一生?這就使我們更多關注到徐訏精神發展的內質,及故鄉對於徐訏的深層意涵之所在——我們需要進一步仔細梳理徐訏生長的背景環境,並釐清複雜的「鄉愁」內涵。

(二)

在進一步探討之前,我們有必要解釋清楚,什麼是「症候」?它同一般意義上的焦慮或癥結有何不同?在文學創作領域,我們又當如何定義「症候」?弗洛伊德在《精神分析引論》中如下定義了「症候」一詞:「症候——這裡所討論的自然是精神的(或心因性的)症候及精神病——對於整個生命的種種活動是有害的,或至少是無益的;病人常感覺症候的可厭而深以為苦。

〔註25〕 吳福輝:《城鄉、滬港夾縫間的生命回應——從徐訏後期小說看一類中國現代作家》,《文藝理論研究》,1995 年,第 4 期。

症候加害於病人的，主要在於消耗病人所必需的精神能力，而且病人要抵抗症候，又不能不消耗許多能力。」〔註26〕症候已不同於一般性的心情壓抑與不良記憶，而已形成一定程度的病理特徵，弗洛伊德定義的症候顯然更偏重於眞正意義上的精神病患者所患有的精神性疾病。那麼，作爲文學創作者的徐訏，顯然不至於患有嚴重的精神病，但是否也會擁有某種意義上的心理症候？在現代文學研究中，已有學者提出過「症候」與現代文學寫作的關係問題，「在某種意義上，症候可以看作是情結的表現。……我所說的『症候』，是作家不自知的，是無意識的。」「弗洛伊德在一些對於藝術作品進行解釋的文章裏所使用的方法，可以說就是文學批評。他仔細研究與某些經典藝術形象有關的『疑團』，並且提醒說，這些疑團就掩蓋著對理解這件藝術品來說是最根本、最有價值的東西。」〔註27〕這裡所提到的「症候」一詞基本沿用了藍棣之的定義，並認爲：症候是一位作家情感體驗過程中遭受的精神傷痕，並長期停留於日後的人生歷程中，使得作家整體的生命狀態始終深受這一精神傷痕的影響，而其文學文本創作也因之打上了或表面或深層的傷痕印記，具有此種症候引發的獨特寫作特徵。

在定義了「症候」之後，進一步的追問接踵而至。這種「症候」式焦慮與「鄉愁」之間到底存在著怎樣的關聯？或是說，「鄉愁」的表現是否源於此種焦慮？又是否印證著這種焦慮？這種「症候」又與徐訏「游離」於「安身立命」之外的情感體驗有著怎樣的關係？這就需要我們再一次回到徐訏的童年世界，並縮小關注半徑，集中於個人情感體驗的視角，看一看在徐訏的成長經歷中，到底留下了怎樣的印記。如果說長輩期望過重、「剋星」陰影、父母離異〔註28〕等經歷已爲徐訏日後的人生軌跡埋下了深深的伏筆，則兒童時期的寄宿體驗便可以說是直接且致命地影響了徐訏的性情與人生態度，並形成了終生難解的症候。「那家小學在浙江慈谿的一個鄉下，我入學時候是八歲，十足年齡不過六歲，離我家有一里多路，讀了半年就住校了。」〔註29〕

〔註26〕弗洛伊德：《精神分析引論》，商務印書館，2010年版，第286頁。
〔註27〕藍棣之：《什麼是「症候分析批評理論」》，見《現代文學經典：症候式分析》，人民文學出版社，2006年版，第1～2頁。
〔註28〕參看吳義勤、王素霞：《我心彷徨——徐訏傳》，上海三聯書店，2008年版，第6～8頁。
〔註29〕徐訏：《〈責罰〉的背景——我上學的第一個小學及其他》，見《徐訏文集》（第11卷），上海三聯書店，2008年版，第358頁。

五六歲的兒童正處於高級神經活動定性的時期,「在兒童五、六歲的時候,他的創造性的活動就特別地加強起來,而這個活動的基本方向也就形成起來了。高級神經活動類型(即思維型、藝術型以及中間型)表現得非常明顯。」〔註30〕這個時候的體驗與意識將決定兒童終身的發展方向。徐訏在寄宿學校的體驗近乎折磨,根據他自己的回憶,他以唯一的小孩子身份跟隨舊式教育家讀經,隨班上課時遇酷愛體罰的算術老師、不懂英文的英文教員,教育情況十分陳舊粗鄙。學校的衣食住行更是糟糕,用水用燈伙食如廁皆成問題。〔註31〕「我喜歡到學校讀書,可是不願意住宿,」〔註32〕成年後的徐訏曾如此回憶這段寄宿學校生活:

> 你問我為什麼不寫一本自傳。這是沒有理由的。實際上我的一生很平凡。受的學校教育不很平順正常,學校換得很多,後來我對於學校生活感到不喜歡,似乎也沒有一個真正對於我學業思想有直接影響的師友。〔註33〕

這些回憶性文字強烈地表達了徐訏對小學生活乃至學校生活的失望與不滿,從「非常羨慕」、「竟無法重新回到小學生活」等表述可以看出,這種失望與不滿已在徐訏的生命歷程中印下了無法消弭的傷疤。通讀徐訏的詩集,我們可以看到詩人對家鄉風物的眷戀、對家族親人的懷想,卻從來沒有任何一幅生動美好的畫面贈予過童年的學堂。徐訏是一個擁有「鄉愁」的人,但他對故鄉的懷戀卻不曾涉及童年的學堂,這顯然是一個不得不被注意的缺失。

在具體的學習生活上,徐訏並沒有體驗到一點來自寄宿學校的人性關愛,在徐訏的另外一則回憶中,他寫道:

> 我進高等小學二年級時候,英文先生姓許,是個教會中學畢業的,他對於教書不但沒興趣,而且不負責任,上課總是無精打采,後來我知道他夜裏常常在學校後面一家人家去賭錢。這件事校長翁老夫子竟一點不知道。

〔註30〕 中國科學院心理學研究室編譯:《巴甫洛夫學說與兒童心理學》,中國科學院出版,1954年版,第5頁。

〔註31〕 參看徐訏:《〈責罰〉的背景——我上學的第一個小學及其他》,見《徐訏文集》(第11卷),上海三聯書店,2008年版,第358~359頁。

〔註32〕 徐訏:《孤獨激起了寫作能力》,轉引自陳乃欣等著《徐訏二三事》,爾雅出版社,1980年版,第23頁。

〔註33〕 徐訏:《我小學生活裏的人物》,《徐訏文集》(第11卷),上海三聯書店,2008年版,第245頁。

　　……

　　在同學之中，有一位姓張的，同我很好。不知怎麼，那時候他
到城裏去買了一本胡適的《嘗試集》回來（當時嘗試集剛剛出版），
被翁老夫子看見了大罵一頓，他認爲張君不該把有用的錢買這無用
的書。

　　……

　　現在想起來，覺得這個姓張的同學，一定有某種氣質是常人所
不及的，只是教育並沒有把它帶領到正常的有用的路徑，以致走到
畸形的路徑而毀滅了自己的。

　　……

　　那一段生活，我非常孤獨，但因此我很用功，那些中學功課居
然都跟得上，而且不算壞。但是這陸軍學校的生活，一早依著軍號
起床，上軍操，打拳擊實在不是我年齡所勝任的。〔註34〕

以上幾段徐訏的回憶性文字至少透露出如下幾點內容：徐訏就讀的學校管理
不嚴格；徐訏學校的教師保守遵舊；徐訏學校的教育無法起到引導人性走入
正途的作用；徐訏學校固守規矩，未能顧及到學生的年齡、天性。以上所有
這一切將導致徐訏「非常孤獨」的情感體驗，這種體驗使徐訏很難獲取存在
感，更不可能「安身立命」於這樣的學習與生活環境中。

　　而更重要的是，在這樣一個乳臭未乾的年齡，徐訏即脫離了父母，獨自
面對生活中的一切，這實際上造成了精神依賴的割裂。「在還十分需要父母
關愛的幼小年齡，稚嫩的徐訏就倍嘗孤獨的滋味，有家不能歸，這對他的性
格形成有著較大的影響。」〔註35〕在寄宿學校的體驗中，徐訏多次經歷了試
圖回家與被迫不能回家的慘痛體驗，「有幾次我翹課回家，可是每次都被送
回來。」〔註36〕可見在幼年徐訏的心深處，回家的渴望與不能回家的焦慮與
打擊多次影印於頭腦，造成長久的精神印痕。「童年時就孤身一人離家住校，
缺少一般小孩子都能享受到的父母的疼愛和家庭生活的溫暖，使徐訏幼小的

〔註34〕徐訏：《我小學生活裏的人物》，《徐訏文集》（第11卷），上海三聯書店，2008
　　　　年版，第242～245頁。
〔註35〕陳同：《文化的疏離與文化的融合——徐訏、劉以鬯論》，歷史學碩士論文，
　　　　香港中文大學，2001年6月，第12頁。
〔註36〕徐訏：《孤獨激起了寫作能力》，轉引自陳乃欣等著《徐訏二三事》，爾雅出版
　　　　社，1980年版，第23頁。

心靈過早地體味到了孤獨和寂寞的滋味，養成了他孤寂內省的個性氣質。」〔註37〕下文這段回憶，可以說是對這種體驗的集中式表達：

> 我的家離校不過一里路。從學校遠遠可以望到我家所在的村落的，我住在學校裏，開始時候，實在想家，每到放學，看同村學生排隊回家，我真是羨慕。有時候，我真想偷偷溜回家去，但是這是絕對不許的。記得有一次，我的家著火了，那是黃昏的時候，遠遠地看見煙，於是看見了火。馬上有人傳來消息，說是著火的正是我家，我當時非常著急，很想馬上見到母親，但是翁老夫子不許我回家，他認為我回去並沒有用處。我記得那一天晚上我暗自傷心了許久。〔註38〕

表面上，這是徐訏回憶童年寄宿經歷的一段描述性文字，但實際上，這是一段非常重要且意味深長的症候表達。「記憶都不是偶然存在的——每個人都會從他的記憶中找出那些他認為有用的東西進行保存，不管其清晰與否。所以，這些記憶就成了他的『人生故事』。」〔註39〕若干年後，徐訏對這一場景的深刻印象足以證明這種體驗對他的長遠刺激。可以說，自這個時刻起，徐訏內心已然獲取了無法「安身立命」的刺激，也即是說，徐訏「游離」於「安身立命」之外的情感體驗，並不是從他離開故鄉之後才開始的，而是從他的童年經歷中就已開始了。而對「安身立命」的追求，是從徐訏的童年經歷中就已出現了喪失。

可以說，這一場景已形成某種固定性的隱喻，並成為徐訏焦慮的元表達：「我的家」離「我」並不遙遠，「實在想家」但卻「絕對不許」回去，對於可以回家的人，「我真是羨慕」。並且，即便瞭解「家」中的燃眉之急，也竟只能隔岸觀火，毫無介入能力。童年徐訏得知家中著火，「非常著急」，「很想馬上見到母親」，但竟發現自己被定性為無用之人，「但是翁老夫子不許我回家，他認為我回去並沒有用處。」無力與無用的評價一旦生成，將對童年期的徐訏造成深刻的精神印痕，這種精神印痕已不是「暗自傷心了許久」能夠平復

〔註37〕 佟金丹：《論童年經歷對徐訏及其小說創作的影響——紀念徐訏誕辰百年》，遠東學院學報（社會科學版），2008 年 4 月，第 10 卷第 2 期。

〔註38〕 徐訏：《〈責罰〉的背景——我上學的第一個小學及其他》，見《徐訏文集》（第 11 卷），上海三聯書店，2008 年版，第 360 頁。

〔註39〕 （奧）阿德勒：《自卑與超越》，李青霞譯，瀋陽出版社，2012 年版，第 49 頁。

的。擁有一個「家」、經營一個「家」、被承認於這個「家」，這樣的願望是每
個人都會產生的感受，出生、成長、戀愛、結婚、生子，一連串的世俗行爲
是人世的正常軌跡。這也即是「安身立命」的本質性追求。然而對於日後的
徐訏來講，這一切卻並非眞正擁有，「游離」故鄉之外，戀鄉而只得到「鄉愁」，
妻子外遇，拋妻別女，遠在香港……不能擁有、不能掌控的人生經歷筆筆皆
是，童年的這段寄宿經歷，幾乎已成爲徐訏整體人生的縮影式寫照，「在人的
所有精神世界裏，只有記憶可以透露出人的眞情。記憶就像他的影子，時時
提醒著自身的限制和環境的意義。」〔註40〕每當他的人生陷入同樣的境遇時，
最初的情感體驗便會重新浮上心頭，並在一次次的回憶中反覆鞏固，終成癥
結。可以說，在日後的人生中，「安身立命」的焦慮始終存在，而這種焦慮不
僅源於當時的人生狀態，更每每與最初的經歷對接。正如《苦待》一詩所寫：

　　　　　我隨風尾遠行，

　　　　　應趕風首回去，

　　　　　因我與家園的新月，

　　　　　約在黃昏時相遇。

　　　　　……

　　　　　雖說征人的壯志未遂，

　　　　　不應爲自己的癡情顧慮，

　　　　　但我不忍家園的新月苦待，

　　　　　她在苦待中就會謝去。

　　　　　　　　　（《苦待》，《鞭痕集》，1945 年 12 月 29 日，夜尾，紐約）

1945 年 12 月 29 日，身在異國紐約的徐訏於夜尾時光中寫下了《苦待》一詩，
在這首詩中，詩人的形象是風風火火的，「我隨風尾遠行，　/應趕風首回去」，
詩人並不留戀故鄉之外的一切風景，而一心只想回歸家園。並非詩人未曾有
「壯志」，而是即便「未遂」也要顧慮「癡情」，因爲「不忍家園的新月苦待」，
「她在苦待中就會謝去」。〔註41〕可見在詩人的深心中，等待回歸家園的焦

〔註40〕（奧）阿德勒：《自卑與超越》，李青霞譯，瀋陽出版社，2012 年版，第 49
　　　　頁。

〔註41〕這裡隱藏著中國傳統的「達則兼濟天下，窮則獨善其身」、「齊家治國平天下」
　　　　的思想。《禮記・大學》有云：「古之欲明明德於天下者，先治其國；欲治其
　　　　國者，先齊其家……家齊而後國治，國治而天下平。」（（漢）鄭玄注（唐）
　　　　孔穎達疏：《禮記正義》，北京大學出版社，1999 年版，第 1592 頁。）在徐訏

慮，以及擔憂因不及時歸家而造成家園損毀的焦慮依舊是那麼鮮明，這種焦
慮同幼年時期目睹家園失火卻無法回去、擔憂家園損毀的焦慮何其相同！

> 你說我如能早睡，
>
> 你可領我回鄉，
>
> 故鄉的春色燦爛，
>
> 滿野綠遍稻秧。
>
> 但等我走進夢裏，
>
> 竟不見你的行蹤，
>
> 只聽見你在叫我，
>
> 說你已走進田壟。
>
> 待我看到家國，
>
> 田間春稻已長。
>
> 我不見你的影子，
>
> 唯聞身邊稻香。
>
> ⋯⋯

（《夢內夢外》，《鞭痕集》，1946 年 3 月 11 日，Madison，鄉下）

1946 年，身居美國麥迪森的徐訏又一次唱起了故鄉之歌，並且又一次涉及到
能不能回鄉的問題。因為詩人失眠，「你」便勸說詩人早睡，條件是「可領我
回鄉」。在失眠狀態下，只有異常鼓舞人的條件才會使詩人努力選擇入睡，由
此可見，「可領我回鄉」對詩人具備怎樣的吸引力。然而「等我走進夢裏」，「竟
不見你的行蹤」，而我「看到家國」之時，卻發現「不見你的影子」，許諾的
「故鄉春色燦爛， /滿野綠遍稻秧」早已變做「春稻已長」、「身邊稻香」，顯
然節氣已過，並不是詩人最期待的景象。這樣的抒寫頗有一些隱喻色彩：在
徐訏的內心深處，凡與回鄉有關的心理活動總難以獲取圓滿，不是身邊失去
陪伴的人，再次陷入孤獨，就是未能趕上最想回去的時刻，留得人老珠黃、
風景大變。在徐訏的內心深處，他始終感到自己「游離」於「安身立命」的
追求之外。

的詩歌中，家園並未有任何變故，在壯志未酬的情況下，好男兒本應志在四
方，圖國治天下平，「兼濟天下」，可卻因「癡情顧慮」，由「達」轉「窮」，
必須回家。這等回家非榮歸故里，逆慣常之行為，可見在徐訏心中，「家鄉的
新月」之重要無可比擬。

　　以上材料及詩作可說明，終其一生，徐訏都未能放下童年期對故鄉的懷戀及回鄉不得的「症候」體驗，一把火燃燒了徐訏整個的生命，寄宿學校的困境成為整體的人生困境。這種「症候」造成了徐訏一生未能擺脫的焦慮，並與日後的諸多經歷互相影響，惡性循環：一次又一次「游離」於「安身立命」之外的體驗無限度地加深最初的焦慮，而最初的焦慮也以強大的覆蓋力始終掌控著整體的人生態度，即便在複雜的環境中有可能抓住安寧與歸屬，內心深處的傷痕也使自我主動放棄了可能性。在香港，三十年的漂泊已近於某種程度上的安寧，但徐訏卻始終未能試圖抓取這種安寧，除去香港本身難以容人的客觀條件之外，自我的抗拒也是造成這種局面的必然原因。因此，徐訏「游離」於「安身立命」之外的情感體驗也將成為一種必然。徐速曾在回憶徐訏的文章中說：「徐訏的作家氣質很快就暴露了，對於他不大喜歡的人，總是愛理不理，就是勉強擠出來的笑容，也都帶有冷峭孤傲的味道。」〔註 42〕這篇文章對徐訏的評價雖然有失偏頗，在言辭上也有諷刺挖苦之嫌，但作者確也是站在現實立場上清醒地看到徐訏「游離」的境遇：「徐訏的冷漠態度，弄得主人很掃興，但也無可奈何。我在臺下聽得很過癮。說真說，不敷衍，頗有『雖千萬人吾往也』的氣概，這才是大家的本色；但我也立刻想到，在這個弄假搞鬼互相利用的社會裏，這位老兄很難一帆風順了。」〔註 43〕徐訏不隨波逐流的精神甚為可貴，值得後人為之敬仰，然而從其人生整體的癥結來看，以硬姿態衝擊世相的淩厲也是他難以轉圜的內心焦慮所做出的必然外在反射。「在我的一生生活中，住永遠是一個成問題的問題，現在也還是。」當我們再來看徐訏說過的這一句話，其況味更有了複雜的向度，這說明「安身立命」的渴望已在徐訏這裡形成巨大的焦慮，而始終無法實現。終其一生，徐訏都未能找到內心的安寧，他不停地更換著空間地域，並追問著人生何去何從：

　　　　向哪裏去，向哪裏去？

　　　　……

　　　　向沙漠，向原野，

　　　　向冬天的溫暖，

〔註 42〕　徐速：《憶念徐訏》，見寒山碧編著《徐訏作品評論集》，香港文學研究出版社有限公司、香港文學評論出版社有限公司，2009 年版，第 310 頁。

〔註 43〕　徐速：《憶念徐訏》，見寒山碧編著《徐訏作品評論集》，香港文學研究出版社有限公司、香港文學評論出版社有限公司，2009 年版，第 310 頁。

　　　　向夏天的涼爽，
　　　　向安寧的家居，
　　　　向自由的流浪。

　　　　向無神的地方，
　　　　向有愛的地方，
　　　　向那渺茫的夢，
　　　　寄居著平凡的希望。

（《向哪裏去》，1951 年 1 月 28 日，香港）

這一首《向哪裏去》情緒鮮明地表達出了徐訏「游離」於「安身立命」之外的境遇與意識，終其一生，身體漂泊異鄉各地，心靈亦未曾找到任何寄託之所，也即是「安身立命」的反面：生活無著落，精神無依託。在 1951 年的香港，他唱著「向哪裏去，向哪裏去」的疑問，不斷投射著內心經年的「游離」狀態。詩中提到的「向沙漠、向原野」、「向冬天的溫暖」、「向夏天的涼爽」、「向安寧的家居」、「向自由的流浪」其實都是現實生活中的徐訏難以體會到的狀態與感覺，就連自始至終的「流浪」，都包含有不自由的成分。至於「無神」、「有愛」、「平凡的希望」之類溫存之感，更是徐訏所難以觸碰的情感體驗，因而在《向哪裏去》這樣的詩歌中，總要大肆暢想一番。

　　通過以上的論述我們會發現，徐訏的「鄉愁」向度複雜。故鄉因歷史文化、家族背景的美好而使「游離」於「安身立命」之外的徐訏格外懷戀，並且，這種懷戀也不單純為懷戀，更在具體的生活中起到遮蔽或替代現實處境的作用，借助「鄉愁」的懷戀，徐訏得以逃遁於想像中的世界，獲得片刻安寧。與之同時，對故鄉的反覆言說也暗含著內心的焦慮，童年的離家體驗使徐訏對「住」的精神訴求產生某種癥結，在意識深處，這種癥結堅固不化，並影響了徐訏一生的情感狀態與處世態度，當相同的情景進入生活時，新的記憶與舊的癥結互相印刻，導致徐訏的一生都未能走出這一癥結。這即是屬於徐訏的「鄉愁」內涵，包蘊著複雜的層面。徐訏的一生難以逃離「游離」的困境，從人生經歷上講，徐訏一生輾轉於多地，生活沒有固定著落，精神沒有固定的依託，這在客觀上使他「游離」於「安身立命」的追求之外。從「鄉愁」的「症候」上講，童年經歷又使他始終無法釋懷被迫離家的體驗，而這種體驗又始終復刻於日後的人生經歷中，即便徐訏有可能獲取「安身立命」，卻也在主觀上無法真正讓自己「安身立命」，而始終「游離」其外。可

以說，無論客觀主觀，徐訏終其一生的狀態均是「游離」的，而「安身立命」對他而言，僅只是一個無法實現的追求。

第二節　婚戀經歷：穩定感情的追尋與喪失

上一節我們主要討論了童年的「症候」經歷對徐訏的影響作用。「一個人生活的整個結構，如果因有創傷的經驗而根本動搖，確也可以喪失生氣，對現在和將來都不發生興趣，而永遠沉迷於回憶之中」。〔註44〕這樣的童年經歷造成徐訏始終沉迷於「鄉愁」中，並始終「游離」於「安身立命」的生活狀態之外。可以看出，童年經歷對徐訏的影響十分深重。那麼，成年之後，徐訏又經歷了怎樣的人生？在成年後的人生中，他又獲得了怎樣的體驗？這種體驗是使他最終獲取了人生的穩定感，還是又一次使他「游離」於「安身立命」的夙願之外？如果說徐訏的童年經歷促使他形成了「症候」，並導致他一生「游離」於「安身立命」之外，那麼，成年後的徐訏在婚戀經歷上則加重了「游離」的狀態與感受，成為反覆的「游離」體驗中第二次的強烈刺激。在第二節裏，我們將繼續對徐訏的婚戀經歷進行探討。當徐訏尚是一個孩童，家庭的愛與溫暖是其「安身立命」的首要需求，當他成長為成年人，在形式上逐漸脫離父母的家庭，並試圖建立自己的家庭，愛與溫暖的需求則更多表達為對愛情與婚姻的追求，這符合不同年齡階段人的情感需要特徵。然而，對於徐訏而言，無論是童年還是成年，無論是尋求基本的愛與溫暖，還是尋求在此基礎之上的兩性之愛，徐訏都未能獲得真正的滿足。在婚戀的經歷上，徐訏依然「游離」於「安身立命」的人生狀態之外。

（一）

在本章開首處，我們已經引用了多人對晚年徐訏的印象。可以看出，徐訏是一個沉溺在自我世界，不願過多展示自己的人。實際上，有關自己的私下生活與內心的情感世界，徐訏從來不願意多談。在陳乃欣對徐訏的採訪中，便有如下對徐訏的描述：「他像一個十足的普通人，有時天真，有時深沉，也對平凡細小的事物發生興趣，此外，他從不談自己。」「很奇怪，徐先生的著作以厚重著稱，但說話簡單扼要，絕少長篇大論，若因好奇或關心而想得悉

───────────

〔註44〕（奧）弗洛伊德：《精神分析引論》，商務印書館，2010年，第234頁。

一些他的私人詳情，無論那一種，徐先生都守口如瓶，淡然處之，好像所有關於他的，均不值一提。」〔註45〕在婚戀問題上，徐訏更是有所保留，他不僅很少向人道自我的婚戀經歷，就算向人道及了，也並不曾完全公開。在陳乃欣對徐訏的採訪中，曾問及徐訏的婚姻狀況，而徐訏在具體的講述中甚至避談了一次婚姻：「我結過兩次婚，第一次婚姻維持時間不長，離婚之後過了十年，又第二次結婚，一直到現在，一個兒子在臺灣，女兒去年到法國讀書去了，只有我們兩夫妻在香港，所以我說生活很簡單，一點不騙人。」〔註46〕徐訏一生實際上結了三次婚，他在講述中顯然避談了第二次婚姻，即與葛福燦的婚姻。針對這次訪談，王一心在《徐訏的上海夫人及其女兒》一文中即提出了質疑及更正：

> 徐訏在一九七五年早春曾接受陳乃欣的採訪，談及他的婚姻時說道：「……我結過兩次婚，第一次婚姻維持時間不長，離婚之後過了十年，又第二次結婚，一直到現在，一個兒子在臺灣，女兒去年到法國讀書去了，只有我們兩夫妻在香港，……」
>
> 這可能是徐訏生前唯一一次對採訪者談自己的婚姻，不知是何原因其所說與實際存在很大出入，徐訏究竟有什麼必要或有什麼隱衷非要說謊不可呢？他應當知道隱瞞事實是隱瞞不住的啊。或許是採訪者聽錯了？〔註47〕

如果說「這可能是徐訏生前唯一一次對採訪者談自己的婚姻」，則可看出徐訏對於自己的婚姻情況有很強烈的規避意識，至少不願意將之公佈於大眾視野中。如果說採訪者並沒有聽錯，而確實是徐訏說了謊，那麼無論到底出於何種隱衷，徐訏都對自己的婚姻諱莫如深，並且，婚戀問題很可能極其嚴重地牽動過徐訏的內心，所以才會即便「知道隱瞞事實是隱瞞不住的」，也依然只得「非要說謊不可」，對婚戀問題採取有所保留的規避態度。這種有所保留的寧肯說謊的規避態度，至少隱約透露出徐訏對婚戀問題的某種閃爍態度，以及閃爍態度背後有可能存在的焦慮。

〔註45〕陳乃欣：《徐訏二三事》，見陳乃欣等著《徐訏二三事》，爾雅出版社，1980年版，第17～18頁。

〔註46〕陳乃欣：《徐訏二三事》，爾雅出版社，1980年版，第27頁。

〔註47〕王一心：《徐訏的上海夫人及其女兒》，收入《徐訏作品評論集》，香港文學研究出版社有限公司，香港文學評論出版社有限公司，2009年版，第277頁。

　　事實上，徐訏的婚戀十分複雜且不僅只是離婚又再婚那麼簡單。可以說，在人生至關重要的婚戀問題上，徐訏從未曾真正獲取到「安身立命」的感受。如果徐訏是一個對待感情採取一般客觀態度的人，那麼，他也可以放棄婚戀的追求，轉而在男性更為在意的事業上獲取成就感與穩定感。然而，徐訏實際是一個對婚戀及愛情問題極其看重的人，且對此有著很高的欲求，也有著很強烈的衝動。在《與徐訏談〈風蕭蕭〉》一文中，殷孟湖即寫到：「平常，略帶自卑感的人，往往是謹慎，小心，穩重，事事不會越軌。但是你，自卑感以外更有詩人的狂妄。有時，會做出一些失常的事來，尤其在戀愛上，你就不容易控制自己。當你有了愛，便沒有任何世俗的顧忌了。」〔註48〕一個人對「愛」的態度既然是「沒有任何世俗的顧忌」的，也正說明了這個人對「愛」的需求程度之強烈。徐訏正是這樣一個對「愛」需求強烈的多情的人。正如他在《深居》一詩中所說：

　　　　鋼琴沉默已久，
　　　　塵土層層緊封，
　　　　還有窗簾長垂，
　　　　燈火永遠朦朧。

　　　　人說主人病酒，
　　　　人說主人患瘋，
　　　　還有說主人深居，
　　　　只因憂愁太重。

　　　　園林早已凋落，
　　　　滿地落葉繽紛，
　　　　誰說炎夏過長，
　　　　主人期待秋風？

　　　　其實因主人多情，
　　　　秋來天天做夢，
　　　　所以四更三更醒來，
　　　　總怪咖啡欠濃。

　　　　　　　　　　　（《深居》，1942 年 10 月 18 日，重慶）

〔註48〕殷孟湖：《與徐訏談〈風蕭蕭〉》，《生活月刊》創刊號，1947 年 6 月。

鋼琴沉默、塵土塵封、窗簾長垂、燈火朦朧……在這首詩中，「主人」顯然處於頹廢的精神狀態中，生活也因此虛無混亂，人們議論「主人」何以如此狀態的原因，但詩人最終指出，這實際因為「主人」太過多情，在多情的困擾中，很難真正將生活過好。一個因為感情「四更三更醒來／總怪咖啡欠濃」的人，實際必然是對情感要求很高的人，與之同時，也實際必然是一個未曾真正得到這種情感的人。徐訏的學生黃瑞珍曾寫過一篇回憶徐訏的文章《悼念徐訏老師》，其中提到師生間曾有過一次人生之苦的討論：

> 與老師交談，是無拘無束的；古今中外，天南地北，總可以說個不休。那一天，不知誰說起人生之苦。座中各人絮絮不休，爭先數說自己的不幸。像平時一樣，老師默默的聽著，待我們說夠了，他簡單地說：「我才是世界上最苦的人。」我們都不相信自己的耳朵，更不相信他的話語，馬上七嘴八舌的，同心合力地數說老師的勝人之處：第一、兒女長大，且已成才，不用再牽掛；第二、今為一系之主，桃李滿門；第三、著作等身，既擅詩歌、散文，復精於小說、劇本，簡直是文學全才；第四……老師只默默地喝著茶，聽著我們的證明，沒有發言。難道這真是老師的心底話？難道老師是寂寞的？
> 〔註49〕

徐訏向來不喜過多表達內心的情感體味，一句「我才是世界上最苦的人」已透露出徐訏對自己人生狀態的哀怨與不滿狀態。既然徐訏絕少對外透露自己的婚戀狀態與婚戀情緒，那麼，有關徐訏婚戀方面的情緒狀態，也更可能包容於簡單的一句「我才是世界上最苦的人」之內。

　　既然在婚戀問題上，徐訏始終避而不談甚至閃爍其詞，既然在他的詩歌及學生的回憶中，我們隱約看到徐訏的多情以及多情背後的哀傷，我們也就同時隱約感受到徐訏在婚戀問題上可能存在著某種「症候」，而這種「症候」在性質上很可能與童年經歷中的「鄉愁」「症候」有著同樣的溯源，即它們很可能都是一種「游離」於「安身立命」之外的情感體驗，而婚戀體驗則是這種「游離」體驗的第二次表徵。如果說童年經歷尚可以為外人道，則婚戀經歷卻更多因性質的隱私而始終處於避而不談的狀態，更可能加劇經歷本身的嚴重程度。那麼，闡釋至此，我們必然要對具體的婚戀經歷發生興趣。徐訏

〔註49〕 黃瑞珍：《悼念徐訏老師》，見寒山碧編：《徐訏作品評論集》，香港文學研究出版社有限公司，2009 年版，第 374～375 頁。

到底有著怎樣的婚戀經歷？這種經歷是否也是一種類同於「鄉愁」的「症候」？又是否是對童年「症候」的第二次加重？這種婚戀經歷又最終怎樣使他又一次「游離」於「安身立命」的追求之外？

（二）

徐訏一生的婚戀經歷可以說是十分豐富又十分複雜。其間有情竇初開的萌動、初遇愛情的喜悅、婚姻生活的困境、至美情愛的追逐、多重對象的擇選、因時因地的婚緣，也有晚年漂泊的相依。〔註50〕不過相比之下，有三對愛情關係最能體現徐訏游離於「安身立命」之外的生命狀態，一是徐訏與第一任夫人趙璉的婚姻，二是徐訏對朝吹登水子的追求，三是徐訏與第二任夫人葛福燦的婚姻。

根據《我心彷徨——徐訏傳》所說：

> 大概 1930 年前後，徐訏認識了杭州姑娘趙璉，並與她有了人生中最甜蜜的一段愛情。趙璉生於 1914 年，比徐訏小 6 歲，祖籍杭州，在寧波讀的中學，大概就是在讀中學時與徐訏相識。1934 年，在寧波老家徐訏與趙璉正式拜堂成親。徐訏結婚時曾向魯迅求過兩幅字。婚後兩人住在上海，生有二女一男，其中一女夭折，留下的兩個子女，子名徐尹秋，女名徐清夷，現一個居臺灣，一個居大陸的湖南省。〔註51〕

與趙璉的婚姻是徐訏人生中的第一次婚姻，可以說，徐訏應該是充滿著對婚姻生活的無限嚮往，走入婚姻殿堂的。1934 年，徐訏只有二十幾歲，這也足以見得在婚戀觀念上，徐訏秉持著男大當婚、女大當嫁的「安身立命」之觀，願意順從傳統的婚戀觀念，在正常的年紀步入婚姻，生育子女，並期望人生可以按照這樣的既定標準「安身立命」地進行下去。對於這次婚姻，徐訏顯然寄予了很深厚的感情。正如他在《別把池岸弄暗》一詩中所寫：

荷葉上是何人的淚？

請別將荷葉弄碎！

因為愛荷的人兒就要歸，

〔註50〕詳情參見吳義勤、王素霞：《我心彷徨——徐訏傳》，上海三聯書店，2008 年版。
〔註51〕吳義勤、王素霞：《我心彷徨——徐訏傳》，上海三聯書店，2008 年版。

要問弄碎荷葉的是誰？

那時池中的蓮花已睡，

倦了的游魚也無意戲水；

只有我在那池邊徘徊，

誰？隔岸像有人在偷窺。

（《別把池岸弄暗》，《借火集》，1934 年，上海）

詩中的「我」對於荷葉保護之精細、精神之緊張，足以體現他對愛荷人的愛意。「請別將荷葉弄碎！」如此強制與強烈的語氣表達了「我」對荷葉的珍視程度，「池中的蓮花已睡，／倦了的游魚也無意戲水；／只有我在那池邊徘徊」，又體現出「我」為保護荷葉殫精竭慮的精神狀態。這是一種高度焦灼、強烈珍視的精神狀態，詩人寫出了這樣的詩歌也足以見得他對某一種事物或情感的珍視。這首詩寫於 1934 年，根據吳義勤《我心彷徨——徐訏傳》所載，1934 年正是徐訏初婚之年。而我們也有理由相信，詩中的愛荷人即是一種愛情對象的指代。「請別將荷葉弄碎」，即表明了詩人對愛情的極其珍視的態度。

然而，徐訏即便與趙璉育有二女一子，又在婚姻初期體驗了穩定而美好的愛情生活，卻未能最終挽留住這種美好的感覺。根據《我心彷徨——徐訏傳》，徐訏是在 1941 年 8 月離婚的，在該傳記中，作者有如下描述：

> 一方面，由於生計所累，徐訏在孤島時期主要精力都在文學創作上，與文朋詩友的交往、應酬佔去了他的大量時間。他在家的時間很少，這使妻子趙璉對他很為不滿。另一方面，徐訏與上海的女作家蘇青是老鄉，朋友，又是鄰居，蘇青的丈夫李欽後風流倜儻，常到徐訏家玩，趙璉對他極其欣賞。日久生情，兩人之間萌生了超出倫理之外的感情。〔註52〕

根據以上材料，我們可以很明確地獲悉徐訏與趙璉離婚的原因：妻子婚外戀。也即是說，暫不論造成婚姻破裂的內部原因，至少在外部直接原因上，徐訏是因為妻子愛上了別人，才被迫結束了婚姻的。這就在客觀上打破了徐訏的婚姻美夢，也被迫使他「安身立命」的穩定期待徹底破滅。暫不論男性在遭受婚姻世界的背叛時內心自尊的傷害，僅就前文所述的徐訏對愛情及婚姻的期待而看，在這場婚變中，徐訏所遭受的打擊可以說是十分巨大的。「徐訏和

〔註52〕 吳義勤、王素霞：《我心彷徨——徐訏傳》，上海三聯書店，2008 年版，第 154 頁。

趙璉是在 1941 年 8 月協議離婚的，這次婚變對徐訏的打擊應該是非常沉重的，這大概也是徐訏對自己的這次婚姻諱莫如深的原因。但這次婚姻失敗帶給徐訏的痛苦是長久而深刻的」。〔註53〕

　　在離開上海奔赴大後方後，徐訏曾經寫過這樣的詩：

　　　　前面雖有萬千的燈火，
　　　　只有你的是我光明，
　　　　那請你體驗我的哀怨，
　　　　並原諒我無比的傷心。

　　　　到底我們腦裏還有夢未清，
　　　　喉底也還有話語未盡，
　　　　此外我胸中還有無數心跳，
　　　　要讓你細細諦聽。

　　　　那麼趁今夜月明，
　　　　你千萬好好記住：
　　　　在你歸途的樹下，
　　　　你踐碎了我多少感情？
　　　　但我希望你會當心，
　　　　因為那青草叢中有古井，
　　　　過去不知有多少少女，
　　　　悔惱中都在那裏自盡。

　　　　　　　　　（《夜別》，《鞭痕集》，1942 年 2 月 1 日。深夜）

這首《夜別》表達了「我」內心積壓的情感。通讀全詩便知，這種情感必然是愛情。詩歌中雖然並未直接指涉到現實中離婚妻子趙璉，但從寫作時間及詩歌中的情緒吐露可看出，這必然是仍然陷於離婚痛苦的徐訏對這種痛苦的詩歌表達。1942 年，徐訏與趙璉離婚後隻身去了重慶，從時間上看，《夜別》這首詩正寫於徐訏與妻子剛剛離婚不久，因而內心仍舊充滿了不平之情也便顯而易見。從文本上看，這首詩抒發了詩人對一位女子的愛戀、怨艾、追悔之情，「前面雖有萬千的燈火，／只有你的是我的光明，／那請你體驗我的哀

〔註53〕吳義勤、王素霞：《我心彷徨——徐訏傳》，上海三聯書店，2008 年版，第 155 頁。

怨，／並原諒我無比的傷心，」詩人始終將對方放置於內心中的重要位置，並直接曝露出自己的心緒：「胸中還有無數的心跳」。但與之同時，愛之深切也帶來了怨艾與悲傷，「那麼趁今夜月明，／你千萬好好記住：／在你歸途的樹下，／你踐碎了我多少感情？」這種質問十分激烈，同時也反照出詩人對對方的關切與注目。然而，在對方「踐碎了我多少感情」後，詩人更多是出於一種負氣心理，便在詩歌中對自己曾經的愛人進行了類似詛咒的言說：「但我希望你會當心，／因為那青草叢中有古井，／過去不知有多少少女，／悔惱中都在那裏自盡。」詩人要對方「當心」，以免因過於「悔惱」而走上「自盡」之路。在這樣的表達中，顯然充滿了怨憤、譏諷、不平之情，這當然是詩人的一種情緒之詞，但同時也必然是離婚事件帶來的或尷尬或悲憤或無奈的心境的釋放。詩人譏諷對方小心因過錯而走上絕路，實際可以說已是一種詛咒之詞了：在世俗層面詩人已無法扭轉局面，故而在詩歌層面做一些沒有實際意義的宣洩也屬於情理之事。

從徐訏對自己第一次婚姻諱莫如深的態度，也從徐訏《夜別》這首詩歌所表達的情感，可以看出，徐訏的第一次婚變對徐訏影響巨大。這場變故在客觀上使徐訏中止了原本殷殷期待的婚姻生活，使他渴望愛情順遂、婚姻美滿的美好願望第一次破滅，也使他在具體的事實上遠離了「安身立命」的穩定人生，即便他仍舊渴望著像普通的家庭一樣妻賢子孝，他的人生也被迫於此割裂開來。徐訏的第一次婚變在客觀上造成了他「游離」於「安身立命」的追求之外，使他情感穩定、家庭幸福的美好願望第一次破滅，也使他從此開始了情感上的顛沛流離。

（三）

如果說趙璉的移情別戀客觀上使徐訏「游離」於「安身立命」的追求之外，那麼，徐訏個人的性格特質以及處世方式、乃至徐訏的愛情追求，又同時在主觀上造成了徐訏「游離」的必然結局。徐訏的離異當然直接源於妻子的移情別戀，但與之同時，徐訏在婚姻中的狀態以及他對愛情的想法，實際也應是造成徐訏離異的內部原因。徐訏與趙璉的婚姻狀態到底是什麼樣的？我們可以在蘇青的自傳小說中捕捉到一些蹤影。我們已經知道，徐訏的妻子正是與蘇青的丈夫發生了婚外情，蘇青在其小說《結婚十年》中，對這段婚外情的發生過程以及當事人雙方的家庭情況進行了描寫。在《結婚十年》中，

小說人物余白即是現實生活中徐訏的化身。在對余白的描寫中，蘇青談到了余白的才氣與為人：「他愛寫新詩小說，常常在上海雜誌及副刊上投稿」，〔註54〕這符合徐訏的個人形象，也描繪出了徐訏的特出與喜好。與之同時，小說中也涉及到了余白對女人的看法：「他希望他的愛人像希臘女神，萬分莊嚴，萬分高貴，美麗得使人幾乎不敢仰視一番。」由之可見，余白屬於那種不夠切和實際而只追求完美的文學青年類型，在余白自己看來，這可能是一種理想追求，而在一般人看來，即是一種不務實、不實用的追求了。在女性心理看來，「余白似乎是天生會尋樂的人」、「余白很會揣摩婦人的心理」，但在具體的生活中，卻被妻子胡麗英埋怨：「眼中噙著淚，說是她與余白結婚已四年了，余白根本不愛她」。在男性心理看來，余白沒有真本事，白白耽誤女人，在小說中，「我」的丈夫即說：「余太太真是個會管家的女子，而且也肯安本分，只可惜余先生一味太才子氣了，經濟未免拮据些。」在「我」看來，自己的丈夫「似乎有些瞧不起余白，以為他是沒有大志的，堂堂男子漢寫些詩呀小說呀可有什麼用處呢？」小說中的余白雖然充滿才氣，卻很難處理好現實中的家庭瑣事，也並沒有很好的經濟及理家頭腦，「他自己又愛瞎花錢，見了好的書畫唱片等等要買還罷了，衣服用品又講究，出入動輒坐車，香煙不離口，電影話劇京戲都非看不可，剩下來不重要的便似乎只有家用一項了。麗英因此很感苦痛，而且這是事實上的困難，馬虎不過去，與他說時，他便大發脾氣……」

我們當然不能將蘇青《結婚十年》中的人物余白完全等同於徐訏，不過實際上，蘇青所寫也並非捕風捉影。徐訏的第一次婚變確實與蘇青小說所描述的大致境況兩相吻合。如果現實中的徐訏果真如小說中的余白一樣，那他必然很難處理好理想情愛追求與現實婚姻生活之間的關係，也很難把握文藝氣質與俗世生活之間的關係。即便他對「安身立命」的婚姻生活有著發自內心的認同與要求，他個體中飄逸的不夠實際的那一部分氣質與習性，也必將使他「游離」於「安身立命」的追求之外。因此，徐訏的離異很難說與其個人的態度、行為、選擇毫無關聯，這可以說構成了徐訏離異的主觀原因。正是徐訏個人性情中的這些過於理想化、過於審美化的追求，造成了夫妻之間很難順利地經營普通的日常婚姻。再加之妻子趙璉又是一個愛慕虛榮、渴望現實享受之人，兩人的婚姻很難擁有美好的結局。「從兩人性格來看，趙璉性

〔註54〕這裡的引文可參見蘇青：《結婚十年》，上海天地出版社，1944年。

格外向，愛『虛榮』，而徐訏則性格較爲孤僻，不太善於與人交流，兩個性格的矛盾以及彼此的不滿，應該早就埋下了種子，孤島時期的爆發只是長期矛盾累積的結果而已。」〔註55〕一個滿心理想情結的人，與一個滿心現實虛榮的人，他們的婚姻走向決裂也並不是意外之事。

　　徐訏實際是一個愛情至上者，或至少對感情的追求有著熾熱的心態，這種熾熱的心態會使徐訏喪失任何現實考慮，使他注定「游離」於「安身立命」的穩定人生之外，而這種「游離」也屬於主觀選擇的範疇，而並非客觀原因了。在徐訏的一生中，可以算得上戀愛關係的對象，遠不止婚姻關係中的女性而已，在《我心彷徨──徐訏傳》中，可考察到的便有殷三姑、趙璉、朝吹登水子、美國猶太少女、言慧珠、葛福燦、張選倩等多人。並且，最能體現徐訏對愛情瘋狂追逐的例子便是我們需要重點討論的第二個婚戀關係，即徐訏對日本女作家朝吹登水子的追求。在朝吹登水子晚年所寫的自傳體小說中，作者如下描繪了徐訏與她相識的場景，在小說中，紗良即爲朝吹登水子，而俞即是徐訏：

　　　　「對不起，可以坐嗎？在心理學教室我們曾一起聽過課。」

　　　　……

　　　　「請。」紗良説。

　　　　「那麼，失禮了。」

　　　　那青年坐在紗良對面的椅子上。

　　　　「您是日本人吧？」他問。

　　　　……

　　　　「我畢業於北京大學，到巴黎來學習。學習法國文學……您呢？學習什麼？」

　　　　……

　　　　「我住在被稱爲大學都市的比利時會館，那裏很安靜，很好。我幾乎每天都到塞納河邊這一帶來。最近，在教室裏見過您兩、三次，我一看就知道您是日本人……我不知道該不該和您講話。您清

〔註55〕吳義勤、王素霞：《我心彷徨──徐訏傳》，上海三聯書店，2008 年版，第 157 頁。

楚吧，我不得不考慮我們的祖國之間的現狀……然而，我希望能認
識您，所以今天見您從學校出來進了咖啡廳，便尾隨著進來了，請
您諒解。」

　　……〔註56〕

這是俞與紗良正式相識時的場景對話。可以看出，在相遇相識的過程中，俞
一直都採取了十分主動的態度，不僅主動搭訕，還主動介紹自己，與之同時
也亮出了自己的友好態度，並試圖進一步瞭解對方。根據這部自傳體小說所
載，徐訏與紗良真正接觸的時間並不算多，但俞的情感爆發十分強烈，短短
的一段時間之內，他已經完全被紗良迷住，並不願再與她分離。

　　1937年，抗戰爆發，愛國的俞最終決定回國，在與紗良最後一次見面時，
他向紗良表明了心跡，並希望紗良可以跟隨自己一起回到中國的重慶：

　　「讓我再看看你，我永遠也不會忘記今晚，在這黑暗之中的你
的臉龐……」

　　俞向紗良身上靠了靠，唇輕輕地觸在她的面頰上。突然，紗良
肩上的那雙男人的手用力將她擁抱過去，激烈地顫抖著。

　　「紗良，和我結婚，到重慶來吧。我請求你。我不能把你丟在
巴黎一個人回國！」

　　俞幾乎在喊叫。

　　紗良震驚了，她不敢相信自己的耳朵。

　　「這……俞，我怎麼可能去重慶呢？我是日本人。你是為了抗
日才回國去的，對吧？這，是不可能的。」

　　「我請求你……」

　　俞兩手用力地抱著紗良，就勢蹲下身去，抱住了她的雙腿。

　　「我請求你，和我結婚，到重慶去吧。」

　　他像孩子一樣，反覆重複著這句話。〔註57〕

〔註56〕 （日）朝吹登水子：《愛的彼岸》，王玉琢譯，1987年版，湖南人民出版社，
　　　　 第76～78頁。
〔註57〕 （日）朝吹登水子：《愛的彼岸》，王玉琢譯，1987年版，湖南人民出版社，
　　　　 第105～106頁。

可以說，這是一種極為強烈的激動性表達，作為接受者的紗良，顯然被震驚了，並「不敢相信自己的耳朵」。紗良最終的拒絕使俞陷入深深的悲傷與失望中。小說所寫正是徐訏與朝吹登水子二人在法國的一段短暫情緣。時值抗戰，中日關繫緊張，徐訏一腔愛國之心不允許他繼續留在法國，而他卻又深深迷戀著日本女子朝吹登水子。在這樣的時局下，朝吹登水子作為日本人，完全無法答應徐訏的婚事，只能拒絕。在歸國的航船裏，徐訏他寫下了《寄 T.S.》〔註58〕一詩，抒發了他不能與朝吹登水子長相廝守的悲傷之情：

> 悠悠故鄉遠，滾滾海水長，
> 別君如離日，從此天無光；
> 君如清晨風，我是隔夜霜，
> 相識本偶然，相聚更倉皇，
> 只因心相印，從此不能忘。
> 君有眼如月，君有唇若虹，
> 纏綿君如蠶，靈活君若龍，
> 別後常晤月，別後曾會虹，
> 因見月與虹，舊情更若夢，
> 但願夜悄悄，夢裏會君容。
> ……

徐訏大多數詩歌都很注重格律，但像這樣直接進入古體的詩作在總體的詩作中並不多見，強烈的情感也深切地隱藏在規整的詩體中。

這段感情經歷在現實層面注定是無法圓滿的，同時也必然只能是徐訏人生中的插曲。但在情感層面，我們卻因此看到了徐訏追逐愛情的瘋狂與強烈。這段感情經歷充分體現出徐訏「游離」於「安身立命」追求之外的生存狀態。從徐訏對朝吹登水子的求婚可以看出，徐訏仍舊將這段感情定位於婚姻，也即徐訏追求朝吹登水子並非只為一時浪漫，而是希望理想中的愛情伴侶可以與之結合，並從此獲得「安身立命」的生活狀態。然而，希望「安身立命」的徐訏卻很難把握好「安身立命」的生活，而隨時「游離」於這種生活狀態之外，不僅失去朝吹登水子是一種「游離」，就連對朝吹登水子的追求本身，

〔註58〕根據吳義勤、王素霞：《我心彷徨——徐訏傳》中的闡釋，這首詩即是徐訏送給朝吹登水子的，「這首詩就是送給紗良也即朝吹登水子的，因為 T 即『TOMIKO』代表登水子，S 為『樣』即『SAN』表示一種尊敬。」上海三聯出版社，2008 年版，第 122 頁。

也只能說是「游離」於「安身立命」之外的，因爲徐訏此時已婚並育有子女，此時追求另外的異性，只能打破他原本「安身立命」的生活狀態。這種打破顯然是徐訏無法控制的內心情感使然，如果說徐訏與趙璉的離異客觀導致了徐訏「游離」於「安身立命」之外，那麼，徐訏對愛情的態度以及對理想愛情的追逐又在主觀上導致他「游離」於「安身立命」之外。綜合前文涉及到的論述可以看到，徐訏是一個懷抱著理想主義愛情態度的人，並難以控制自己對理想愛情的追逐，但在現實中，他卻很難處理好瑣碎庸常的婚姻生活，且顯然不是足夠稱職的丈夫。徐訏與趙璉的婚變可以說部分源於徐訏的不切實際，而從另一個角度上看，也可以說源於徐訏對現實生活及現實狀態的不能掌控，如果進一步言說下去，即是徐訏雖懷抱著理想中的完美女性形象，卻很難在現實層面把握好與一個確定性的女性的相處關係。即便在最後一段時間長久的婚姻關係中，亦顯見著夫妻間的某種不和諧。在《我心彷徨——徐訏傳》中，有如下描述：

> 第三次結婚給徐訏帶來了很多的快樂。但時間是無情的，不知何時起，他們夫婦兩人便不再一同在社交場合出現……照徐訏的說法，彷彿這種生活方式是夫妻倆刻意如此並且都樂於如此的，實際的情形可能有些出入，應該說在更大程度上是徐訏個人的選擇，而張選倩則是被動接受。他們的女兒對他們的這種關係頗不滿意，原因之一就是父親不讓母親參加他的社交活動，她認爲這是父親對母親的漠視，爲此她有些責怪父親。也許徐訏自己並沒有想很多，他只是認爲這是他應該做的，但在客觀上卻無形中影響了他們的感情。〔註59〕

徐訏的最後一次婚姻當然可以說是相對完美的，夫妻感情基礎一直不錯，也沒有出現過大的不睦。但通過這段描述，我們至少可以發現，在對男女關係及現實夫妻關係的處理中，徐訏始終都存在著一定程度的力所不及或思路相左。這造成他在處理現實關係時力不從心，很難把握好漫長而穩定的「安身立命」的婚姻，而使自己無論在客觀上還是主觀上，都始終「游離」於眞正的「安身立命」之外。

〔註59〕吳義勤、王素霞：《我心彷徨——徐訏傳》，上海三聯書店，2008年版，第259～260頁。

（四）

　　以上談到的徐訏與趙璉的離異、徐訏對朝吹登水子的追求所造成的「游離」，可以說均是人事狀態層面造成的「游離」。也即無論是客觀上被妻子背叛，還是主觀上過於理性化、難以經營現實婚姻，均屬於人的性格、狀態等屬性，正是這種性格本身的東西，造成徐訏「游離」於「安身立命」的追求之外。可以說，這的確是造成徐訏「游離」於「安身立命」之外的重要原因。但與之同時，我們也不能無視社會時代的變動對徐訏的影響，徐訏的第二次婚姻——徐訏與葛福燦的婚姻，即是具體的時代造就的悲劇，也成為徐訏婚戀中再一次的「游離」體驗。這一次，即便徐訏主觀上願意努力為之，卻也被時代拋諸於「安身立命」之外，使徐訏在婚戀體驗上又加重了一重「游離」之感。

　　在經歷了趙璉婚外情、向朝吹登水子求婚失敗、追求美國猶太少女、與言慧珠的戀情之後，1949 年，徐訏與葛福燦結婚。徐訏與葛福燦的婚姻是徐訏的第二次婚姻，根據友人後來的回憶，這次婚戀經歷帶給了徐訏很好的精神狀態。「那時候，徐訏心情很好，結識了一個女朋友，姓葛。當他剛從美國回來時，心境沉重，感情受到相當大的傷害。」〔註 60〕可以將「感情受到相當大的傷害」轉化為「心情很好」，即可看出，這段婚姻本身是較為甜蜜幸福的：

> 　　據葛福燦講，婚後他們感情很好，如朋友們所說，徐訏是個好爭辯的人，但從未跟她們鬥過嘴，她有時因時局動盪而悶悶不樂，不願說話，每當這時，徐訏就會顯得非常著急，他對她說：「你罵我打我都行，就是不要不理我。」葛氏婚後便辭職在家，專心做她的家庭主婦。徐訏寫作大多在夜間，葛氏總也不先去睡，陪伴在丈夫身邊，幫他謄稿，給他做宵夜。〔註 61〕

如果沒有外力的作用，可以想像，徐訏與葛福燦應該能夠較為順利地繼續他們的婚姻生活。1950 年，徐訏赴港，「葛氏在港逗留數月後，返回上海，預備接女兒走，卻萬不曾想到這時大陸海關的大門訇然關閉了。從此天各一方，

〔註 60〕劉以鬯：《憶徐訏》，見《徐訏紀念文集》，香港浸會學院中國語文學會，1981 年版，第 30 頁。

〔註 61〕王一心：《徐訏的上海夫人及其女兒》，見寒山碧編：《徐訏作品評論集》，香港文學研究出版社有限公司，香港文學評論出版社有限公司，2009 年版，第 279 頁。

夫妻倆的緣分到此完結。」〔註62〕在徐訏的三次婚姻中，如果第一次婚姻破裂的原因尚是夫妻雙方的情感問題，這第二次的婚姻卻是因為時代的原因被迫中斷的。

　　對於自己的婚戀問題，徐訏時常避而不談。這第二次婚姻更是在採訪過程中被忽略掉。因此，我們很難從徐訏留下的文字中找到有關這段情感的切實記錄。不過，根據徐訏朋友的回憶，對於自己遺留在大陸的夫人和孩子，徐訏不無惦念。1996年，羅孚著文《徐訏的女兒和文章》，就他所瞭解到的徐訏上海女兒葛原的情況進行了書寫。其中，作者提到了徐訏暮年欲圖尋找上海女兒的心思：

　　　　這是一九七九年的事，大約是在這個時候，他向我提出了一件私事，問能不能幫忙。他希望把在上海的女兒葛原接到香港來團聚。我答應他試一試，就把情況向上級反映，從此就沒有下文，他告訴我，申請早已進行，只是批准看來不易。他說，像他這種情況有困難的吧。孩子生下來不久他就來了香港，幾十年不見，已經成人了。人老了，很想看看她長成了什麼樣子，也想盡盡為人父的責任，培養她成材。〔註63〕

可以看出，暮年的徐訏十分牽掛自己在大陸的女兒，並希望可以早日與她團聚。在王一心《徐訏的上海夫人及其女兒》一文中，作者又談到徐訏與葛原在見面之前的聯繫：

　　　　六零年代徐訏曾託朋友帶信給葛氏，並要他們的女兒「出去」，在那個年代此想自然不可能實現。文革後不久，葛氏母女又收到了徐訏自巴黎寄給他女兒的信，那時他正在法國講學，在信中他表示想讓女兒到他身邊去生活和工作，希望能早日與女兒見面。此後葛原便開始申請出境，可是當時文革雖然結束了，但許多問題尚未理清，思想還不夠解放，極左的枷鎖也沒有完全解除，有三年左右的時間就是批不下來。徐訏不解，來信問女兒：「教你早點出來，為什麼不出來？」他還以為是葛福燦不願女兒走，因此對葛氏有些誤會。

〔註62〕王一心：《徐訏的上海夫人及其女兒》，見寒山碧編：《徐訏作品評論集》，香港文學研究出版社有限公司，香港文學評論出版社有限公司，2009年版，第279頁。

〔註63〕羅孚：《徐訏的女兒和文章》，見寒山碧編：《徐訏作品評論集》，香港文學研究出版社有限公司，香港文學評論出版社有限公司，第272～273頁。

> 一九八零年，出境申請終於獲取。徐訏一見女兒面，就既怨且疼地
> 說：「教你早點出來，爲什麼不出來？你出來了，你母親不就可以出
> 來了嗎？」又說：「你們受苦了。」〔註64〕

根據以上材料可以看出，晚年徐訏對留身大陸的女兒及第二任妻子常懷掛念
之心，也存在著希望彌補多年虧欠的心思。當他的女兒葛原終於歷盡千辛萬
苦來到徐訏身邊時，徐訏是極爲開心的：

> 那天徐訏正盤腿坐在床上，父女倆見了面，女兒喚了聲「爸爸」
> 後，先哭了，徐訏也跟著眼含淚花，目不轉睛地打量女兒。葛原是
> 徐訏三個女兒中最像乃父的一個，在香港，徐訏的許多朋友都說葛
> 原像父親，徐訏聽了心裏很高興。他也逢人便介紹葛原，很開心地
> 告訴人家這是他從大陸出來的女兒。〔註65〕

徐訏的女兒葛原在回憶與父親的見面時也寫到：

> 父親徐訏轉過身來，凝視著我，良久無言。黯然無神的眼裏閃
> 著點點淚光，他那正在乾涸的生命之泉中泛起陣陣漣漪。
>
> 我緩緩走近他，來到床邊。
>
> 「你總算出來了，這就好。留下來，留下來不要回去了。」父
> 親神色凝重地說，「以後你還可以把你媽媽接出來」。他斂了斂神，
> 補充到。〔註66〕

以上材料雖然涉及的是徐訏與女兒相聚的情況，卻也同時透露了徐訏老年時
分對這一長達三十年生離境況的體味。「人老了，很想看看她長成了什麼樣
子」、「你們受苦了」、「很開心地告訴人家這是他從大陸出來的女兒」、「正在
乾涸的生命之泉中泛起陣陣漣漪。」等言辭與行爲，除了表達出一個未盡責
的父親與丈夫的哀婉與期盼，也同時隱隱透露出三十年光陰在徐訏身上的磨
蝕以及這種磨蝕給予他的滄桑與悲憫。有一點是可以確定的，身赴香港後，
徐訏即便再度婚戀，並育有子女，家庭幸福，在婚戀體驗的總體感受上，卻
從來未能改觀先前的「游離」體驗，始終充滿著悲觀的情調。我們已知，徐
訏是一個對愛情有著強烈追求的人，先前的多次體驗，包括趙璉的婚外戀、

〔註64〕 王一心：《徐訏的上海夫人及其女兒》，見寒山碧編：《徐訏作品評論集》，香
　　　　 港文學研究出版社有限公司，香港文學評論出版社有限公司，第281頁。
〔註65〕 吳義勤、王素霞：《我心彷徨——徐訏傳》，上海三聯書店，2008年版，第277
　　　　 頁。
〔註66〕 葛原：《我和我的父親徐訏》，上海文化出版社，2003年版，第56頁。

朝吹登水子的拒絕，都使徐訏獲得強烈的「游離」感受，與葛福燦因時代原因的離異更在此基礎上加重了這種「游離」感受，使他即便在香港重又「安身立命」，娶妻生子，卻已經很難更多體會到「安身立命」的婚姻體驗。換句話說，在深層次的精神感受中，徐訏先前多次的婚戀困境已使他「游離」於「安身立命」之外，導致其晚年即便擁有「安身立命」的可能性，也已經失去精神上深層次的「安身立命」感。

　　這種「游離」於「安身立命」之外的婚戀體驗，也在徐訏晚年的詩歌中多有體現：

> 鑼鼓聲逝，
> 車馬聲遠：
> 獨坐小窗，
> 望大好山河，
> 飄渺的雲層外，
> 寥落的星星，
> 寥落的星星！
>
> 念紅花開過，
> 黃花開過，
> 蕭瑟的林下，
> 殘燈閃爍，
> 耿耿難忘的是：
> 暗淡的夢境，
> 暗淡的夢境！
>
> 人情細味，
> 世態閱盡，
> 短促的人生中，
> 愛分情散，
> 寒夜孤衾下是：
> 空虛的心靈，
> 空虛的心靈！
> ……

（《未題》，《無題的問句》，1970 年 2 月 7 日）

在這首《未題》中,「寥落的星星」、「暗淡的夢境」、「空虛的心靈」等悲淒哀婉的情調充斥全篇,「紅花開過」、「黃花開過」,而留在徐訏生命中的無非是一些永遠也抓取不住的回憶。「人情細味, /世態閱盡, /短促的人生中, /愛分情散, /寒夜孤衾下是: /空虛的心靈,」在晚年徐訏深層的愛情體驗中,愛情已經處於「愛分情散」的狀態,種種的婚戀經歷層層疊加,已使徐訏的婚戀體驗遠遠地「游離」於所謂的「安身立命」之外,即便在徐訏人生的後三十年,並不是孑然一身,「游離」的體驗也早已形成,並深入他的內心。

在上一節中,我們曾經論述到,童年時期的「鄉愁」體驗使徐訏產生了某種「症候」,這種「症候」的「游離」體驗並不因童年的結束而結束,而成為了終其一生的精神困境。如果說,「鄉愁」體驗是這一「症候」的起始,那麼,婚戀體驗則可以說是這一「症候」的二次集中爆發,並繼續延續了這一「症候」。在徐訏的後半生中,「愛分情散」的感歎卻更多與現實的婚姻狀態無關,而更多是先前的經歷綜合而成的「症候」,徐訏顯然並不能放下過去婚戀的傷痛帶給他的傷痕,乃至於即便在香港擁有穩定的家庭,卻也依舊被「症候」所控制。婚戀體驗產生的「症候」同樣使徐訏始終「游離」於「安身立命」之外。如果說童年體驗的「症候」使徐訏「游離」於穩定的人生狀態之外,並造成他無論身居何處都無法獲取安穩感、歸屬感,那麼,婚戀體驗的「症候」則使他「游離」於安穩固定的婚姻狀態與婚姻感受之外,並造成他即便身有所屬,心底卻依舊無法真正獲取到婚戀的擁有感。以上總總的「游離」均使徐訏「游離」於「安身立命」之外,也即是說,在徐訏的情感體驗中,無論是人生的安穩感、固定感,還是婚姻的幸福感、歸屬感,徐訏均「游離」其外,而從不曾達到他內心所需所求。

本章小結

在「游離」體驗上,徐訏可以說是一個無論情感經歷還是思想追求皆處於不穩定狀態的人。他的私人情感屢屢遭受挫折,經歷了比一般的生命個體更多的人生打擊。徐訏的童年沒有獲取真正的家庭溫暖,早年寄宿學校的生活狀態與他天性的敏感氣質對接一處,造成他童年世界中布滿離愁的陰影,且使他的人生自一開始就充滿了孤寂的體驗。成年後,徐訏也曾獲取美好的婚姻體驗,但最終未能圓滿,無論是妻子的背叛還是社會的不允,徐訏的婚姻狀態最終只能是一波三折。以上種種的情感經歷再加之徐訏終生的漂泊狀

態，使他的人生充滿了淒冷的色調。在徐訏的內心深處，無論「鄉愁」還是對愛情的渴求，均體現出「安身立命」對他的重要意義，徐訏渴望「安身立命」，卻始終「游離」在「安身立命」之外，這造成他終生漂泊的人生狀態及孤寂悲涼的情感體驗。對比同時代的其他作家，徐訏的「游離」感受是更為個體的，也更為源發，並最終形成了精神症候，而不僅僅是普通意義上的離愁別緒。這種精神症候式的體驗使徐訏的「游離」感受固定為終其一生的情感狀態，而「安身立命」只能成為始終存在的追求而已。

第二章　徐訏的思想追求：「游離」於 「社會使命」之外

　　上一章我們主要探討了徐訏「游離」於「安身立命」追求之外的情感體驗。我們發覺，徐訏童年經歷產生的「症候」奠定了他一生的情感態度，當這種體驗再次集中爆發於婚戀經歷，並反覆印證於整體的人生境遇，「游離」於「安身立命」之外的感受便固定為徐訏一生的體驗向度。在情感體驗之後，一個人會根據體驗的感受逐漸形成自我對世界的理性態度與評價，並逐漸形成自己的人生觀、價值觀，及生存經驗。對於徐訏而言，他將進一步形成自己的人生態度，以及他的思想主張。這種人生態度及思想主張最終成為他一生的追求與基本價值觀念。

　　實際上，徐訏的思想追求也處於「游離」的狀態，而與「游離」相對的「中心」是「社會使命」，即徐訏的思想追求始終「游離」於「社會使命」之外。所謂「社會使命」是指徐訏所處的社會時代對國人的思想規約與要求，而這種思想規約顯然也內化於生於斯長於斯的徐訏內心深處，當徐訏在個體的思想上萌發出與之不同的主張時，當「社會使命」在特定的時代背景下被一維化、窄化時，他必將「游離」於這種既定的「社會使命」之外。在本章中，這種「社會使命」具體指的是愛國、救國，及天下興亡匹夫有責等傳統的國人觀念。徐訏實際是具備這種「社會使命」意識的，他深刻地意識到自己身處的社會時代正處於飄搖不定的狀態，正如前章所引的徐訏自述：「像我這樣年齡的人，在動亂的中國長大，所遭遇的時代的風浪，恐怕是以前任何中國人都沒有經歷過的。」〔註1〕在這樣的時代背景下，徐訏從未忘卻自己作為國人的「社會使命」，1938

〔註1〕 徐訏：《道德要求與道德標準》，《個人的覺醒與民主自由》，傳記文學出版社，
　　　　1979 年版，第 1 頁。

年，徐訏毅然放棄了在法國未完成的學業，只爲奔赴祖國加入抗戰的洪流中，僅憑這一條即已經說明徐訏內心湧動的「社會使命」。1950 年後，即便徐訏被迫南下香港，遠離大陸，他的內心也從未放棄對祖國命運的關注，僅從他其時所寫的詩作內容已可窺見端倪，可以說，徐訏是一個擁有著「大中華」心態的人，無論其身處何處，他都從未忘卻屬於他的「社會使命」。在詩歌《無題的問句》中，徐訏明確地表達了他的愛國之心：

> 你們不妨說我是荒謬的知識分子，
>
> 總是不想討人歡喜。
>
> 但請不要說我是反革命，
>
> 或者是小資產階級的劣根性，
>
> 我只是有一顆懷疑的頭腦，
>
> 同一顆眞正愛國的癡心。
>
> （《無題的問句》，《無題的問句》，1979 年 6 月 22 日，晨一時半）

在徐訏即將辭世的 1979 年，他揮筆寫就了長詩《無題的問句》。這首長詩整體的表述內容暫且不論，僅就詩歌的最末節而言，即透露出鮮明的愛國意識。徐訏不怕被人稱作不討人歡喜的荒謬知識分子，但卻並不願意被人稱作反革命或小資產階級劣根性代表者。在徐訏看來，這種在性質上否認徐訏思想意識的指涉完全誤解了徐訏根本的思想意識：「我只是有一顆懷疑的頭腦， ／同一顆眞正愛國的癡心」，在徐訏心中，這一切的爭辯與批判、思想意識的交鋒與對立，都無非是出於眞正的愛國情懷，而非簡單的階級之爭與利益之辯。1949 年，徐訏被迫進入香港，自此三十年未能回歸大陸，而在其心目中，祖國始終是重中之重，徐訏所作所寫，皆源於他對國家命運的深切關注。可以說，徐訏是有著極其強烈的「大中華」意識的，這種意識在抗戰年間就突顯而出，並伴隨其終身發展。

然而，就徐訏個體的思想發展而論，他卻又產生了與「社會使命」的思想相對的個體思想：尊重個人的思想，這一思想的產生源於徐訏個體的成長經歷，也源於徐訏個體的思考。在「動亂的中國」，這種思想主張顯然不夠合時宜，或至少與時代要求的「社會使命」產生了一定的距離。並且，當具體的愛國要求及政治意識形態將「社會使命」一維化、窄化後，徐訏就更不可能服膺於這樣的「社會使命」。因此，徐訏個體的思想追求也就「游離」於「社會使命」這一整體的思想追求之外。可以說，徐訏雖然具備「社

會使命」意識，卻又因個體思想的追求使自己「游離」其外。徐訏「游離」於「社會使命」之外，卻又從未忘記「社會使命」，這造成了他一生思想的彷徨局面。

　　本章將分兩節內容對徐訏的思想追求問題進行論述。第一節將重點討論，徐訏在踐行「社會使命」的過程中，個體思想的發展及成熟過程，也即是說，徐訏個體思想的成熟實際上恰恰生發於踐行「社會使命」的行為之中，但又最終「游離」在「社會使命」之外。在第二節中，我們將重點討論，徐訏個體思想的具體內容、獨特性，以及這一思想與徐訏內心的「社會使命」、社會規約下被一維化、窄化的「社會使命」之間的張力關係。

第一節　在「社會使命」追求中深化：徐訏個體思想的成熟過程

　　每個個體都有自己的獨立思想意識，徐訏自不例外。並且，徐訏的思想意識尤其突顯著個體思考的獨立性。徐訏到底有著怎樣的個體思想？這種個體思想是如何發展、成熟的？它與徐訏內在的「社會使命」意識之間，產生著怎樣的關係？對於徐訏自己而言，他個體思想的成熟恰恰完成於徐訏踐行「社會使命」的過程中。在抗戰的大背景下，徐訏因「社會使命」歸國，並踏上奔赴大西南的旅途，在這樣的行旅中，他獲取了更鮮活的體驗，而尊重個人的思想意識因此得到發展深化，並最終成熟。然而，在特定的時代背景下，徐訏尊重個人的個體思想一旦成熟，卻會被「社會使命」本身的要求排斥，而最終「游離」於「社會使命」之外。

（一）

　　徐訏曾經表達過這樣的看法：

　　　　每次我回想到我的小學生活總覺得實在很不正常，後來凡看到進步的小學，處處注意到兒童的生理與心理的，我往往非常羨慕。但是我竟無法重新回到小學生活去了。〔註2〕

〔註2〕徐訏：《我小學生活裏的人物》，《徐訏文集》（第11卷），上海三聯出版社，2008年版，第245頁。

孤獨而備受摧殘的寄宿學校生活給徐訏的童年留下深重陰影，同時也帶給他相關的思考。從這一段評述可以發現，成年後的徐訏格外看重學校對兒童生理與心理的愛護與引導，並認為自己的小學生活「實在很不正常」。童年的體驗實際上已引發徐訏對正常人性呵護的關注，這其實已經是徐訏個體思想的顯現：對「人」的權利的尊重與維護。少年時期的徐訏可以說已經漸漸形成了尊重人性的觀念。徐訏讀中學時已到了北京，先在成達中學讀了一年，後又經一個堂叔介紹轉到一所天主教學校。「可是進了聖芳濟以後，我對教會學校起了很大的反感。」〔註3〕在《我的中學生活》一文中，徐訏回憶了在教會學校遇到的一件事，徐訏之所以對這所教會起了反感，實際也關乎對個人的尊重問題：

> 我記得有一個大雨傾盆的黃昏，學生們都在校門口叫黃包車，有許多華童叫了車子，結果被洋童們搶著坐去，當時站在一起的西洋修士們毫不阻止，這留給我很奇怪的印象。我一直以為穿著黑色道袍的修士們都是德行很高的，而我也粗知上帝的兒女們是平等的，而現在發現事實的確不是如此，這與我過去中國學校裏所接受的愛國精神有一種說不出的衝突。我當時是住在附近的一個學校宿舍，並不在等黃包車，只是等雨下得小一點走回去，所以我一直站在門口。看許多華童眼睛望望道貌岸然的修士先生，而他們一直裝作不見不聞，還招呼洋童上黃包車，我幼稚的心裏就非常不平了。〔註4〕

從這段回憶文字裏可看出，徐訏對於「上帝的兒女們是平等的」這樣的觀念已「粗知」，而對於原本以為「德行很高的」修士們有了很不齒的態度。在徐訏眼中，洋童與華童同為兒童，本不應有任何區分，但洋童卻顯然有著比華童更高的地位，個人的意義被忽略不計，所尊重的不過是種族與身份。值得注意的是，徐訏並不在叫黃包車的華童之列，不存在自身利益的直接損害，面對這件事情，徐訏心中的不平全出於尊重個人的認識與客觀態度。當然，在這裡，洋人與華人的衝突可被視為種族衝突，徐訏對此的關注也自然涉及到種族意識與愛國思想。但實際上，這裡面所包含的意識尚包括對個人的關注。

〔註 3〕 徐訏：《我的中學生活》，《徐訏文集》（第 11 卷），上海三聯書店，2008 年版，第 253 頁。

〔註 4〕 徐訏：《我的中學生活》，《徐訏文集》（第 11 卷），上海三聯書店，2008 年版，第 253 頁。

　　我們且再來看一則徐訏對成達中學校長的回憶：

　　　　那一年，學校有一點整頓，校長吳鼎昌先生在招生廣告上註銷，自我們那一年起，畢業第一名的學生，將由他自資送出國深造，這當然也給我們這一班同學很多鼓勵。

　　　　一年以後，我們畢業了，第一名是一個湖南人姓姚的同學。這是一個又聰明又用功的青年，他曾經兩次訪吳鼎昌先生，每次回來同我們講起，吳鼎昌先生總是支吾其詞，其實他那時已是名聞全國的銀行家了，而對姚同學竟說些「我家裏開銷很大」的話，先還問姚君是學理科還是文科，認爲學文科是不必「出國深造」的，後來聽說姚君要學理科，他就支吾著說待他大學畢業以後再說……總之，是一味敷衍而已。吳鼎昌先生的公子也是我們的同學，他比我們低一班，畢業時並沒有考第一，但他就到英國劍橋去讀書了，讀的並不是理科。〔註5〕

徐訏幾筆之間已將這位所謂校長的虛僞樣貌勾勒而出。這仍是一件實際上不涉及徐訏個人私利的事件，但出於對公正、信用的關注，徐訏卻深刻地將這位老夫子的不齒行爲深記於心：不信守承諾，對青年辜負，在公眾面前虛假地塑造光輝形象。如果說徐訏對黑色道袍修士的態度尚涉及到種族國別問題，那麼，在對待成達中學校長吳鼎昌的態度上，我們則能完全地看到徐訏對個體的關注，以及對不以人爲本的虛假樣貌的強烈抨擊。

　　在個人權利的保有、伸張、發展等問題上，徐訏自童年時期便傾注了大量的心力。在徐訏的回憶文字裏，我們可以發現，有關於這一關注點的回憶不在少數，而人類的記憶機制總是傾向於將內心關注的事件擇取入庫，並忘記自己並不甚關心的俗常往事。「記憶都不是偶然存在的──每個人都會從他的記憶中找出那些他認爲有用的東西進行保存，不管其清晰與否。所以，這些記憶就成了他的『人生故事』。」〔註6〕歷數徐訏的這些「人生故事」，很多都與對個人權利的關注有關，那麼，在徐訏心目中，「認爲有用的東西」自然也是「人」，是對個人權利的維護，以及對破壞這一應有權利的抨擊。可以說，

〔註5〕　徐訏：《我的中學生活》，《徐訏文集》（第11卷），上海三聯書店，2008年版，第253頁。

〔註6〕　（奧）阿德勒：《自卑與超越》，李青霞譯，瀋陽出版社，2012年版，第49頁。

在徐訏的成長期，他已然朦朧地形成了尊重個人的思想。並且，這種關注一直延續在徐訏整個的人生中，逐漸成為他最重要的思想追求。這實際上是一種以個體為本位的個人主義思想，它本身必然具有很高的價值。不過，在徐訏具體生活的年代中，他不得不面對的，是與這一思想相對的，也是徐訏始終未曾忘懷的「社會使命」。

在本章開首處我們已說明，所謂「社會使命」是指徐訏所處的社會時代對國人的思想規約與要求，而這種思想規約顯然也內化於生於斯長於斯的徐訏內心深處。我們也已說明，所謂「社會使命」具體指的是愛國、救國，及天下興亡匹夫有責等傳統的國人觀念。在徐訏身處的具體時代中，這樣的國人觀念要求被上升至顯明的地位。具體到徐訏身處的文藝界，周遭亦是一片愛國救國的呼聲。在徐訏初登文壇的 1930 年代，抗戰的重要性已漸超越一切，文藝必然要求反映與之相關的內容，就連在體材上最具審美距離的詩歌，也被賦予了強烈的「社會使命」：「但新的詩歌命運終於被喊起了。帝國主義——尤其是日本帝國主義野獸軍閥們向我的瘋狂侵略之下，我們的一切方面都有了新的轉變：在迫切地要求詩性抗戰的具體條件下，我們新的詩歌運動便伴隨著一個總的改革運動而深刻地，強調地提出來並表現出來了。」〔註7〕內心富於「社會使命」意識的徐訏自然也深切地關注著國家的前途，並表達著他的愛國思想意識。正如徐訏在《最愛的》一詩中所說：

「你最愛的是誰？」

是善歌的 B？

是善舞的 A？

是實驗室中的 E？

是行政院裏的 G？」

「不，我的祖父，」

我的孫女說，

「我最愛的是，

後門口的老樹；

因為在神聖抗戰的那年，

〔註 7〕 徐中玉：《論我們時代的詩歌——偉大的開始》，《抗戰文藝》，1938 年，第 2 卷，第 11、12 期合刊。

　　爲保衛忠勇的兵士，

　　它周身受傷十七處。」

（《最愛的》，《燈籠集》，1943 年 6 月 9 日，渝）

詩歌的主題十分鮮明，即通過一個女孩子向祖父陳述她心中最愛，表達人民以抗戰爲上、尊敬忠勇兵士的思想情感。在詩歌中，「老樹」的形象象徵著一切與抗戰相關的神聖人事。徐訏的詩歌主張雖並非完全功利化地爲抗戰而作，在這樣的社會情態下，也必然會直接涉及到與抗戰相關的人事情態。

　　那麼，對於一個萌生了尊重個人思想的徐訏來講，「社會使命」與他個體的思想之間又處於什麼樣的關係狀態？實際上，徐訏並不特出於他自己所身處的時代，在他的心中，「社會使命」的意義同樣巨大。1930 年代，徐訏身處上海，從事編輯工作。從徐訏編輯刊物的思想主張上，我們也可以窺見其時徐訏及國人共通的「社會使命」觀念。在徐訏主編的《天地人》雜誌 1 卷 4 期的卷頭語中，編者們發出過這樣的吶喊：

　　　　時至今日，我們大中華民國確是走到最危險的時期了；這是毋庸諱言的，老實説，也就不必要諱言。那麼我們怎樣度過這個難關呢？卻是值得一檢討呀。

　　　　人在人類的圈套裏，爲了便於求生存起見，有形無形的分爲若干集體，（所謂國家，）這些個集體爲了各個的謀生存，所以整日裏勾心鬥角地在爲自己打算，想爲自己謀利益，所以就想把別人既得的利益，剝奪過來，滿足自己的欲望。

　　　　……

　　　　我們或他們，所有的人類，假若都要平心靜氣的想一想，同是在世界上求生存的人類，相差有幾！因了自己軍備一時的優越，竟想把別人的生存權的一部或全部，剝奪來據爲己有，那不是喪心病狂，豈有此理的事嗎？〔註8〕

在以上引用的段落裏，我們可以發現以下幾點信息：《天地人》密切關注中國的安危；《天地人》有著較強的民族意識，故而言「大中華民國」；《天地人》冷靜地看清「國家」緣起的實質原因；《天地人》格外看重個人的利益，將他

〔註 8〕　《天地人》編者：《卷頭語：時至今日我們大中華民國確是走到最危險的時期了……》，《天地人》，1936 年，1 卷 4 期。

國的侵略行為看做對別人利益的剝奪；《天地人》尊重任何的民族與個體，認為「同在世界上求生存的人類，相差有幾！」且格外尊重個人的生存權。這些信息透露給我們《天地人》雜誌的價值取向：關注國事，並將這種國事的安危直接繫連於個體的權利與利益之上。換句話說，在《天地人》看來，國事說到最終也便是個人之事，而個體的價值與利益得不到保證便需要群起而攻之。這實際上說明：徐訏內心擁有「社會使命」，但這種「社會使命」最終仍舊會與徐訏的個體思想連通一處。也即是說，即便在談到「社會使命」時，尊重個人的思想也仍舊會佔據著重大的地位。

　　1936 年，徐訏和孫成開始合作主編《天地人》雜誌。「這份由徐訏和孫成擔任主編的綜合性刊物儘管僅出十期，但它在徐訏思想發展過程中的意義卻是不可忽視的。徐訏顯然逐漸脫離了《人間世》閒適的小品文格調，以一種更為切實的態度關注社會人生。」〔註 9〕可以說，「以一種更為切實的態度關注社會人生」，即已更為突顯徐訏心中的「社會使命」，將現實的人生與現實的世態納入具體的表達中。但脫離了「閒適的小品文格調」的徐訏，內心所秉持的「切實的態度」卻也與抗戰的主旋律存在著某些和而不同——即對個人的最終關懷。

　　1936 年，徐訏寫就的《戰剩的情緒》即是一首關注到「人」本身的詩歌。這裡不妨全文將《戰剩的情緒》引用如下：

　　　　我偷進了這陰森的荒野，
　　　　那碰巧是灰色的月夜，
　　　　在那殘礫中我幽幽地喚，
　　　　喚我同伴的魂兒歸來。

　　　　風像當年的步聲，還有那草，
　　　　在月光下活像發閃的刺刀，
　　　　我沒有聽見魂兒的聲音，
　　　　只看見白骨在那裏衰老。

　　　　於是我唱起最熟識的軍歌，
　　　　這在當初泥醉的夥伴也會來應和，

〔註 9〕陳旋波：《時與光：20 世紀中國文學史格局中的徐訏》，百花洲文藝出版社，2004 年版，第 86 頁。

　　可是如今我不但不能把他們喚醒，

　　也難再使他們感到我嚕蘇。

　　但我還在白骨堆裏靜靜等待，

　　我想把骷髏的下顎一個個撥開，

　　因為我相信那裏一定還有山歌，

　　在他們死前的舌底存在。

　　　　　（《戰剩的情緒》，《燈籠集》，1936 年 2 月 18 日，深夜，上海）

在這首詩歌中，徐訏顯然選擇了一位經歷過戰爭的戰士作為詩歌的抒情主人公。從詩歌的題目《戰剩的情緒》看，整首詩歌抒發的是戰爭結束後幸存的戰士對陣亡同伴的懷念及內心悲傷的情感。這首詩的題目本身就頗帶有一些不同，「戰剩」音同「戰勝」，現代漢語中並沒有「戰剩」一詞，這裡用作題目，顯然是鮮明地將以往對戰爭的關注度轉移到特殊的視角：整首詩歌講述的是戰爭結束後的事情，但從未提及這次的戰役究竟是勝利了還是失敗了，所關心的全部是「剩」下戰士的「剩」下情緒。正是這樣一個「剩」下的戰士，於某個夜晚回到當時的戰場——「陰森的荒野」，在「灰色的月夜」下，這位戰士「幽幽地喚」同伴的魂魄，卻只看見「白骨在那裏衰老」。戰士唱起了曾經一起合唱的軍歌，希望可以借助這樣的熟悉場景使魂魄有所反應，卻發現一切只是徒勞。如果詩歌進行到這裡，我們看到的不過是哀痛集體喪失、信條被毀的落單軍人形象，哀哭這些亡靈也不過是痛惜軍隊力量的消亡。然而，最後一段頗引人注目：「但我還在白骨堆裏靜靜等待，／我想把骷髏的下顎一個個撥開，／因為我相信那裏一定還有山歌，／在他們死前的舌底存在。」已死的白骨與死前歌唱山歌的鮮活形成了鮮明的對照，「把骷髏的下顎一個個撥開」，既突出了戰士心中的慘痛之情，也表達出了戰場的殘酷與悲涼。不過，比這些更具備抒情亮點的是從「軍歌」到「山歌」的轉變，戰死沙場的戰士一下子從服從命令的士兵還原為普通的「人」，而抒情主人公之所以悼惜他們的死亡並不只因他們是戰友、是集體的一部分，更因為他們是「人」，是原本可以歌唱山歌如今卻只得長眠的「人」。正如陳德錦所說：「而最深刻的是將第九句的『軍歌』，在第十五句以『山歌』替代，表現出兵士雖勇敢地身赴敵陣而實在隱藏思懷鄉土的痛苦，含著一層反戰的意味。」〔註 10〕在徐訏筆下

―――――――――
〔註 10〕陳德錦：《詩與詩論》，見寒山碧編著：《徐訏作品評論集》，香港文學研究出

的特定空間內，戰爭勝利與否、戰士之死是否值得已顯得不那麼重要，重要的是戰士的死亦或是「人」的死本身。在徐訏看來，無論戰爭是否勝利，戰爭本身帶來的殺戮與被殺都是值得深刻哀悼的，這也就消解了戰爭立場層面的期盼，而更多將意義的中心傾斜向作爲個體的「人」。1936 年，徐訏就已然深入地體會了戰爭與個體的「人」的生命之間的關聯，而把生命的重量看得比一切價值都要貴重。

也即是說，徐訏即便堅持「社會使命」，他尊重個人的個體思想始終還是同時存在，不曾離開。孤島時期，徐訏曾與巴人針對「抗戰文學」進行過一場論爭，〔註 11〕徐訏曾寫有一首詩名爲《私事》，其中最末節是這樣寫的：「如今我雖然學會了字，／學會了讀漂亮話裏論生談死，／可是我知道街頭葫蘆裏都沒有藥，／而流行文章裏爭的都是私事。」（刊於《文匯報·世紀風》，收入《待綠集》，1939 年 3 月 21 日，晨四時，上海）在樓適夷主編的 3 卷 1 期《文藝陣地》上，巴人發表了長篇巨論《展開文藝領域中反個人主義鬥爭》，其中集中批判了徐訏的《私事》一詩，認爲它是非常有毒的瓦斯彈，會消滅千萬人的鬥志，流露著個人主義的傾向。〔註 12〕同一時期，徐訏也在《魯迅風》中發表過《晨星兩三》一文，明確地說出自己心中所向：「醫生是把人看作一隻表，看護是把人看作一隻鳥；所以我不愛醫生而愛看護。——不能把人看作一隻表的不是好醫生，不能把人看作一隻鳥的不是好看護，這些我不但不愛，而且痛恨。」〔註 13〕顯而易見地表達了自己對個人的尊重觀念。在這裡，我們無意去深究論爭雙方彼此各執的己見，而僅重點關注徐訏抗戰時期較爲獨特的思想觀點。徐訏「不愛醫生而愛看護」，不看重流行文章裏爭論的私事，而只求將人看作「人」，在中華陷入危難的時間段中，徐訏必然也以抗戰爲重，〔註 14〕但他從未放棄對「人」的尊重，始終將個體的價值擺在首位。在 1936 年的《天地人》雜誌

版社有限公司、香港文學評論出版社有限公司，2009 年版，第 250 頁。

〔註 11〕 有關這一論爭的闡述詳見王一心：《徐訏與巴人的筆墨官司》，《臺港與海外華文文學評論和研究》，1995 年第 1 期；周允中：《從〈魯迅風〉到〈東南風〉——記苗埗、徐訏和巴人的一場筆戰》，《新文學史料，2001 年第 1 期》。

〔註 12〕 巴人：《展開文藝領域中反個人主義鬥爭》，《文藝陣地》，1939 年 3 卷 1 期。

〔註 13〕 徐訏：《晨星兩三》，《魯迅風》，1939 年 11 期。

〔註 14〕 1937 年，因爲抗戰爆發，徐訏因愛國熱心，中斷了在法國的留學生活，隻身回國，可見在徐訏的心目中，國事的確是首位之重。

裏，以中華危難爲主題的卷頭語已隱約透露出這樣的價值觀念。也即是說，「人」的思想依然「游離」於「社會使命」之外，始終不曾離開。實際上，個體的「人」的價值與民族的集體利益之間本沒有絕對的對立關係，相反，兩者本屬於同一個價值體系。但集體的對抗一旦形成凝固性力量，這種力量也便成爲了一種恒定性的價值觀。當抗戰的鬥志逐漸從個體的體驗（個體感受到家園的損毀，個人利益的損害）上升爲群體的經驗（中華民族每個個體均不同程度地受到利益的威脅），再最終昇華，成爲眾所周知的觀念時，一致性的價值態度便具備了凝聚的強勢力量。這種強勢力量因爲統一而集中、強大，卻同時也有可能逐漸脫離於最初的個體體驗，以觀念的形式直接灌輸於新的體驗者，並造成一種無形的意識壓迫。正如勒龐在《革命心理學》中所說：「個人在作爲大眾之一員而存在時，具有某些與他在作爲孤立的個體而存在時迥然相異的特徵，他有意識的個性將被群體的無意識人格所淹沒。」「集體心理在瞬間就可以形成，它表現爲一種非常特殊的集合，其主要特徵在於它完全受一些無意識的因素控制，並且服從於一種獨特的集體邏輯。」〔註15〕這個時候，尊重個人的思想顯然就難以與「社會使命」意識徹底合流，而必然成爲一種「游離」。

可以說，在徐訏的思想中，他既主張「大我」的集體愛國意識，同時又始終堅守著「小我」的個體權利與自由。可以說，徐訏是希望將「社會使命」與個體思想合爲一體的。這原本也可以說是一對並不矛盾的概念，徐訏始終將這一對概念合於一身，不曾因「大我」拋棄「小我」，甚至愈發堅持對「小我」價值的珍視。耿傳明在談到「新浪漫派」的個人主義觀念時如是說：「徐訏和無名氏的個人觀念是經過反芻和內省的個人觀念，是經過強烈的自我懷疑、自我負疚之後仍不能放棄的個人觀念，因此他們……就更多地觸及了『個人』觀念的真意，消極意義上的個人自由的意義，這使其在個人觀念上有了更深一層的覺醒。」〔註16〕然而，在戰爭年代，這種將「社會使命」與個體思想合爲一體的主張，並不能得到支持與肯定。在徐訏的作品中，我們看到了「社會使命」與個體思想的綜合：《風蕭蕭》

〔註15〕　（法）勒龐：《革命心理學》，佟德志、劉訓練（譯），吉林人民出版社，2011年版，第 69 頁。

〔註16〕　耿傳明：《輕逸與沉重之間──「現代性」問題視野中的「新浪漫派」文學》，南開大學出版社，2004 年版，第 79 頁。

一紙風靡，我們既可以從中讀到鮮明的愛國情懷，同時也可以在字裏行間尋覓到個人的思想情趣、情愛體驗與華麗魅惑的都市生活。但也正因此，評論界對《風蕭蕭》給出了兩極性的評價，看重愛國情懷的則指出其作品有鼓舞人心作用，看重個人情感體驗的則抨擊它充滿了墮人心智的場景描寫。〔註 17〕實際上，在注重「社會使命」一維價值觀的年代裏，徐訏所秉持的個體思想只能算是「游離」於「社會使命」之外的思想。這種思想既不能加入徐訏固有的「社會使命」的思想範疇，卻也無法自我拋棄，只能始終「游離」其外。

（二）

1937 年後，中國進入全面抗戰時代。對於徐訏來講，這樣一個時代必然會繼續提升或縱深他的「社會使命」意識。值得探討的是，提升或縱深的「社會使命」不僅不曾抹殺徐訏的個體思想追求，反倒將這種思想進一步推進，並最終成熟。因此，抗戰階段的徐訏思想也成為本節重點討論之所在。「社會使命」與徐訏的個體思想本也是並不矛盾的兩種思想意識，但在特殊背景下，徐訏尊重個人的思想雖然因徐訏擁有的「社會使命」意識而推進，卻又最終被「社會使命」本身的要求排除其外，導致徐訏的思想追求最終仍舊「游離」於「社會使命」之外。

在抗戰的歷史背景下，身為知識分子的徐訏被迫捲入了粗糙的底層生活，感觸到更多的切膚苦痛。「戰爭打破了先前書齋的和諧寧靜，將中國作家從象牙塔趕入了奔向大後方的洪流之中，讓他們和生活在最底層的人民一起，經歷著戰爭和貧窮的磨難。在走向戰場、返回民間、走進大後方的過程中，文學家們的精神世界經歷著前所未有的變化，現實生存的價值與意義格

〔註17〕 如李輝英：《中國現代文學史》（香港東亞書局，1970 年版），該文認為徐訏擅於用「傳奇式的形式美以及貫寶玉式男人必為若干女人所喜的愛情，織結成奇幻縹緲的故事引人入勝」，但同抗戰等事無更多關聯，甚至起到了一定的消極作用。周錦《中國新文學史》（臺灣長歌出版社 1977 年版）的觀點與李輝英基本相同。而錢理群、溫如敏、吳福輝在《中國現代文學三十年》（修訂本）中（北京大學出版社，1998 年版）對《風蕭蕭》給予了較為正面的評價，認為「風蕭蕭在一個浪漫的間諜故事掩蓋下，表露出對生命態度的嚴肅探索精神。」「表現人生永遠的理想、信仰、愛和短暫的人生追逐的恒久衝突。」

外分明地凸現了出來。」〔註18〕1937 年，尚未完成留學學業的徐訏因國內抗戰聲浪漸起毅然決定回國，在孤島上海支持抗戰的同時繼續進行寫作。1941年，太平洋戰爭爆發後，徐訏已感到上海的生存局面已無法容納其身，便隨著廣大民眾匯入遷徙大西南的洪流中。

　　「一九四一年十二月八日前夜，我從炮聲中驚醒，好像並沒有經過思想上理論上的探討，直覺地感到太平洋戰爭的爆發。」〔註19〕在《從上海歸來》這篇長文中，徐訏詳細地記錄了他身感戰爭之苦到動身遷徙至大後方的過程。這不僅是一篇記錄旅行的隨筆，更記錄了戰爭年代國人內心所經歷的艱苦歷程，相比先前留學歸國時所寫的《回國途中》〔註20〕，《從上海歸來》顯然更具粗糲甚至觸及生存底線的體驗感：「這裡已完全是板窗茅店的風味，我第一夜離開電燈，望著跳躍的菜油燈光，有許多幼年的回憶，但是此時此地已無平靜的想像，我們擺定了疲倦的身體，計劃以後的路程。」〔註21〕在前章的論述中我們知道，徐訏最擅於也最傾向抒發「鄉愁」之感，而此時，「跳躍的菜油燈光」即便扯出「許多幼年的回憶」，也「已無平靜的想像」，只能「擺定了疲倦的身體，計劃以後的路程。」戰爭打破了詩人原本可以擁有的冥想世界，也敲碎了本就珍貴的審美空間，使詩人猛然間被推向赤裸的時代，再無一點遮攔。但正是這樣被動的「推向」，原本安逸於書齋中的詩人才有了更多接觸底層生活的可能，也才能更多地擁有底層體驗，獲取另外一重向度的精神感受。「我們不能將所謂的『戰爭』簡單等同於敵對勢力的拼殺搏鬥，把『戰爭』想像為民族與民族之間或陣營與陣營之間的極端行為，而人類一切正常的生存活動、精神活動都被徹底排斥了。」「其實，戰爭時期的生態豐富而複雜，它不是簡化恰恰是加強了中國作家精神世界的多樣性。」〔註

〔註18〕 李怡：《抗戰作為中國文學的資源》，《西南民族大學學報》（人文社科版），2005年第 9 期。

〔註19〕 徐訏：《從上海歸來》，《蛇衣集》，見《徐訏全集》（第 10 卷），正中書局，1969年版，第 458 頁。

〔註20〕 徐訏：《回國途中》，《海外的鱗爪》，見《徐訏全集》（第 10 卷），正中書局，1969 年版，第 47 頁。

〔註21〕 徐訏：《從上海歸來》，《蛇衣集》，見《徐訏全集》（第 10 卷），正中書局，1969年版，第 472 頁。

〔註22〕 李怡：《戰時複雜生態與中國現代文學的成熟——現代大文學史觀之一》，《北京師範大學學報》（社會科學版），2014 年第 3 期。

22〉對於徐訏而言，他的「豐富」與「複雜」在於不斷的漂泊遷徙帶給他的生存體驗，以及在這些體驗中所感受到的人情與人性。如果不是有過這樣的一場體驗，徐訏很難如此真切地創作出如《江湖行》這樣漂泊萬水千山、出離人世之外、感悟人情人性、頓悟人生哲思的小說。〔註 23〕而他其他的創作如詩歌、散文等，也無一不因此有了或直接或間接的文本轉變。

　　夜深了，大家都人疊人的睡起來，華君他們四個人起初還在船上半躺半坐，現在則都躺下呼呼大睡，把我們擠到連坐的地方都沒有了。船少人多，空氣悶熱非凡，我只得跳出船艙，帶著雨衣到甲板上去坐一回，河水平靜，星光朦朧，山丘村岸，極見靜美……

　　上車的時候已經沒有一點空隙，車子低得只有我肩胛一樣高，我既不能站直，又不能坐到，只得用手斜支在別人的椅背上。……公路不平，顛簸甚劇，我也不能一直保持這個姿勢……一直到中途停車之時，有許多人下車，我方才有一個座位。

　　我們大家非常疲乏，雖是坐在硬狹的木椅上，但都瞌睡起來，自然並不能甜睡，我不時醒來，看看四周橫豎的人群，深覺得人類竟永遠是在苦難中生長。〔註 24〕

在奔赴大後方的旅途中，徐訏深感行旅的艱難。夜深人靜，河水縱然極美，人也完全喪失了欣賞的心境，唯有對自己旅途的憂慮。徐訏在夜行船上描摹了人疊人的不堪場景，使讀者恍然感慨「人」的基本空間的喪失。同樣，公路行車亦是毫無享受可言，「車子低得只有我肩胛一樣高，我既不能站直，又不能坐到」，又分明寫出了為了逃難已顧不得行車基本權利的保障了。如果說前兩段描寫尚在介入徐訏自我的痛苦感受，而後一段引用則更多以客觀的視角探看同樣經歷旅途艱苦的同行人：「我不時醒來，看看四周橫豎的人群，深

〔註23〕在《從上海歸來》長文中，徐訏記到：「那天早晨我們在逃警報，無意中遇見一位以前寧波輪船的茶房，……人世間兩個人的分離與相合，竟這樣的偶然與神秘，因為如果十四日有車子，我一定已走，而十五日無警報，我也不相信會同他相遇，恰巧在這個地方這個時候同他會見。」（《從上海歸來》，《蛇衣集》，見《徐訏全集》（第 10 卷），正中書局，1969 年版，第 503～504 頁。）在徐訏的小說《江湖行》中，主人公也曾多次表達過這樣的觀念，可見人世變遷、戰爭風雲對作者人生經歷與生命感悟的影響，又最終影響了徐訏創作時的情節與思路，成為他不可或缺的精神來源。

〔註24〕徐訏：《從上海歸來》，《蛇衣集》，見《徐訏全集》（第 10 卷），正中書局，1969 年版，第 488、498、495 頁。

覺得人類竟永遠是在苦難中生長」，這樣的描寫與思考就使作者自己超拔於世相之上，而帶著對「人」的悲憫去感悟活著的苦難，在這樣的感慨中，徐訏已不僅在抒發個人行旅之苦，更是在深切地爲「人」的權利的喪失而感到悲傷。在因「社會使命」而開始的跋涉過程中，徐訏在具體的體驗裏感受到的是每一個生命個體的存在狀態，這就使得徐訏的思想意識在「社會使命」的基礎上深入向了尊重個人的個體思想。正如《旅程》一詩所寫：

> 流水抱著樹林，
> 白雲吻著山巔，
> 於是如帶的公路，
> 盤旋到天邊。
>
> 這裡每一聲汽車的長號，
> 都帶了一把旅心，
> 此中有多少愛與夢，
> 寄託在遙遠的明星。
>
> 長記得千萬里塵土起處，
> 掠過了無數飛騎，
> 有多少吞天的壯志，
> 都播種在草原中間。
>
> 那何怪萬千的老幼男女，
> 都願在汗臭的車上裝成鹹魚，
> 只因祖國有悲壯的呼聲，
> 他們才不怕勞悴地遠去。

（《旅程》，《燈籠集》，1942 年 8 月 10 日，陽朔）

徐訏素來是一個擅於並樂於將抒情性充沛展現於詩歌中的詩人，且他的抒情性往往通過一些傳統性的風景描寫襯托而出。於是，當「流水抱著樹林 / 白雲吻著山巔」這樣優美的詩句流出時，讀者絲毫不會有驚訝之感，但在這首詩中，一切景色的描寫都只爲反襯「汽車的長號」下那漫長又艱難的抗戰之旅，並傳神地刻畫出了普通百姓的遷徙狀態。「那何怪萬千的老幼男女， / 都願在汗臭的車上裝成鹹魚」，這樣生動的比喻描寫出了戰時情境下人民逃難遷徙的艱難與悲哀。以小家爲單位的算計生計的普通百姓，如今已匯入逃亡的

民眾中，成爲大眾的一員，成爲因戰爭被迫遷徙的「萬千的老幼男女」。詩人顯然是先有融入其中的經歷與感情，再以悲憫之心跳出，縱然跳出也始終深入其中，因此體驗感頗深，對個體的「人」也有了更眞切的感悟。

不僅如此，當徐訏面對民族仇恨與國家管理問題時，他想到的依然是「人」：

> 在維持秩序之中，有一個十八九歲的孩子，用一百萬分兇狠的態度對待旅客。要不是後來我從華君處問得，我們始終弄不清楚他是中國人還是日本人，在他凶屬的中國話中，已學會了日本人說中國話的腔調，正如上海有許多中國人說中國話帶著三分西洋人的生硬以表示他是高人一等一樣，這種優先的亡國奴，我是最看不慣的。西興淪陷不久，竟有這樣不爭氣的青年，這是我非常悲痛的事。

> 十九號爲金華最後一列車，人當然更擠，一遇警報，有的跑了來不及及上車，有的爲行李所累，有的回來沒有位子，大家看看頭兩次警報沒有出事，所以第三次就索性不跑，誰知敵機竟在那次轟炸，結果死傷達七八百人之多，如果鐵路上於事前對這些情形有布置組織，對旅客的避警報有指導管理，這樣的慘劇我相信是很容易避免的吧？〔註25〕

在行旅過程中，徐訏看到一個爲虎作倀的十八九歲孩子，已嫻熟地成爲了亡國奴，作爲一名中國人，徐訏發出這樣的感慨也是理所應當。正如他鄙視一些上海的中國人「說中國話帶著三分西洋人的生硬」一樣，這個十八歲的孩子也必然遭到愛國者徐訏的鄙視。徐訏也並不限於民族大義之情，在旅途中，針對不合理現象，他也會對政府部門的管理不善提出抗議，列車避警管理不善導致的死傷就是一例。然而，從以上的引文中，我們不僅看出徐訏的民族情懷與對政府管理的不滿，更重要的，這滿滿的抒寫充滿了對個體的「人」的深切關懷。徐訏之所以對政府的管理提出抗議，乃是因爲這樣粗疏的管理導致了七八百人的死傷——徐訏不會因爲這是戰爭年代就將死傷看得平常，也不會簡單地把死傷原因歸結於敵機的轟炸，正因爲他對個體的「人」充滿了珍惜，才會痛惜一次管理不善導致的無法挽回

〔註25〕徐訏：《從上海歸來》，《蛇衣集》，見《徐訏全集》（第10卷），正中書局，1969年版，第470、507頁。

的惡果。與之同時，徐訏也並不止把那個十八九歲的亡國奴當做亡國奴，他更將他當做年少的孩子看待，之所以悲痛，更多是因爲他成爲了「不爭氣的青年」，在徐訏看來，這原本是一個意氣風發得以實現個體人生的黃金期，卻無可挽回地墮入了亡國奴的陣列，無法在眞正意義上實現「人」的價值。自達爾文「進化論」思想傳入中國之後，青年更勝於老年的思想便深入人心。梁啓超《少年中國說》自不必待言，就連整個中國現代文學，都可以被看做是青年話語的言說。不過，並非所有的青年都眞正「進步」，魯迅就曾在晚期對此做出感慨。〔註 26〕徐訏對青年也是十分關注的，這不僅源於他痛苦的童年「症候」體驗，也源於他對青年寄予的救國、強國的希望，故而，當十八九歲的青年已進入亡國奴之列時，徐訏的傷痛則包含著更深重的憂慮與歎息，說到底，則是對「人」與人性的憂慮與歎息。可以說，在徐訏的思想追求中，「社會使命」的追求最終也依然接通了他尊重個人的個體思想，並且，徐訏個體思想的進一步成熟，也是通過「社會使命」引導的行爲引發的。

　　實際上，隨著時代洪流的發展，也隨著「社會使命」意識的不斷升溫，在徐訏的心目中，個體的「人」依然具有不變的重要地位。「它躍然於時代的沉重之上，從文學對時代的政治道德承諾中突圍而出，重新回到了一種審美個人主義的寫作立場；並力圖逃避社會政治的、道德的對於人的生活的歸罪和裁決，爲個體的非理性的人的生活辯護，強調人的生存的個體性原則。」〔註27〕有意思的是，在與抗戰背景的博弈中，個體「人」的價值不但未曾逐漸淡化，相反，還獲取了更加鮮活的表達空間，使「人」的呈現在歷史的硝煙中更富於血肉和體驗的眞實。抗戰對於徐訏的個體思想並未構成消減，反倒在新一重向度中融合出更加多元與眞實的表達。從童年的「症候」體驗到書齋的理論再到戰時狀態體驗及底層體驗，徐訏對個體「人」的思考逐漸豐滿，形成自理論到體驗的多向度探索，這必然爲他終生的人性追求鎖定了不變的精神向度。自抗戰之後，徐訏對於「人」的體驗愈發濃厚，而他尊重個人的

〔註26〕在《三閒集》序言中，魯迅曾說：「我一向是相信進化論的，總以爲將來必勝於過去，青年必勝於老年，對於青年，我敬重之不暇，往往給我十刀，我只還他一箭。然而後來我明白我倒是錯了。」（見《魯迅全集》（第四卷），人民文學出版社，1973 年版，第 15 頁）

〔註27〕耿傳明：《輕逸與沉重之間——「現代性」問題視野中的「新浪漫派」文學》，南開大學出版社，2004 年版，第 6 頁。

個體思想追求也最終成熟。然而，弔詭的是，這一思想追求雖然是在「社會
使命」的整體追求中得以成熟，卻又最終被「社會使命」本身的要求排除其
外。如果徐訏無論在任何情況下，都不願改變這種主張，那麼，他也必然將
面對「游離」於「社會使命」之外的命運。1949 年後，當「社會使命」被具
體的時代窄化爲某一具體的思想要求，徐訏也就難以避免被放逐的命運。然
而，在這樣的情形下，徐訏也依然不變地唱著尋找個體意義：

> 時代無數的變遷，
> 多少英豪、戰士與兵丁
> 揮著旗幟，喊著口號，
> 夢想著把人間變成天堂，
> 徒紀錄著數十年的空忙。

> 那麼，我爲何要相信歷史，
> 不相信目前人間的苦難，
> 多少輝煌的生命，
> 爲英雄們美麗的宣傳，
> 前仆後繼的死亡。

（《未題（像一隻失群的小鳥）》，《無題的問句》，1975 年 6 月 3 日）

1975 年的徐訏在評價戰爭時，已完全否定了戰爭的意義，只將戰爭認作「夢想
著把人間變成天堂」的行爲，而終也無非「徒紀錄著數十年的空忙」。至於「英
豪、戰士與兵丁」，不過是「爲英雄們美麗的宣傳， /前仆後繼的死亡。」在這
首詩中，徐訏已完全站在了個體「人」的立場上。「徐訏基本上是站在一種凡人
的道德立場上來平等看人的，他不認爲有誰可以站在一種超人的立場來左右他
人的生死，即使是以一種合理的名義。」〔註28〕回看一生經歷，回看數次戰爭，
最使人痛心的不是戰爭勝利與否，甚至戰爭的正義與非正義的性質也淡而不
論，最使人痛心的是「人」的生命與個體價値的屢屢喪失，徐訏甚至高呼著：「我
爲何要相信歷史， /不相信目前人間的苦難」，可見理論教條或信仰宣傳在徐訏
眼中已不値一錢，血淋淋的戰爭體驗及人生體驗已使徐訏明白了「人」的價値
及這種價値的喪失。至此，徐訏尊重個人的思想追求已徹底與戰爭、民族大義

〔註28〕耿傳明：《輕逸與沉重之間──「現代性」問題視野中的「新浪漫派」文學》，
南開大學出版社，2004 年版，第 207 頁。

等問題產生了分離，也即在徐訏的晚年，社會規約的「社會使命」與徐訏的個體思想追求已最大程度地背離了，而這一時刻，個體思想追求也必然最大程度地「游離」在「社會使命」的追求之外。

第二節　徐訏個體思想的文論闡釋及其與「社會使命」的張力關係

　　在上一節中，我們主要討論了徐訏個體思想的發展及成熟過程。可以說，徐訏的個體思想一旦形成，便無可避免地「游離」於「社會使命」之外。但是，正如徐訏的個體思想成熟於「社會使命」思想的踐行過程中，終其一生，徐訏始終也未曾放棄「社會使命」對他的重要意義。在前文中我們也已經討論，徐訏實際是一個擁有「大中華」意識的人，即便他南下香港後，他也無時不刻地關注著祖國的前途與命運，對於「社會使命」的意義與狀態，他始終都保持著關注態度，並試圖對其進行批判、修正。可以說，在「社會使命」與個體思想追求之間，徐訏很難放任其一，這造成他始終彷徨於兩者之間，而個體思想也始終只得「游離」於「社會使命」周遭，從未真正脫離，獲取自由的發展。在本節中，我們將繼續對徐訏業已成熟的尊重個人的個體思想進行進一步討論，看一看，這一思想在具體的論作中是如何體現並闡釋的。接下來，我們將把這一思想對照於徐訏所批判的兩種價值觀念：「使命」性文藝思想、意識形態文藝思想。並且，在這一批判與堅持背後，我們也同時可發現徐訏潛在的關注重心：徐訏其實從未忘記「社會使命」的重要性，而個體思想始終只能「游離」於「社會使命」之外。

（一）

　　在諸多徐訏撰寫的議論性文章中，「人」的價值以及文學作品對「人」的抒寫等問題被反覆多次地論及：

　　　　因此，凡是深入人性的作品，雖然有許多民族的風俗習慣以及
　　傳統上的不同，透過人性，我們仍可以完全引起同感的。〔註29〕

〔註29〕徐訏：《美國短篇小說新輯序》，《門邊文學》，南天書業公司，1972 年版，第
　　　　144 頁。

　　　　既然是人的表達，在自由主義下，如果我們要主張言論自由，
那麼比言論自由──即所謂傳達自由──更根本的表達自由，就更
不應當限制與干涉了。這原是很簡單的道理。〔註30〕

　　　　中國人論人的文章，不是把人說得一文不值，就是把人說得天
花亂墜。不是把人說成惡魔，就是把人說成神仙。這也就是畫臉譜
的方法，不是正派的十全十美的人物就是反派的萬惡禍根。能夠把
人瞭解成一個人，一個有血有肉有個性與人格的人，那只有在一些
偉大的作家，和司馬遷曹雪芹一類人的筆下才能見到。〔註31〕

徐訏認爲，人性是人類最基本的性情，在文學作品中，只有眞正觸動人性的
表達，才眞正可以引起人類普遍的情感，社會應尊重人性，正視「人」的存
在，「不應當限制與干涉」人最「根本的表達自由」。與之同時，應充分尊重
「人」的鮮活屬性，將「人」看作「有血有肉有個性與人格的人」，在文藝作
品中，更不應將人扁平化、兩極化，而應儘量建立人類精神世界的複雜與鮮
活狀態。徐訏十分清楚，中國人時常將「人」看作只具備一維特徵的扁平體，
「不是把人說得一文不值，就是把人說得天花亂墜。不是把人說成惡魔，就
是把人說成神仙。」可以說，毫無血肉可言。總結起來，徐訏對「人」的看
法有以下幾點：尊重「人」的存在，尊重「人」的自由，維護「人」本性的
鮮活。

　　這些有關於「人」的思想及文藝思想實際上已形成了個人主義與自由主
義的發聲。《回到個人主義與自由主義》是徐訏在香港出版的思想論集，後以
《個人的覺醒與民主自由》爲名於臺灣再版。在《個人的覺醒與民主自由》
論集的序言中，徐訏談到了個人主義與自由主義的觀點：

　　　　這本《個人的覺醒與民主自由》，在香港初版再版時是叫做《回
到個人主義與自由主義》，出版後曾經獲得許多反應。這些反應，無
論是贊成或反對，我都非常感激。我對於反對我的，甚至叱我是離
經叛道的人，我也從不爭辯。原因是我的意見只是我自己的意見，
我並不想強人與我相同。我們尊敬別人與我不同的意見，正是眞正
的個人主義與自由主義的精神。

〔註30〕　徐訏：《自由主義與文藝的自由》，《個人的覺醒與民主自由》，傳記文學出版
　　　　　社，1979 版，第 125 頁。
〔註31〕　徐訏：《人物與神話》，《街邊文學》，香港上海印書館，1972 年版，第 79 頁。

　　　　　一個人的人生觀，社會觀，以及世界觀原是根據一個人的際遇、

教育、經歷與體驗，自然也決無絕對相同的人生觀、社會觀與世界

觀的。這也可以說正是人心之不同猶如其面。〔註32〕

可以看出，在徐訏的思想觀念裏，「人」的價值與對「人」的尊重是超越了一
切主張之上的。即便是反對個人主義價值觀的人，徐訏也出於對於「人」的
尊重而不與其強行爭辯，更不會「強人與我相同」。在徐訏看來，由於「一個
人的際遇、教育、經歷與體驗」不可能與他人完全相同，則社會理應尊重不
同人的不同思想觀念。徐訏力圖建立一個「人」的世界，在這裡，每個人都
能充分認識到「自我」的存在，充分享有自由與自由帶來的一切權利，並始
終葆有生命性徵的鮮活，不被他者思想所脅迫或統一。徐訏所反對的，正是
以一維模式封閉個體認知、製造統一觀念的思想灌輸與政治說教。

　　實際上，這種對「人」的價值追求並不鮮見，「五四」時期諸多學者都曾撰
文宣傳「人」的思想與「人」的文學。陳獨秀在《青年雜誌》發刊詞《敬告青
年》中即以熱烈的言辭表達了「人」與「自由」的觀點：「等一人也，各有自主
之權，絕無奴隸他人之權利，亦絕無以奴自處之義務。」「我有手足，自謀溫飽；
我有口舌，自陳好惡；我有心思，自崇所信；絕不認他人之越俎，亦不應主我
而奴他人；蓋自認爲獨立自主之人格以上，一切操行，一切權利，一切信仰，
唯有聽命各自固有之智慧，斷無盲從隸屬他人之理。」〔註33〕前文引徐訏所言
「我們尊敬別人與我不同的意見，正是眞正的個人主義與自由主義的精神。」
正可以說是一切操行、權利、信仰，皆聽命各自的能力，不隸屬他人，可以說，
在尊重個人權利上，徐訏與陳獨秀所言一致。而最爲人熟識的周作人《人的文
學》、《平民文學》等文章，又在「個人」與「人類」的分析上與徐訏的觀點相
合：「彼此都是人類，卻又各是人類的一個。所以須營一種利己而又利他，利他
即是利己的生活。」〔註34〕在前文論述中，我們發現徐訏與抗戰文學抒寫的主
旋律合而不同之處，「合」即是愛國思想與民族意識上的「合」，這些實際上正
是周作人所謂「彼此都是人類」的思想表現，「不同」在於「個人」思想的表達，
也即是周作人所謂「卻又各是人類的一個」。除此之外，整個的「五四」時期均

〔註32〕徐訏：《道德要求與道德標準》，《個人的覺醒與民主自由》，傳記文學出版社，
　　　　1979 版，第 1 頁。
〔註33〕陳獨秀：《敬告青年》，《青年雜誌》，1915 年 1 卷 1 期。
〔註34〕周作人：《人的文學》，《新青年》，1918 年 5 卷 6 期。

可以說是追求個性、創作個性文學的時期:「因爲『五四』時期是提倡個性解放，鼓勵個性發展的年代，自然爲創作的多方面個性化自由發展提供了肥沃的土壤。我國文學史上很少有哪個時期的文學像『五四』時期文學這樣，出現那麼多『個人』的東西。寫個人的生活，個人的情緒，是普遍的現象。在以創造社爲代表的浪漫主義一派作家中，『表現自我』成爲自覺的文學追求。」〔註 35〕自由的思想與自由的文學創作，「個人」的意識與「個人」的表達，成爲「五四」時期主流的追求，「眞正的社會進步絕對不是少數政治上層人物和精英知識分子的變戲法，而應當是社會全體成員共同努力的結果。這樣的社會成員，不能是奴隸，而應該是獨立自主的人，是有自由要求和自由精神的人。……這種自由精神，在『五四』新文化同人中，表現是各不相同的，但反對思想禁錮，主張思想自由，則是他們一致的思想傾向。」〔註 36〕試想一下，如果將徐訏的文學創作放置於「五四」，似乎也不會顯得十分突兀，必然也符合「人的文學」這樣的思想主張與文學表達。

不過，問題似乎並沒有那麼簡單。如果我們將眼光進一步從徐訏的個體思想主張集中至因這一主張而產生的文學創作，並仔細辨析徐訏的個體思想與文學創作之間的關係時，就會發現，徐訏與「五四」時期諸多觀點並不始終契合。這需要我們進一步探討「人」的主張與文學創作之間的關係。耿傳明在論述「新浪漫派」〔註 37〕的文藝追求時認爲:「他們力圖用文學幫助個人確立一個眞正屬於私人的領域，這個領域是眾多私人領域的一個，而且和其他私人領域保持著相對獨立性。文學幫助個人在私人領域中確立起自我意識，使個人意識到自己是私人領域的主人，個體應當有自己的主體性。」〔註 38〕在這段表述中，我

〔註35〕 錢理群、溫如敏、吳福輝:《中國現代文學三十年》(修訂版)，北京大學出版社，1998 年版。

〔註36〕 王富仁:《「五四」新文化的關鍵字》，《文藝爭鳴》，2009 年 11 期。

〔註37〕 耿傳明在《輕逸與沉重之間——「現代性」問題視野中的「新浪漫派」文學》(南開大學出版社，2004 年版)一書中，將徐訏和無名氏歸爲一個流派，並沿用了郭志剛等學者的命名，將其稱爲「新浪漫派」，在這部專著中，論者對「新浪漫派」作出如下定位:「它以一種文化烏托邦神話取代一種政治烏托邦神話，以一種『審美救世主義』取代『政治救世主義』，所以它雖然帶有『反』『現代性』的傾向，但仍表現爲對『現代性』的積極建構態度。」(該書第 6 頁。)

〔註38〕 耿傳明:《輕逸與沉重之間——「現代性」問題視野中的「新浪漫派」文學》，南開大學出版社，2004 年版，第 79～80 頁。

們可以發現幾個關鍵字：私人領域、相對獨立性、自我意識、主體性。我們似乎可以這樣理解這段表述：徐訏所建立的文學世界是完全私人性質的，表達的完全是個人的觀點與情感，是在主體性建立的基礎上萌生的自我意識，這種自我意識完全是「自我」的，不帶有任何外界思想情感的灌輸與功利性目的。我們知道，周作人在《中國新文學的源流》中，早已辨析了「載道」與「言志」的文學歷史脈絡，而「載道」與「言志」有時也的確會出現變通關係，「言他人之志即是載道，載自己的道亦是言志。」〔註39〕故而有時很難論斷「載道」與「言志」的真正屬性。但「主體性」卻是一個始終不變的概念，如果一部文學作品中所表達的主張並非作者主體生成的思想（或是雖接受自外最終卻長成了自內而外的生成關係）而是外部理論信條的灌輸，即便作者本人對此十分信服，亦只能稱之為「載道」。如此來看，徐訏所秉持的主張即是徹頭徹尾的「個人」的主張，在任何情況下，他均以「個人」主體性為準，並對任何附加其上的「載道」思想加以痛斥。實際上，在徐訏看來，正是這樣一個於「五四」時期宣傳「人」的文學的群體，強勢地附加給文學新的「載道」內容。也即是說，強迫文學宣揚「人」，或是強迫文學在自由表達的同時附加「人」的表達（這裡的人應加雙重引號），本身就已經是一種「載道」了。

在許多文章中，徐訏均申訴了他這樣的思想主張：

> 周作人當時的話，比胡陳二氏的主張更見清楚具體，這也可說是從文字的形式運動進步到文學內容。
>
> 這些文學上的主張，實際上都可說是屬於道德運動。這也就是說，批評虛偽做作、貴族、古典，都是新文化運動中的道德上的革新要求。他們這些人也可說都是從道德觀點來要求文學革命的。
>
> 這也可以說，文學，在新文化運動中，一出發就非常「功利」。
>
> 〔註40〕

以上引文出自《五四以來文藝運動中的道學頭巾氣》，從這篇文章的題目即可看出，徐訏將「五四」運動的文藝主張認作是「道學頭巾氣」的表現，可見其對「五四」文藝主張的指斥之深。在徐訏看來，「五四」文藝運動的發起者

〔註39〕周作人：《中國新文學大系（第六集：散文一集）·導言》，見趙家璧編：《中國新文學大系（第六集：散文一集）》，良友圖書公司，1935年版，第11頁。

〔註40〕徐訏：《五四以來文藝運動中的道學頭巾氣》，《場邊文學》，香港上海印書館，1971年版，第28頁。

均是從道德的立場出發來呼籲文藝改革的，即便批判了虛僞、做作、貴族、古典，新的文藝創作卻又是另一重道德要求脅迫的結果，故而徐訏說「文學，在新文化運動中，一出發就非常『功利』。」在《大陸文藝的命運——序當代中共治下的文壇》一文中，徐訏又說道：

> 中國自新文藝運動以來，一開始似乎就出現了「任務」性和「使命」性的文藝思想。
>
> 這一方面是中國的所謂「文以載道」的傳統，另一方面則是新文藝運動是同「愛國」「救國」運動一同起來的東西。
>
> ……
>
> 但是爲人生的藝術，當然是表現人生或是反映人生，可是中國，有「爲人生而藝術」的時候，就說到「改造」人生或「指導」人生，以至「改進社會」，這就來了一種「教訓」性的「任務」與「使命」。〔註41〕

在徐訏看來「任務」和「使命」的文藝思想自新文藝運動以來就似乎已出現，當文學表達與「愛國」相連，主體性的抒發就束縛於觀念性的道德了。從「爲人生」滑落至「改造」人生乃至「指導」人生，似乎成爲了中國新文學發展之必然。回顧文學研究會與創造社理念的差異與創作的不同，我們發現，所謂「爲藝術而藝術」的創造社，實際的表達基底仍是從道德的社會的角度出發，並沒有眞正徘徊於純粹的藝術迷宮，也無怪乎創造社在革命文學階段必然的轉型了。因此，徐訏將新文學初始的表達就視爲「功利」，並認爲自此之後，中國文學的創作始終走在「功利」化的歧途中。無論「人」的宣傳、「愛國」的思想還是道德的說教，無一不淹沒在「功利」的海洋中。

由此，我們會發現徐訏尊重個人的思想觀念、文學觀念與新文學發展道路的諸多不同。按照徐訏所論述的觀點，「五四」時期所追求的「人」的理想與個性化的表達，最終已失落於文化啓蒙引導而出的道德與理想的灌輸需求中，而新文學所宣揚的「人的文學」，又最終因宣揚本身的功利性，使文學表達最終喪失了自我的空間，無形中反而消解掉了「人」的表達。也即是說，在文藝思想追求上，徐訏強烈反對任何添加「社會使命」的文藝主張，而認爲，文學作品應該去除功利意義，只爲表達它自己本身、表達「人」本身。

〔註41〕徐訏：《大陸文藝的命運——序當代中共治下的文壇》，《門邊文學》，南天書業公司，1972年版，第111～112頁。

（二）

徐訏對「言志」與「載道」的辨析實際上十分清晰，針對周作人對言志與載道的分析，他曾言：

> 文學有載道與言志兩派之說，原是古已有之的事；道與志本也不容易分，周作人後來說載道可說是言他人之志，言志也可說載自己的道；這也就變成混淆不清。凡是文學家所載之道當然是自己信仰之道，雖是別人的也是自己的；文學家所言之志，自以為是自己的，也往往是別人說過的。所以文學這東西，無論載道與言志，與人生發生關係是天生的，而批評人生也是必然的。但可以分別的是有些文學只是作者表達自己之思想與感情，有些文學的作者則意圖在教導別人，而其態度與氣勢也還有程度之分，到了傳道或說教，甚至一手捧經，一手握劍的階段，這也就變成宣揚「主義」的道地「幹部」了。〔註42〕

在徐訏的推導中，我們一步步發現了「言志」與「載道」的分道揚鑣之處：雖說言他人之志或載自己之道是很難說清，但一旦從「主體性」出發，以個人發聲目的和發聲源頭去看發聲的內容，則會發現「自己之思想感情」與「教導別人」的差別，文章所要表達之意一旦與自我感情的抒發剝離開來，漸漸的就會越走越遠，「教導」——「傳道」——「說教」——「捧經」——「一手握劍」——「宣揚『主義』」——「道地『幹部』」，這之間一步步推導下去，竟然產生了質的差別。也難怪徐訏有如此之感慨：

> 文學藝術與教育是兩件事，文學藝術與政治是兩件事，文學藝術與員警也是兩件事……但是新文藝運動的文藝，無形之中套上教育民眾，宣揚政治，揭發社會黑暗……一類奇怪怪的使命。
>
> 奇怪的是這些使命正是現在獨裁者所加文協作協的使命！
>
> 我在這裡想到這些問題，並不是要推論誰對誰錯的問題，而是想知道為什麼我們的新文藝運動一出發就有「替天行道」般的架勢？

注重「主體性」的徐訏，從來更關注個體人的主體思想和本來權利，任何附加其上的教條、規約、意志，都被認作是強加與壓迫。在這樣的意識下，徐

〔註42〕 徐訏：《五四以來文藝運動中的道學頭巾氣》，《場邊文學》，香港上海印書館，1971年版，第32頁。

訏感觸到新文藝的使命意識與意識形態文藝主張之間的共通之處,即這種「替天行道」的架勢竟相似於「獨裁者所加文協作協的使命」。如果說,在以往的認識中,我們更多將意識形態賦予文學的使命看做一種強加與壓迫,將處於這樣歷史境遇下的作家看做被動的受害者與被操縱者,那麼,在徐訏這裡,我們則更多看到從「主體」角度源發而上的謀和,即政治統治的意識形態之所以可以在中國產生土壤,乃是因爲作爲接受者的國人本身就具有這方面的傾向與意志,在徐訏眼中,新文藝的發起者竟也不能免除這種傾向於意志,可見這種影響已達到十分深遠的地步。那麼,國人到底具有怎樣的本質思想傾向,新文藝發起者又緣何與政治的意識形態分而未離呢?

徐訏曾寫過一篇《「神──魔」綜錯》的文章:

> 好人往往是一百個好,壞人則是一百個壞。好人就是神,壞人就是魔。
>
> 以後長大了,到了中學,對於這個二分法慢慢懷疑。但似乎下意識裏還存在這奇怪的陰影,遇到了對待的事物總是很容易把好人好事神化,而把壞人壞事魔化。
>
> 我現在把它叫做「神──魔綜錯」(G-D Complex)。這個綜錯很容易使人對事與人盲目,我以後就兩次陷入了幼稚的陷阱。〔註43〕
>
> ……

在徐訏幼年所接受的教育中,好與壞總是分得一清二楚,無學作品、價值觀念、教科書內容,皆教育幼兒區分「好壞」,待徐訏成長後,雖對此「懷疑」,卻「下意識裏還存在這奇怪的陰影」,喜歡做好與壞的極端分析與處理。熟悉心理學的徐訏將之稱作「『神──魔』綜錯」,實際上,這種綜錯依然深刻地影響著人們的思維:

> 當對峙的愛國主義佔有人類意識的時候,如這些年的阿拉伯與以色列的戰爭,也總是把自己神化將敵人魔化,以爲正義之神一定站在自己一面的。
>
> 當競爭的黨團鬥爭尖銳時,也一定要把自己神化,要把對方魔化。

〔註43〕 徐訏:《「神──魔」綜錯》,見《徐訏文集》(第11卷),上海三聯書店,2008年版,第288頁。

當政治的鬥爭凶烈時，也一定要把自己神化，要把對方魔化，
如斯大林說托洛斯基為帝國主義的走狗，反革命，賣國賊……

在這些對峙的號召與宣傳中，很多人會接受這些「不顧事實」
「遠離常識」的幻覺，我想想或者正是因為我們人人都有「神魔綜
錯」在我們下意識裏，隨時一呼喚就會起來呼應的緣故吧？〔註44〕

在徐訏的講述中，政治的意識形態作用與人們腦海中的「『神——魔』綜錯」
已然形成了勾連。事實上，政治的「號召」與「宣傳」從來都只能是在國人
的回應之下才能發生效力，而作為國人，也只能是自身本就存在某種導向，
才有接受外界「號召」與「宣傳」的可能。所謂「某種」導向可能來源於國
人的教育、家學背景、身存環境，也來源於傳統意識中的固有形式。

在前文的論述中我們早已獲悉，童年的受教育經歷帶給徐訏過多的痛苦
體驗，使徐訏在感性認識上對陳腐的教育深惡痛疾。當徐訏成年後有了自己
成熟的思想主張，他便對中國的教育現狀給予了較為深入的剖析與批判。幾
十年過去了，教育雖已在形式上結束了舊式傳統模式，但在思想深處，仍難
以驅除一些根深蒂固的觀念；並且，新式教育本身也存在著教育方式的諸多
弊端，以至於深刻地影響了孩童的心理，違背了教育的本質，違背了孩子的
天性，導致整個社會朝向畸形發展。〔註45〕在《個人主義與英雄主義》一文
中，徐訏談到了中國的教育對孩童人生價值觀的錯誤引導等問題：

在學科上，不使兒童瞭解某一種學科的意義，不引導兒童直接
對於某一種學科發生興趣，不使兒童直接克服知識上興趣上的阻
礙。而鼓舞兒童為與同學競爭而用功，這可以說近代教育上最大的
一個缺點。

……

這種興趣，也即是使人的自我與他人分離，永遠意識著我與人
成了對立。繼之而起的可能是小集團的形成，集團與集團的競爭與
鬥爭。這樣的人，往往就無法離開人而可以自己對學問事業有興趣。

〔註44〕徐訏：《「神——魔」綜錯》，見《徐訏文集》（第11卷），上海三聯書店，2008
年版，第289～290頁。
〔註45〕有關於這一時期的教育情況，可參考陳青之：《中國教育史》（下卷），嶽麓書
社，2010年版。

　　許多在學校裏讀書很用功很有希望的人，一出學校就再無興趣看書；他到了另外一個社會，又是把興趣放在與人的競爭與鬥爭上面去了。

　　　　等到人對一切失去了興趣，只是對與人競爭鬥爭上發生興趣；這就是很容易被集體主義所誘惑，而參加秘密集體如黑社會、如幫口、如法西斯、如共產黨了。〔註46〕

這樣的話即便是到了今天也依然引人深思。人們素來說青年學生走上社會後，容易被社會習氣薰染，改變了書香的本質，卻很少思考過，學堂中已然釀就了極為不適宜的為人為事風範。在徐訏看來，「不使兒童直接克服知識上興趣上的阻礙」，卻「鼓舞兒童為與同學競爭而用功」，是「近代教育上最大的一個缺點」。在這樣的教育下，孩子不再將注意力專注於學問本身，而專注於競爭。如何超過、排除甚至消滅競爭者，成為了孩子心頭關心之大事。在這樣的教育教導下，孩子不可能對書本本身發生興趣，只可能「把興趣放在與人的競爭與鬥爭上面去了」。在徐訏看來，這樣的教育下，走上社會的學生是很容易被集體主義所誘惑，而喪失自我的。

　　近代教育使得國人從幼年就接受了「競爭」的價值觀念，打破人對自我主體性的關注，使人與人之間的競爭關係成為主宰社會發展的主要關係，這的確將導致社會與「人」的畸形意識與畸形發展。對於知識分子而言，這樣的教育對他們的影響只能比尋常人更多而不會更少。並且，知識分子身上還背負著因襲的傳統「士人」的價值觀念，這導致他們不得不將目光始終集中在他者身上，而非從自我的主體性出發來看待問題、抒寫文章。「中國知識分子深受傳統科舉制度的影響，有著根深蒂固的『入世情結』。也許，對中國多數知識分子來說，用中國傳統的『士』的概念來理解，會更準確一點。」「所謂『入世』，就是要進入政府體制，為國家服務，因而也就不可能保持一種獨立和批判的態度與立場。中國自清末民初以來，無論是革命黨人，還是各種民間知識精英，『修得文武藝，賣與帝王家』的思維方式，可以說是一脈相承的，無非是誰來做帝王和為哪家帝王服務而已。」〔註47〕我們可以發現，「入

〔註46〕 徐訏：《個人主義與英雄主義》，《個人的覺醒與民主自由》，傳記文學出版社，1979 年版，第 41～42 頁。
〔註47〕 楊奎松：《忍不住的「關懷」：1949 年前後的書生與政治》，廣西師範大學出版社，2013 年版，前言第 v～vi 頁。

世」的思想觀念使得知識分子無法將自身的目光停留在主體性的建設上，「齊家治國平天下」的壯志豪情使他們主動接受了政治，並在主觀心態上存在自我改造意識的可能性。因此，他們並非被動地承受政治宣傳，完全不情願地改造自我的思想與文學作品，而是具備主動性的一面。

我們再來回顧前文曾引用過的徐訏的《最愛的》。詩歌寫了祖孫二人的一場對話，「祖父」問「孫女」，「你最愛的是誰？」在年事已高的「祖父」看來，這種詢問必然指涉的是少女青春萌動時的愛情體驗，因此「祖父」提供給「孫女」的選項均是有血有肉的實際的人——在這裡，即便未明言性別，卻也必然是適齡的男子。善歌的 B、善舞的 A、實驗室中的 E、行政院裏的 G，這些異性都是正常的適齡女孩子有可能傾慕的戀愛對象，在「祖父」看來，自己的「孫女」很有可能說出其中之一作為答案。但「孫女」的反應卻並未按照正常的邏輯發展下去，「不，我的祖父」，這種語態堅決果斷，絲毫不帶任何猶豫。「我最愛的是，／後門口的老樹；／因為在神聖抗戰的那年，／為保衛忠勇的兵士，／它周身受傷十七處。」我們注意到，詩歌後一段出現了兩次令人驚訝的轉折，一次是出將作為戀愛對象的「人」的角色轉變為老樹，一次是道明之所以愛老樹是因為它在抗戰中立了大功。我們知道，詩語非常語，在現實生活中，一個女孩縱然飽含著愛國抗敵的民族思想，也不可能真的因為老樹抗戰有功而終身嫁給一棵樹，詩歌無非是借助一種詩意的場景與詩性的話語傳達出抗戰時期民眾濃重的愛國熱情與愛國觀念。在真實的愛情體驗中，「孫女」不會嫁給一棵樹，但在愛國觀念裏，她便可以嫁給一棵樹，在「非常語」的詩歌狀態下，這種觀念與現實的愛情體驗實現了互換，也即是，在詩歌中，「孫女」可以嫁給一棵樹。這樣的寫作手法與表達出的情感足以使人提起注意。我們發現，詩歌中出現了一對異於俗常認知的思想關係：作為年事已高的「祖父」，其人生體驗雖多於「孫女」，但此時此刻，體驗的鮮活度卻未必如妙齡少女一樣鮮活。照理說，「祖父」應是人生經驗和觀念的持有者，而「孫女」應是缺乏經驗和觀念的體驗者。在以往的文學作品中，我們多見因體驗到鮮活的愛情而反叛封建家長的青年形象，卻甚少看到青年人固執於觀念，反過來勸說長輩的描寫內容。但在《最愛的》一首詩裏，分明是「祖父」尚擁有正常人的情感狀態，而「孫女」已然拋棄了正常少女應有的情感體驗，轉而以抗戰的價值觀念作為自己的信念，並為之癡迷。「個體身上產生的大眾心理並不一定需要實質性的接觸，由某些特定事件所激發的共同的激

情和情緒，通常就足以實現。」〔註48〕「孫女」的情感狀態顯然已脫離了實質的情愛體驗，因抗戰的共同激情和情緒，匯入了集體的大眾心理之中。

這實際上是意味深長的：即便徐訏在創作這首詩歌時的確在抒發愛國之情，文本也已經自然地出現了悖逆。一場愛情的討論轉而成為了愛國觀念的傾訴，源自性本能的愛情體驗原本可以說是人類的諸多生存體驗中鮮活度最強的，如今卻竟然讓位於觀念式的價值觀。雖然這種愛國價值觀未必不包含真實的體驗，但愛國體驗一旦開始覆蓋愛情體驗，便只能說成為了某種觀念。更值得注意的是，這種觀念的堅持者並非來自年長的「祖父」，而竟來自生命狀態最鮮活的「孫女」，也足可見這種觀念的深入人心了。在徐訏大量的詩歌創作中，類似這樣抒發愛國觀念的詩歌並不常見，卻令人深思。從詩句的敘述風格及情節對話設計上，我們發現，這首詩歌同 1949 年後的政治抒情詩風格極為相似，並且，聞捷的《舞會結束之後》所抒發內容同《最愛的》有異曲同工之意味：

> 「你心裏千萬不必為難，
> 三弦琴和手鼓由你挑選……」
> 「你愛聽我敲一敲手鼓？」
> 「還是愛聽我撥動琴弦？」
> 「你的鼓敲得真好，
> 年輕人聽見就想盡情地跳；
> 你的琴彈得真好，
> 連夜鶯都羞得不敢高聲叫。」
> 琴師和鼓手困惑地笑了，
> 姑娘的心難以捉摸到：
> 「你到底愛琴還是愛鼓？
> 你難道沒有做過比較？」
> 「去年的今天我就做了比較，
> 我的幸福也在那天決定了，
> 阿西爾已把我的心帶走，

〔註48〕 （法）勒龐：《革命心理學》，佟德志、劉訓練（譯），吉林人民出版社，2011年版，第 69 頁。

帶到烏魯木齊發電廠去了。」〔註49〕

（節選自聞捷《舞會結束之後》，1952 年～1954 年，烏魯木齊──北京）

1950 年代的「姑娘」與 1940 年代徐訏筆下白熱於抗戰的「孫女」有著同樣的人生經歷，也面臨著同樣的愛情選擇。就如同「孫女」選擇了抗戰英雄一樣，「姑娘」也選擇了在她的時代背景下最值得愛的人：建設祖國的實幹者。值得注意的是，徐訏與聞捷的這兩首詩都不能算作已然機械僵化的詩歌，他們所抒發的尚充滿了自我的情感，並未曾完全教條化地傳達著某種思想。對於徐訏來講，這是「社會使命」思想醞釀的某種特定情緒，對於聞捷來講，這是主動接受新的意識形態的情感抒發。然而，隨著社會情態的一步步激進，這樣的詩作者陷入政治化的時代洪流中則似乎將是一種必然，聞捷日後的不堪遭遇足以印證這樣的現實際遇。與之同時，這似乎也預示出了徐訏思想狀態的獨立與清醒──他並沒有在「社會使命」感的道路上走得更遠，雖然實際上，他是一個徹頭徹尾的愛國主義者。可以說，徐訏並沒有將「社會使命」感固定為一種抒情模式，他僅把屬於「人」的情感在特定年代真摯地流露而出，而並非將之作為文藝創作的使命。因此，即便徐訏抒寫了「社會使命」感的文學文本，他的文學表達也呈現出一副自由的狀態。

（三）

對於政治意識形態與文人創作之間的關係，徐訏有著自己清醒的認識：

> 三十年代四十年代的中國作家們始終掛著許多沉重的名詞的枷鎖，覺得不跟「政治」走就是背叛自己所信的主義與觀念，結果做了獨夫的奴才與走狗而不自覺。一回頭，看所走的路和所期望的事完全不對，想問一句到底到哪裏去，就變成了是「反動份子」，那時什麼都來不及了。〔註50〕

> 革命原是以權力為手段以理想為目的行動，可是成功的革命家必會走到以理想為手段以權力為目的境界。……空頭的理論不過是「權力」的手段或「招牌」，知識階級在革命後的失望與失敗，都是把「理想」作為「目的」的錯誤。革命成功後，理論為政權服務，

〔註49〕聞捷：《舞會結束之後》，《聞捷全集》（第一卷），北嶽文藝出版社，2001 年版。
〔註50〕徐訏：《枷鎖》，《街邊文學》，香港上海印書館，1972 年版，第 342 頁。

知識分子也就爲政權的幫忙與幫兇，如再抱著革命前的理想，那自然就是「反革命」了。大陸被清算的知識分子幾乎都是這樣的悲劇。〔註51〕

在徐訏看來，知識分子身上背負著因襲的枷鎖，「覺得不跟『政治』走就是背叛自己所信的主義與觀念」。如果我們深挖下去會發現，這種跟著走的心態實際必然是傳統的「入世」思想觀念留給知識分子的重擔，這種重擔已內化爲內心的價值意識，不可能從生命中消除乾淨。徐訏同時也認爲，在革命不斷的進行中，手段、目的逐漸發生異位，權力成爲至關重要的東西而理想則僅僅是一種形式，然而，知識分子並未能區分「理想」和「權力」的差別，始終「以理想爲目的」，自然也就成爲了以權利爲目的的政治家眼中的「反革命」，因此「幾乎都是這樣的悲劇」。

基於這樣的認識，徐訏並不會將自己置身於這樣的革命者隊伍中，也不可能做一個以理想爲目的，最終被清算的知識分子。在清醒的主體性意識作用下，徐訏始終堅持個體「人」的價值，即便在抗戰、意識形態統治等多重極端環境下，也未曾有過任何改變。這必然造成他思想處境的孤立。「徐訏的文學生涯始終處於一種『左不逢源，右不討好』的處境之中，這也是他自己經過審慎的思考做出的選擇，他與其時代的『主義政治』、『黨派文學』，都刻意保持了距離，力求站在一種中立的個人的立場上說話、寫作，忠實於自己的良知，不作違心之論。」〔註52〕眾所周知，徐訏在青年時期曾狂熱地迷戀過共產主義，但他並未眞正參加過革命活動，且很快抽身，從此走上了不同於共產主義的人生道路，卻也「游離」於被一維化、窄化的「社會使命」之外。這樣的人生選擇是意味深長的，徐訏放棄了重要的顯在精神依憑，堅持個體思想，並因此始終面對著孤獨的自我。「終極關懷的缺席以及隨之而來的激情之匱乏，成爲中國自由知識分子一個普遍性的精神病症。」〔註53〕當其他作家傾向革命，或是於思想中滲入與之相關的意識時，「關懷」與「激情」都可以得到救贖與釋放，這其實也是人性面對精神空虛時有可能做出的選

〔註51〕 徐訏：《談陳獨秀與其晚年的思想》，《場邊文學》，香港上海印書館，1971 年版，第 205 頁。

〔註52〕 耿傳明：《輕逸與沉重之間——「現代性」問題視野中的「新浪漫派」文學》，南開大學出版社，2004 年版，第 43 頁。

〔註53〕 許紀霖：《大時代中的知識人》（增訂本），中華書局，2012 年版，第 323 頁。

擇。「一個浪漫主義者，只要他還有激情，還有烏托邦的理想追求，最後往往走向激進，走向左翼的懷抱，少有例外。」〔註 54〕徐訏卻在接受了一段時間的共產主義學說後，毅然放棄了這樣的救贖與釋放。徐訏一生未曾加入任何黨派，不僅如此，在他幾乎全部的人生中，徐訏甚至未曾擁有過任何宗教信仰，只在去世前不久，才最終受洗成爲天主教徒。「像我這樣年齡的人，在動亂的中國長大，所遭遇的時代的風浪，恐怕是以前任何中國人都沒有經歷過的。我們經歷了兩次中國的大革命，兩次世界大戰，六個朝代。這短短幾十年工夫，各種的變動使我們的生活沒有一個定型，而各種思潮也使我們的思想沒有一個信賴。」「我同一群像我一樣的人，則變成這時代特有的模型，在生活上成爲流浪漢，在思想上變成無依者。」〔註 55〕以上這些自述也較眞實地體現出了徐訏思想及精神狀態的孤獨，當他不倚靠任何意志與信仰，並「游離」於「社會使命」之外時，他便眞正成爲了生活上的流浪漢，思想上的無依者：

> 生沒有經我允許，
> 存沒有給我選擇，
> 文化與傳統的交代
> 未經我取捨與同意，
> 我只是被安置在一個型，
> 一個框，一個圖案的中間。
> ……

（《虛無》，《原野的呼聲》，1965 年 6 月 24 日）

當一個人開始追溯「生」與「存」雙重的無依與被動，又於文化層面袒露了自我的虛弱感，這個人即被曝露了一切，既沒有作爲自然人的主動權，也沒有作爲精神主體的主動權。於是，他也只能是「被安置在一個型」，「一個框，一個圖案的中間」，沒有任何申訴、抉擇的可能。在《虛無》這首詩中，年近六旬的徐訏即以抒情的方式將內心「游離」的情愫傾吐而出。

並且，徐訏不僅反對政治的意識形態，也同時反對文學啓蒙的意識形態。在政治與革命立場上，徐訏拒絕了任何政治形態的干預：「當時的徐訏，對左

〔註 54〕許紀霖：《大時代中的知識人》（增訂本），中華書局，2012 年版，第 323 頁。
〔註 55〕徐訏：《道德要求與道德標準》，《個人的覺醒與民主自由》，傳記文學出版社，1979 年版，第 1 頁。

聯的態度始終是若即若離的，他不會接受左聯的組織約束，也不會參加實際
的革命活動，對馬克思主義，他有的只是一種學術、理論上的興趣，從個人
性情、趣味而言，他更接近於自由主義的文人集團如『論語派』、『新月派』
和『京派』文人。」〔註 56〕在文學創作立場上，徐訏也否認了激進的文學啟
蒙立場，認為啟蒙本身就帶有功利屬性與說教嫌疑，並不能真正尊重「人」
的存在，尊重「人」的自由，維護「人」本性的鮮活。徐訏甚至發覺了這一
思潮與日後的政治意識形態的同構性，並避免了自身的文學創作朝向這一同
構性的方向發展。他排除了啟蒙，排除了政治，區分了愛國與意識形態，把
握著「大我」與「小我」之間的意義與界限，始終突顯著「人」的主體性與
價值。為此，他不得不被排除於同時代任何一種窄化的「社會使命」表達之
外，成為形單影隻的個體價值堅守者。這是時代對徐訏的限定與局限，也是
徐訏不可避免的人生狀態。

　　徐訏成為思想上的無依者，實際也是個人自主的冷靜選擇，弔詭的是，
在冷靜選擇後，他只能接受被動，只能不再有選擇的機會。「記得有一位英國
的作家──不知是不是蕭伯納──說過，一個人在二十歲時不相信共產主義
是傻瓜，二十五歲再相信共產主義則是蠢材。」〔註 57〕徐訏也經歷了這樣一
個從相信到不相信的轉變。「我呢？二十歲時候，的確是共產主義的信徒，但
到了二十七歲才真正擺脫了共產主義的枷鎖。」〔註 58〕在徐訏看來，當年迷
戀共產主義乃是時代的跟風：「當時我還是一個大學生，處於這樣的思潮中，
受各方面的挑戰，好勝爭強，幾乎這些艱澀的譯作，本本都讀。」〔註 59〕但
當徐訏在巴黎看到一本蘇聯史大林審判托洛茨基派的綜合報告，即「很激烈
的動搖了我對於『正統』共產國際的信仰，跟著我對於共產主義也起了懷疑」，
〔註 60〕徐訏從迷戀共產主義到否定共產主義，其間經歷了一個知識青年從盲

〔註 56〕 耿傳明：《輕逸與沉重之間──「現代性」問題視野中的「新浪漫派」文學》，
　　　　 南開大學出版社，2004 年版，第 42 頁。
〔註 57〕 徐訏：《我的馬克思主義時代》，《現代中國文學過眼錄》，時報文化出版企業
　　　　 有限公司，1991 年版，第 375 頁。
〔註 58〕 徐訏：《我的馬克思主義時代》，《現代中國文學過眼錄》，時報文化出版企業
　　　　 有限公司，1991 年版，第 375 頁。
〔註 59〕 徐訏：《我的馬克思主義時代》，《現代中國文學過眼錄》，時報文化出版企業
　　　　 有限公司，1991 年版，第 375 頁。
〔註 60〕 徐訏：《我的馬克思主義時代》，《現代中國文學過眼錄》，時報文化出版企業
　　　　 有限公司，1991 年版，第 379 頁。

目追慕到理性思辨再到冷靜抉擇的全過程。「中國共產黨的歷史表明有過多次派別鬥爭，目的是試圖控制革命進程的領導權」，「持反對意見的黨員只要不脫黨或叛變，往往採取宗派爭鬥的方式。」〔註61〕可以說，徐訏並非一時衝動地拋棄了共產主義，而是經過冷靜分析後自主得出的結論，無論這樣的選擇意味著什麼，又是否符合當時的「社會使命」趨向，他都斷然將自我斬離於共產主義的世界之外。

我們知道，在現代文學史上，投入過革命、熱衷過共產主義又最終離棄了這一追求的並非個案。像前文提到的戴望舒，以及同時代的施蟄存、杜衡等人都有過這樣的行為轉變。在共產主義日益興盛的1930年代，這夥曾經的革命參與者竟然逆轉了方向，不再直接參與到革命活動中。1930年代，當施蟄存主編《現代》雜誌時，他已被認作無政治風險的編輯：「我不是左翼作家，和國民黨也沒有關係，而且我有過辦文藝刊物的經驗。」〔註62〕在《現代》的《創刊宣言》裏，施蟄存直言：「本志所刊載的文章，只依照著編者個人的主觀為標準。至於這個標準，當然是屬於文學作品的本身價值方面的。」〔註63〕簡單地看，這樣的價值選擇同徐訏日後的個人主義與自由主義觀點具有共同的趨向。但對於施蟄存、戴望舒等人而言，放棄革命並非冷靜分析後的學理性選擇，而是因時局變動難以招架不必要的麻煩，而被動選擇放棄。據施蟄存回憶，在經歷了戴望舒、杜衡被捕事件、「四・一二」政治事變後，施蟄存等人的處境十分危險：「我們樓下的松江同學會，已經沒有人了。陶爾斐斯路的國民黨左派黨部已被搗毀。震旦大學的反動派氣焰囂張，在校內外張貼反共標語。在一片恐怖的環境中，我們覺得不能再在上海耽下去。於是作出散夥回家的計劃，賣掉傢俱什物，付清房租。我回松江，望舒和杜衡回杭州。」〔註64〕自此以後，他們雖然在心態上仍不排斥革命，卻也不再參與真正的革命活動。

但對於徐訏來講，拋棄共產主義並非被動的行為扼殺，而是主動的思想轉變。「一個知識分子的立場，說到底也是個性與愛好的立場，就是以自我為

〔註61〕 （美）費正清、費維愷編：《劍橋中華民國史（1912～1949年）》（下卷），中國社會科學出版社，1994年版，第178、179頁。

〔註62〕 施蟄存：《〈現代〉雜憶》（一），《新文學史料》，1981年01期。

〔註63〕 施蟄存：《創刊宣言》，《現代》，1932年，1卷1期。

〔註64〕 施蟄存：《震旦二年》，《新文學史料》，1984年04期。

中心的、以知識良知爲基點的獨立立場，它並不天然屬於任何階級，甚至自身也不成爲一個獨立的、固定的階級」〔註65〕，徐訏即嚮往並試圖立足於這樣的知識分子立場。然而，這樣的思想轉變在當時的歷史情境中顯然很難容身，也即是說，徐訏雖然自主選擇了自己的思想，卻在思想統一的追求一維化「社會使命」的大時代中最終喪失選擇，無路可走。這樣的選擇決定了徐訏日後的整體行爲方式，1949 年後，當流落海外的詩人們紛紛歸心似箭時，徐訏卻選擇了與他們相反的軌跡，這是主動選擇的人生方向——離開思想語境不符的大陸，卻也是被動選擇的人生方向——大陸的思想語境已無法容納徐訏，選擇所帶來的弔詭之處即是雖則擁有自主的人生選擇，卻又被逼入無選擇的人生死角。這一切都不得不說明了徐訏孤獨的自主源頭，他「游離」於「社會使命」是在自我理性選擇的基礎上才眞正具備了可能性的，又因爲理性的選擇而不得不跌入「游離」體驗：

只因爲我懷疑那人生的因果，
就注定了我一生奔走漂泊，
我看盡人間的生老病死，
走遍了地球的東西南北。

有人說我議論不合政治的要求，
有人說我思想有違傳統的道德，
有人說我感慨多是無病呻吟，
有人說我文章都是憤世嫉俗。

於是在這茫茫的塵世中，
我再也無處立足，
萬卷在病患中散盡，
半技在閒散中絕望。

（《過客》，《原野的呼聲》，1962 年 11 月 11 日）

《過客》一詩鮮明地抒發了徐訏一生郁郁不得志的憤懣之情。因爲冷靜地「懷疑那人生的因果」，不盲目跟從，有自主的選擇，才會注定「一生奔走漂泊」，在時間上「生老病死」，在空間上「東西南北」。正因爲擁有自己理性思考後的人生抉擇，才會在「議論」、「思想」、「感慨」、「文章」等諸多之處皆被懷

〔註65〕 許紀霖：《大時代中的知識人》（增訂本），中華書局，2012 年版，第 326 頁。

疑，作為一個一生執筆的文人，這樣的境遇可謂山窮水盡。於是「在這茫茫的塵世中」「再也無處立足」也便成為詩人最終的生命境遇。徐訏的自主選擇導致其被動的「游離」，作為文學創作者，「萬卷在病患中散盡」、「半技在閒散中絕望」也可謂「游離」之至、慘痛之至了。

　　除了個人的自我堅持，強大的外部包圍也延續了徐訏「游離」於「社會使命」之外的孤獨。傾向左翼的人士與共產主義學說的支持者必然會視徐訏為異端。徐訏清醒地意識到自己的處境：「我的那些當年引我為同志的朋友，因為我提出那些批評史大林的書籍與文章，請他們給我解釋；我就被他們認為是『托派』，『托派』在當時那些『正統』國際派的人來說，也就是『漢奸』。」〔註66〕在徐訏進入文壇的 1930 年代，中國作家大批量地接受階級意識、政治意識，「胡秋源七十年代在臺灣曾經談到過，三十年代作家中百分之九十以上是信仰社會主義的，此說不一定準確，但有一定道理。創造社的集體轉向和大批作家的向左轉，是三十年代的重要的文學現象。」〔註 67〕「儘管學者可以不同意『左翼文學是主流意識形態』的觀點，但無人能否認左翼文學思潮對於 30 年代諸種文學力量的巨大影響力及整合作用。」〔註 68〕「到 30 年代早期，一種新的左的取向已經在文學舞臺上形成了。」〔註69〕在這一背景下，一旦徐訏選擇成為無政治信仰者，自然很難找到從精神到組織的依靠，只能被拋之於時代之外，身心皆成為流浪者。但有意思的是，徐訏又與超離於政治之外的諸多文學創作流派及創作者並不融合。無政治信仰的作家大多選擇遠離政治，不論他們最終是否真的遠離了政治，至少在文學創作上，這些作家筆下的世界是超然的、審美的，其文亦不涉及政治論述。「我們不可能真正逃避政治，儘管我們或許試圖漠視政治。」〔註 70〕能否真正逃避政治尚是另外一個留待討論的話題，但作家畢竟願意「試圖漠視政治」，並創作出與政治

〔註66〕徐訏：《我的馬克思主義時代》，《現代中國文學過眼錄》，時報文化出版企業有限公司，第 380 頁。

〔註67〕朱曉進：《政治文化與中國二十世紀三十年代文學》，人民出版社，2006 年版，第 233 頁。

〔註68〕陳旋波：《時與光：20 世紀中國文學史格局中的徐訏》，百花洲文藝出版社，2004 年版，第 19 頁。

〔註69〕（美）費正清、費維愷編：《劍橋中華民國史（1912～1949 年）》（下卷），中國社會科學出版社，1994 年版，第 416 頁。

〔註70〕（美）羅伯特‧A‧達爾：《現代政治分析》，王滬寧、陳峰（譯），上海譯文出版社，1987 年版，第 5 頁。

看似無關的文學文本。「現在青年不應該再有複雜錯亂的心境了。他們所需要的不是一盆八寶飯而是一貼清涼散。想來想去，我決定來和你談美。」「我堅信中國社會鬧得如此之糟，不完全是制度的問題，是大半由於人心太壞。我堅信情感比理智重要，要洗刷人心，並非幾句道德家言所可了事，一定要從『怡情養性』做起，一定要於飽食暖衣、高官厚祿等等之外，別有較高尚、較純潔的乞求。要求人心淨化，先要求人心美化。」〔註71〕在朱光潛這樣的文藝理論家看來，「清涼散」重於「八寶飯」，人心的「怡情」是「較高尚、較純潔的乞求」。

徐訏當然也看重文藝的唯美功用，卻與這樣主張下的作家不盡相同，他始終直面著政治，未曾放棄內心對「社會使命」的追求，並隨時給予關注。如果說他的多數小說常常被認作唯美、異域、幻想，尚無法直觀看出作者的政治姿態，那麼，在《場邊文學》、《門邊文學》、《街邊文學》、《在文藝思想與文化政策中》、《回到個人主義與自由主義》、《現代中國文學過眼錄》等等雜論與文藝論著中，徐訏對政治現狀的關注與批判則達到了鋒芒畢露的程度。在徐訏的詩歌中，這樣的鋒芒亦有顯在的體現：

> 想當年光輝的元旦，
> 大家說一切是萬象更新，
> 無數的作家揮動筆桿，
> 寫生產呀；寫勞模，寫革命。
>
> 後來又整肅清算與鬥爭，
> 才知道三四十年代的作家，
> 個個是打著紅旗反紅旗，
> 懷著革命反革命。
> ……
>
> （《觀文壇舊畫有感》，1977年2月《七藝月刊》，收入《無題的問句》）
> 你說你從「牛欄」出來，
> 感到滿心彷徨；
> 想一生「獻身革命」，
> 如今竟受盡冤枉。

〔註71〕朱光潛：《談美·開場話》，《朱光潛全集》（第二卷），安徽教育出版社，1987年版，第5～6頁。

他們先說你是走資派，

後來又說你是四人幫，

如今又因爲你主張民主自由，

人們又說你蓄意反黨。

……

（《你從北國回來》，《無題的問句》，1979 年 6 月 22 日）

如果說徐訏的詩歌偏重抒情性，多喜借助詩情畫意之境抒發歡喜悲苦等諸多心境，那麼，在徐訏即將離世的晚年，他的詩歌更多出現了直指政治現實之作，而他對政治的關注與抒寫更是有著不言自喻的表達。1977、1979 年，徐訏已身處香港近三十年時間，但他從未忘記內心的「社會使命」，並時刻關注著另一個群體經歷的悲哀，「打著紅旗反紅旗，　／嚷著革命反革命。」徐訏用他特有的詩歌話語剖析著動亂年代的政治價值觀，《你從北國回來》，更是用直白的申訴表達一種「無題的問句」。徐訏晚期的小說創作，也突顯了這樣的政治表達，只不過，小說是虛擬世界，作者可以將之稍作喬裝：

「程秀紅同志萬歲！」許多人回應著。

「你們是不是要鬥爭蘇洛明？」程秀紅冷靜地説。

「是呀！鬥他，鬥垮他，鬥臭他，……」

「但是他是我的丈夫。」

「他出賣了你，出賣了革命，出賣了多少愛國的革命同志，這個無恥的通敵的奸細！」

「他沒有出賣我，是我出賣了他。」程秀紅冷靜地説道，「他已經死了，在樓上。」〔註72〕

徐訏晚期創作的小說《悲慘的世紀》，便假借另外一個星球上的政治鬥爭作以諷喻，直接可以看出作者對政治鬥爭荒誕、無情等特徵的深刻省悟。

徐訏身處的時代可以說是一個思想相對窄化的時代。它框定了作家的意識形態，試圖使文學作品及作家意識皆處於一個固定的模式中。在這個時候，普泛意義上的愛國、救國、天下興亡匹夫有責的「社會使命」已經窄化爲一種固定的表達模式。這種固定的表達模式並不爲徐訏所認同，在

〔註72〕徐訏：《悲慘的世紀》，《徐訏文集》（第 3 卷），上海三聯書店，2008 年版，第 470 頁。

他看來，無論「使命」性文藝思想，還是政治化的文學表達，皆是一種不自由的思想主張及文學主張。因此，徐訏仍舊需要堅持他尊重個人的思想主張。值得注意的是，徐訏反對被窄化的、固定化的「社會使命」意識，卻並不意味著徐訏喪失了自己本身擁有的「社會使命」意識。在徐訏的心中，愛國、救國、天下興亡匹夫有責的意識從未消失，他的「大中華」觀念更不曾因他離開祖國大陸而消泯，反倒愈發強烈。如果徐訏不再擁有「社會使命」意識，他大可南下香港，從此踐行自己尊重個人的思想，並從此不再關注大陸的政治運動與思想發展。實際上，徐訏對祖國大陸發展情況的關注本身已鮮明地體現出他依舊強烈的「社會使命」追求。我們可以來看一首徐訏的詩歌《你說》：

我深居簡出孤獨地讀唐人的詩篇你說我太落伍，

我奔東走西開會遊行講原子的學理你說我太前衛；

早晨九點鐘睡在床上看流行的雜誌你說我太懶惰，

但是十點鐘我對窗讀報紙你又說我把人家吵醒。

我早出晚歸每天沉默地低頭辦事你說我太貪利，

我忠誠地對人發表我自己的意見你說我太重名；

我閉戶謝客不求聞達於社會你說我自命清高，

我送往迎來交際於舊好你又說我有野心。

我不修邊幅破衣舊履任髮亂鬍長你說我故作驚人，

我衣冠整齊湊合著社會的時尚你又說我展覽風情；

我響亮地逢人說早安你說過敏的朋友都怪我聲音太重，

我低微地同人道再會你又說人家會怪我禮貌未盡。

那麼你可是要我跟著你反覆地講述陳舊的八股濫調，

喊幼稚的口號，對牆上領袖主席的照相自作多情，

或者也要我穿上制服追隨你在街頭路角，

搖旗吶喊，賣弄風騷，待新貴權臣的賞識憐憫。

（《你說》，《徐訏文集》，第 15 卷）

這首詩歌顯然直接地表達出徐訏在社會規約下的不自由狀態，也可看出身處於這樣的時代，徐訏內心積壓的憤懣。我們可以將詩中「你」「我」的關係做出一點總結：

1、「你」的言語地位顯然凌駕在「我」之上，所處的是批判的視角，「我」則是被批判的對象。

2、「你」是社會情態的規範，是行為準則，而「我」是不規範者。

3、「我」非常清楚「你」的價值觀，並不齒這種價值觀。

4、「我」拒絕「你」的價值觀，但不能視「你」為無物，「我」活在「你」的規範制約下。

5、「我」不僅無法視「你」為無物，還對「你」有著強烈的傾訴、回應、質問的欲望。而「你」對「我」則只有斥責，並未體現出強烈的溝通欲望。

從以上總結的幾點可以看出，「我」是被批判、規約的對象，但「我」卻從來不妥協於這種批判與規約。雖則如此，「我」卻無法忽視「你」的存在，並始終極為關注「你」的狀態。實際上，徐訏雖然絕不苟同於大陸的文藝思想觀念乃至於政治思想觀念，但他卻無時不刻地關注著大陸思想狀態的發展情況，始終對此存在著焦慮與關切，而一刻不能忘懷。即便自身已被迫離開大陸，心中也依然充滿繫念，那種強烈的傾訴、回應、質問的欲望從未消失。這樣的「大中華」觀念實際上仍然體現出徐訏濃重的「社會使命」意識，他一刻不能忘懷的，仍舊是祖國的未來。在這個時候，我們也即看到，徐訏尊重個人的個體思想追求與「社會使命」意識實際上始終是同時存在著的。當他堅持個體思想時，他並未曾忘卻「社會使命」意識，當他不忘「社會使命」意識時，也同時無法放棄個體思想。徐訏尊重個人的個體思想可以說是徐訏堅持的自我思想主張，而「社會使命」意識又可以說是滲透入他生命中的基礎性思想意識。即便徐訏因「人」的思想主張被具體的時代背景排斥其外，徐訏也不曾因此完全拋棄自己的「社會使命」，而始終保有強烈的「大中華」意識。

徐訏的個體思想與「社會使命」意識原本並不互相排斥，然而，在特定的時代背景下，一維化、窄化的「社會使命」意識與徐訏的個體思想卻似乎形成了一種不能相容的狀態。徐訏如果決心參與到「社會使命」的建設中，他就必須放棄個體思想。徐訏如果必須堅持個體思想，他就只能被排除在「社會使命」的參與之外，喪失了哪怕是臧否、反駁、補充的機會與可能性。由此，「社會使命」追求與個體思想追求之間顯然構成了極大的張力，而徐訏只能圍繞著兩者左右彷徨，找不到確定的方向與歸屬，其思想狀態也只能時常處於無法掌控的狀態。因此，我們最終看到的，是一對始終並存卻互相存在

距離的思想意識。如果說「社會使命」意識是徐訏內心深處的基礎性意識，那麼，徐訏個體的思想追求儘管再堅定執著，也只能「游離」於「社會使命」的追求之外，無法超離其外形成獨立性，而徐訏本人也將因此始終彷徨於兩者之間。

本章小結

與「游離」於「安身立命」之外的情感體驗相對，徐訏的思想追求也在夾縫中艱難地行進。內化於心的「社會使命」感使徐訏從不曾忘記愛國、救國、天下興亡匹夫有責等意識，終其一生，徐訏都深切地關注著祖國的前途與命運，就連自身離開祖國大陸之後，在人生最後的三十年，他也不斷地關注著祖國的政治運動及社會發展情況，無論抨擊或是歎息，皆流露出濃重的關切，亦體現出徐訏內心深重的大中華情懷。與「社會使命」意識相對，徐訏同時也有著強烈的個體思想，這種對個體「人」深切關懷的思想，來自徐訏人生的經歷與經歷過後的感受及經驗，這種感受及經驗使徐訏愈發尊重「人」的價值與意義。對個體「人」的發現可以說並不是徐訏的獨創，這本來就是新文學乃至新文化運動中重要的表達範疇，也可以說是現代人對自我生命狀態與生命感受的重新發覺。這種「人」的思想追求顯然並不來自於因襲的教條，而必然來自感性的觸摸，與心靈的撞擊，這一思想追求的顯現使得徐訏的思想追求富於了個人體驗與靈動的鮮活。「社會使命」與個體思想均是生發於徐訏內心的思想，且均保持了屬於它們各自的旺盛生命力。「社會使命」與個體思想之間並不存在矛盾關係，在本書的闡釋中，甚至可以發現，徐訏個體思想的成熟過程實際恰恰發生於徐訏奔赴大後方的愛國救國行動中，也即是說，正是「社會使命」引領的人生旅途，使久困書齋的知識分子徐訏獲取了親觸普通民眾、經歷艱險生活的可能，在這樣的經歷中，徐訏以他悲憫而富於情感的意識狀態同粗糲的人生世相完成了最深入的交融，這其中自然勢必醞生更多複雜而鮮活的人生感受。從這個角度上看，「社會使命」意識與個體思想之間不僅不矛盾，還富於交融的促生關係。

然而，在徐訏所身處的特定社會背景之下，國人內心本身富於的「社會使命」意識被一維化，喪失了最初的鮮活狀態。這是戰爭及內亂的歷史背景下必然的情感轉變，是國人內心的輕重取捨，也是傳統愛國觀念的具體顯現。在這樣的情況下，個體思想即出現了與「社會使命」意識相矛盾相對立的關

係。徐訏顯然是彷徨於這種對立關係的，「社會使命」意識是來自他內心深處的根深蒂固的意識，個體思想卻也同時是經由他人生體驗中最為深切細膩深入的精神感受所得，兩者之間難分輕重，也更難取捨。在國人整體一邊倒於「社會使命」意識時，徐訏的內心深處也在經受著艱難的搖擺，在這個層次上講，徐訏的個體思想將很難同他的「社會使命」延續交融狀態。如果說此時此刻，「社會使命」意識成為了徐訏內心中最重要的思想狀態，那麼，同時重要的個體思想卻勢必「游離」於「社會使命」意識之外。更重要的是，國人與徐訏共有的「社會使命」意識，在特定的歷史背景下也開始出現了窄化，當政治引領的意識形態開始滲入到國人的思想意識之中時，徐訏清醒地看到了這其中的功利色彩與意識形態色彩，當他開始抨擊文藝的功利化時，除去藝術本身的追求，他也更警覺著「社會使命」的變質。在這個層面上看，徐訏已不僅「游離」於內心的「社會使命」之外，同時也更鮮明地「游離」於窄化的意識形態色彩的「社會使命」之外了。因此，徐訏不僅在個體思想與自身的「社會使命」意識之間彷徨，同時也要在自身的「社會使命」意識與窄化的意識形態之間掙扎。這對於徐訏而言無疑是悲劇性的人生狀態：他追求個體思想，卻從不忘「社會使命」意識，這導致他終生「游離」在兩種思想意識之間，而獲取的從來都是彷徨的體驗。

第三章　徐訏詩歌的主題內容

　　在前兩章中，我們重點討論了徐訏的「游離」體驗。在情感體驗方面，徐訏「游離」於「安身立命」之外，在思想追求方面，徐訏「游離」於「社會使命」之外，多重的「游離」使徐訏無法獲取穩定的狀態，而始終彷徨。可以說，終其一生，徐訏都沒有找尋到屬於自己的歸屬，他的人生始終處於難以掌控的狀態。值得注意的是，當徐訏開始詩歌創作時，這種不穩定的「游離」狀態同時也滲入了詩歌作品。在具體的詩歌作品中，無論主題內容還是抒情特徵，均可見「游離」體驗賦予的某種特徵。在本章中，我們將對徐訏「游離」體驗下的詩歌創作進行論述，並重點討論徐訏詩歌的主題內容。在第一節中，我們將討論徐訏從「感覺」出發的主題選擇，以及這種主題選擇與「游離」體驗之間的關係。在第二節和第三節中，我們將具體討論徐訏特徵鮮明的兩種寫作向度：一是「現實情境」與「非現實情境」的雙重主題內容，二是徐訏詩歌中時間與空間的雙重表達與悖逆狀態，通過這兩節的論述，我們也將看到「游離」體驗對徐訏詩歌主題的鮮明影響以及詩歌本身呈現出的鮮明特徵。

第一節　徐訏詩歌的主題選擇：從「感覺」出發

　　任何詩人在創作詩歌時都有其傾向的主題內容。不過，對於徐訏而言，他的詩歌主題可謂較爲多元。在「游離」體驗下，徐訏的情感很難找到「安身立命」的所在，徐訏的思想也在個體思想與「社會使命」之間彷徨，因此，他很難獲取準確的價值定位，也很難做出固定性的主題表達。對於徐訏來講，

他創作詩歌沒有一個必然的主題，而是從「感覺」出發，「感覺」所到之處，即是詩歌要抒寫的內容。本節將對此進行具體的討論。

在主題上，徐訏詩歌的觸角可謂無所不及。在一部分詩作中，徐訏喜歡借助詩歌抵達某種幻想的審美世界，在那裏追尋迷離遙遠卻充滿性靈的氛圍，獲取人間沒有的愛與美。早年間，詩人即有如《月影》這樣的詩作：

> 我在靜悄悄的河上，
> 身邊沒有一盞燈火，
> 寂寞的岸邊都是青草，
> 船在螢光星影裏蹉跎。
>
> 等霧把草原點化成水，
> 我終於把路徑走錯，
> 所以在那潺潺的灘頭，
> 我會把如鏡的月影弄破。
> ……

靜悄悄的河、寂寞的岸，螢光星影，草原灘頭……詩歌中所描繪的場景雖然不一定完全失真，但很顯然，其營造的氛圍依然是奇異唯美的。詩人徜徉在這樣的美景中，顯然並不想歸去，即便走錯了路徑，卻也依然逗留於此，「把如鏡的月影弄破」。在晚期的詩作中，這樣的唯美場景依然延續，如《癡情》一詩：

> 沒有人能瞭解，
> 沒有人能相信，
> 我在寂寞的島上，
> 癡戀一顆紫星。
>
> 忘忽了空間，
> 忘忽了時間，
> 忘忽了我在塵世流落，
> 堆積著人間的年齡。
>
> 癡望著窗口，
> 癡望著雲天，
> 願煙霧不阻礙，
> 它在一定時間中降臨。

幻想著淺笑，

幻想著微顰，

我在昏迷的相思中，

已無法清醒。

⋯⋯

（《癡情》，《原野的呼聲》，1955 年 3 月 25 日，黃昏）

詩人自甘墜落於幻想的世界，不願離開，幻想著一些不切實際之事，並讓自己沉浸在這樣的不切實際中，既無法清醒，同時也不願清醒，只為貪求片刻精神的愉悅。在這首《癡情》中，詩人因世人的不懂得而兀自沉溺，可以說已達到相當深重的地步。詩人在詩歌中已然為自己營造出一個特殊的審美空間，在這樣一個審美空間裏，詩人所幻想的一切有了展露和生發的可能。《呼喚》也是這樣的詩：「我多年來在這裡期待，／期待一種熟識的聲音，／因為它在淒涼的夜裏，／曾帶我進溫暖的夢境。⋯⋯如今我還在這裡期待，／就在期待這呼喚的聲音，／它會在我動亂的生活中，／帶我一種宗教的寧靜。」（《呼喚》，《原野的呼聲》，1962 年 2 月 9 日）詩人期待的是一種改變人間境遇的神性的聲音，這種聲音雖美好卻飄渺，難以實現，故而詩人也會將這樣的美好寄寓在稍具現實感的人物身上，如《買花歸來》中塑造的女子：「正是你買花歸來／幽香籠滿了衣袖，／問我為何遠去／不願在此多留。⋯⋯如今我鄉居歸來，／再無你幽香盈袖，／滿街只見紅綠塑膠，／點綴那都市繁華依舊。」（《買花歸來》，《原野的呼聲》，1962 年 12 月 24 日，上午）這裡所描寫的女子已是現實中可能出現的人，但她仍然具備凡俗人世沒有的性靈之美，因而仍屬於詩人審美世界中的人物。同類型的詩作還有《晝寢》、《求睡曲》、《修煉》等詩作，很顯然，這種詩風帶有唯美色彩，與徐訏的大多數小說風格相似。

但徐訏的詩作絕非只抒寫唯美主題，同時存在大量涉及現實生活的詩作。早年間在《借火集》中，他曾仔細地刻畫過底層勞動者的形象與每日工作的艱辛。這些底層勞動者有江畔挑夫：

「先生你這隻四尺長二尺高的籃，

我為你挑過江只要十個銅板。」

他鞋夠多少破，衣裳夠多少襤褸，

但他有條堅韌的繩同光潤的扁擔。

— 109 —

他身上壓著百斤的重擔，
要過那九寸三分寬的跳板，
夏天裏他要拭著汗歎！
冬天裏他要呵著手顫！
……

（《錢塘江畔的挑夫》，《借火集》，1934 年 1 月 16 日，上海）

在細緻的場景描述裏，我們看到了一個爲生計不辭辛苦的江畔挑夫，年輕的詩人通過語言、形象、行爲等描寫，將他對挑夫的同情與關切盡抒筆端，也使我們看到了徐訏對民生疾苦的關注。這實際上是一系列的寫作，與江畔挑夫相對的，同時還有拉縴夫：「深沉地呼吸著，／他有顆堅定的頭顱，／二眼死盯住地平線，／跨著等速的速度。//他擺著鐵鑄一般的腿，／永遠與地面成四十五度，／他並不計算路程，／只是走那前面該走的路途。」（《拉縴夫》，《借火集》，1934 年 1 月 16 日，上海）更有老漁夫：「一年前他兒子被軍隊拉去，／妻子也在病榻裏瞑目，／於是那年老人就以他一頭白髮，／以及一嗓子的低咳，／來支持這付衰老的骨骼，／以一張網來養活他早寡的兒婦，／以及他五個幼齡的孫屬。」（《老漁夫》，《借火集》，1935 年 5 月 29 日，夜。上海）這一段的詩歌寫作正如陳德錦所說：「在最早的《借火集》等詩作裏，作者嘗試向社會各階層的生活吸取素材。這裡有錢塘江畔的挑夫，刻苦耐勞的拉縴者，賣硬米餄餄的小販，也有被洪水摧毀家園的孤女，孤苦可憐的老漁夫等。他喜歡描摹這類小人物，用他的聯想去概括一個小故事。」〔註1〕晚年時期，現實題材依然可見。這首先體現於徐訏對人事現實的憤懣與無奈，《悼晉三》悼人亦悼己，字裏行間懷著壓抑的哀傷與哀傷後的冷寂，「我驚駭，我歎息，我懷疑，／我知道你緘默著；你將永遠緘默，／而我只剩冷澀的苦笑，／我想重新吸支紙煙。」（《悼晉三》，《原野的呼聲》，1962 年 9 月 2 日，夜）緘默的背後蘊藉著無聲的控訴，而最終也仍然只能是緘默。《小島》一詩用平淡的語調訴說著生活的麻木與頹喪，「我曾經在酒家裏，／在咖啡座上，在客廳裏，／與人們笑著談著，／聽那些可敬的能幹的／朋友們的感慨，歎息，／都覺得世界已經老了，／那小島是寂寞的。」（《小島》，《原野的呼聲》，1962 年 10 月 20 日），寂

〔註1〕陳德錦：《詩與詩論》，見寒山碧編著：《徐訏作品評論集》，香港文學研究出版社有限公司、香港文學評論出版社有限公司，2009 年版，第 248 頁。

寞如人，寂寞如己。《他們的家》中，詩人幾次造訪某戶人家，並記錄下他們生活處境的變化，「我第六次到他們的家，／女傭敬了我一杯茶，／說先生外面有相好，／太太負氣不回家。」（《他們的家》，《原野的呼聲》，1969年1月6日）表現出飲食男女生活漸趨庸俗的無望感。與此同時，徐訏也在詩作中抒發自己對社會時政的不滿情緒，《來信》、《你從北國回來》、《無題的問句》、《有贈》等詩歌是直接抨擊、諷刺大陸政權與思想的詩作，而《煙雲》、《天堂何處》、《靜待》、《投胎》等詩，則是以抒情詩的方式將這一情緒傳達而出，在徐訏眾多的詩歌中，這一類詩作由於情感的噴薄與思想的衝擊力，尤其可引起讀者的注意。

感時傷懷之作也是徐訏喜愛表達的主題。在第一章中，我們早已討論過徐訏的「鄉愁」，而表達「鄉愁」之苦的詩作在徐訏的詩歌中也佔有著很大的比重。我們可以再來回顧前文引用過的表達鄉愁之苦的詩歌：《十四行》、《故鄉》、《未題》。在這些詩句中，《十四行》的情景描寫最為真切，「從娘的肚爬到娘的乳峰」、「愛搖籃的震盪」、「愛睡歌的低唱」、「呼吸在娘溫柔的懷中」，這些充滿溫存之感的描述既不可能是作為嬰兒的「他」講述給詩人的，也不可能是如今的「他」真實的自我回憶。這有可能是「他」記事後母親的講述，更可能是根據其他嬰兒的形態動作模擬出的自我經歷。在這樣的情況下，場景描寫越生動，內心體味反而越空無，真實感覺中，不過只有「抓白天際破曉的光明」來作為溫存回憶的象徵性指涉。〔註2〕在《故鄉》裏，這種溫存性體驗不復存在，轉為一種客觀描摹與問候（應念故鄉池塘／問涓涓江水），抒情主人公與故鄉的距離在文本中拉大。到了《未題》，即便有燕子這樣生動的意象表達情緒，抒情主人公已更少參與到「鄉愁」體驗，相比前幾首詩作，近乎是介紹性陳述（多年來我流落在海外，／久久沒有見我家鄉，／我家鄉遠在江南／寄存著古舊的音響）。可以看出，詩人原本對故鄉只存有模糊的印記，但渴望建構與描摹豐滿的「回憶」，隨著時光推移，詩人建構「回憶」的欲求越來越少，只剩下遠離故鄉的事實，並且，這一事實就算架空了體驗與

〔註2〕 中國古典詩歌中素來有以樂景寫哀的寫作手法。王夫之《薑齋詩話》中有云：「『昔我往矣，楊柳依依；今我來思，雨雪霏霏。』以樂景寫哀，以哀景寫樂，一倍增其哀樂。」（《薑齋詩話》王夫之著，舒蕪校點，人民文學出版社，1961年版，第140頁。）徐訏這首詩歌雖然算不上實際意義上的樂景，卻是借助了回憶構成的空間場域來描述和融美好之景，對比現實中孤獨的當下，也可以說是以過去的樂景在寫今日的哀傷了。

建構，卻始終甚至愈發清晰。可以說，這樣的「鄉愁」主題已深入到徐訏的內在精神世界，抒發著他愈發哀冷的「鄉愁」意識。

在晚期作品中，感時傷懷更表現為對時光的哀歎之情。《感逝》一詩以整齊的格律表達著人事難以挽回的歎息之感：「後浪推前浪，／來者正如去者，／顯現過，隱沒了。」（《感逝》，《原野的呼聲》，1955 年 5 月 28 日）《死去》一詩中，詩人想像著自己的死亡，發現並不會給這世界帶來多少影響，而作為個體的生命始終是渺小的：「假如我今夜安詳地死去，／舟車間仍寄著我的書信，／遠地的朋友接到我的信息，／仍會信我在期待他們回音。」（《死去》，《原野的呼聲》，1955 年 6 月 11 日）《偶感》一詩則抒發著詩人看破人生的宿命感：「前代的淚，／今世的笑，／因果中無不清楚。／／上升如斯，／下沉如彼，／人間向無乾淨的去處。」（《偶感》，《原野的呼聲》，1962 年 6 月 26 日）類似這樣的詩歌還有很多，如《在夜裏》、《過客》、《海浮孤山》、《默坐》、《虛無》、《觀望中的迷失》、《未題（高樓低廈）》、《新年偶感》、《消逝》等等，或表達歲月倥傯的空寂，或遁入宿命之論、齊一生死。

在精神向度上，徐訏的詩歌也處於波動不定的狀態。徐訏的詩歌，尤其是徐訏晚期的詩歌，雖然在整體上籠罩著一層淡漠哀傷之感，卻也時不時跳躍起明麗的音符，叛離整體的灰暗基調。「當我坐在無聲無光的斗室中，／什麼事情都不能做，／什麼事情都不能想；／我竟想問『招寶山』的小寺裏，／可是需要一個敲鐘手呀？」（《什麼事情》，《原野的呼聲》，1967 年 11 月 7 日，夜）這忽而的發問仿若童稚之聲，雖產生於冷寂的現實，卻仍能使人感到一顆赤子之心的跳蕩，即便整首詩讀下來仍終究沉於衰敗，但僅此一句還是讓人的心頭忍不住波動起來。《白色的牆上》一詩在哀歎「發黴了的青春／與化石般的童年」之後，詩人望著牆上自己的影子，忽然驚歎：「它同我年輕時一樣年輕。／那麼我為什麼不讓／我影子去流浪，而要它／掛在牆上伴我等天光？」（《白色的牆上》，《原野的呼聲》，1960 年 10 月 13 日）在詩人心頭，始終存有未熄的火焰，撲朔著渴望新生，雖然這也許只能是殘念，卻也始終頑固地殘存，樂觀地生長。「那麼我何必懷疑，／我枯寂的心靈重生……如今你讓我知道／我心中正有可／燃燒的情熱，／把枯萎了的歌曲，／重新高唱。」（《未題（我知道流水）》，《無題的問句》，1975 年 6 月 3 日）類似這樣的詩句雖不多，但也絕非鳳毛麟角，在詩集《原野的呼聲》的後記中，詩人自敘：「詩作似乎更直接流露了我脆弱的心靈在艱難的人生中的歎息呻吟與呼喚。其中

自然也紀錄著我在掙扎中理智與感情的衝突，得與失的遞迭，希望與失望的變幻以及追求與幻滅的交替，」〔註3〕可見，徐訏有意將轉換不定的心緒狀態印刻於詩歌中，表達著他多重的精神指向。

可以說，徐訏的詩歌主題與心緒狀態飄忽波動，使得他的詩歌很難形成集中的向度，初讀過後確有形散之嫌。這實際符合徐訏的「游離」體驗，在情感與思想均處於飄忽不定的「游離」狀態下，詩歌的主題多元駁雜，詩人跟著「感覺」進行主題的選擇，都是順理成章之事。值得注意的是，這種多元的主題表達，不僅並非徐訏詩歌的重大缺陷，反倒形成了研究徐訏詩歌的重要關注點。司馬長風在評論徐訏前五部詩集時，曾有這樣的評價：「徐訏是忠於感受的作家。綜觀五部詩集，絕無附隨潮流，阿諛流俗的作品，」並指出徐訏也有悼念魯迅、抗日愛國、諷刺官僚等傾向現實的詩作，但絕非虛空的口號，或為配合某種政治策略而作，只是因為「有了感受，才鳴而為詩」。〔註4〕可以說，從早期的詩歌創作開始，徐訏就已從自己的「感覺」出發，「有了感受，才鳴而為詩」，並不在主題上作具體的限定與規約。吳義勤也指出：「對於徐訏來說，詩歌不僅是他喜愛的一種文學樣式，而且更是他的一種生命方式。」〔註5〕如果說小說創作更能體現徐訏在藝術上的追求，那麼詩歌創作則顯然是更為純粹的生命狀態記錄，在這裡，徐訏放任自己沉浸在內心的情感世界裏，放下「作家」意識，更多將真實心緒新鮮完整地呈現。可以說，在徐訏看來，詩歌的主題是從內心中「流」出的，詩歌創作無非是抒寫一種生命方式，在這樣寫作思路下，富於「游離」體驗的徐訏自然會寫出多元化的詩歌主題，而絕不限於某一固定的模式。徐訏在一些理章中談到：「文學是用文字表達內心的『感』的一種藝術，」〔註6〕「凡是不真的文學，也就不可能成為好的文學。」〔註7〕可以看出，他對「感」與「真」，本來就有著自覺的追求，而詩歌「感」與「真」的天然流露，本來就會造成主題的多樣、精神向度的多元，再加之徐訏自身的「游離」體驗，主題的多元就成為徐訏詩歌必然的特徵。這種多樣與多元，實際上是為徐訏所首肯的：「我以為藝術究

〔註3〕徐訏：《原野的呼聲·後記》，臺北黎明文化事業，1977年版。

〔註4〕司馬長風：《中國新文學史》（下卷），昭明出版社，1978年版，第218頁。

〔註5〕吳義勤：《漂泊的都市之魂——徐訏論》，蘇州大學出版社，1993年版，第155頁。

〔註6〕徐訏：《牢騷文學與宣傳文學》，《門邊文學》，南天書業公司，1972年版，第78頁。

〔註7〕徐訏：《中國的社會與文學》，《懷璧集》，大林出版社，1980年版，第171頁。

竟還是屬於感情或感覺的東西，它不是哲學或政治經濟，一個哲學家或經濟學家，他的主張應該是統一的一貫的。藝術家似不必如此，他在一篇作品中可以是出世的，另一篇可以是入世的；」〔註8〕以「感情」、「感覺」爲起點的東西，勢必是混沌的，不可能統一，但這確是一切文學發生的基本前提。作爲一個飽經「游離」體驗的詩人，徐訏的內心可謂充滿多重的複雜「感覺」與感情，因此，在詩歌創作上，他可以抓住「感覺」的本質，任由「感覺」驅使他進行詩歌的創作、主題的選擇。對於徐訏來講，「游離」體驗與「感覺」生發之間存在著水到渠成的關係，而主題的多元駁雜則勢必是從「感覺」出發之後的詩歌創作特徵。

　　與「感覺」的追求相對應的，則是徐訏對產生眞情實感的「現實生活」的倚重，也即是徐訏認爲，一切主題內容的生發需要在「現實生活」的感悟基礎上，而不應憑藉任何其他預設的東西。在詩集《原野的呼聲》中，一首《傳記》引人注目，其第一段是這樣的：

　　　　他活了八十歲逝世，

　　　　在七十年生命中，

　　　　他寫了五十卷詩，

　　　　但是他滿意的只有一首：

　　　　那是七十年前，

　　　　偶寫在作文簿裏，

　　　　並沒有贏得分數。

一個人活了八十年，七十年在寫詩，共寫了五十卷，不可謂不厚重，然而令他滿意的竟然只有一首，這一首還是初學寫詩時寫在作文簿裏的，且連分數都沒有贏得。可以說，這首最滿意的詩並沒有帶給「他」絲毫的功名與成就，一切外界的附加值均被剔除，那麼，可想而知，使他滿意的原因大抵只有「眞實」，並將初寫詩歌的體驗與純粹情感的流露視作最爲珍貴的東西。這其實也透露出徐訏創作詩歌的態度：一切以眞情實感、生活體驗爲重。徐訏的確認爲「生活」對創作具有決定性的作用：「天才這東西是生活決定的。」〔註9〕「『才華』『潛能』只有在『生活』的提煉與昇華中才成爲『才華』與『潛能』。

〔註8〕徐訏：《五四以來文藝運動中的道學頭巾氣》，《場邊文學》，香港上海印書館，1971年版，第33頁。

〔註9〕徐訏：《作家的生活與「潛能」》，《場邊文學》，香港上海印書館，1971年版，第79頁。

否則只是一個神經系統中的一個『疙瘩』而已。」〔註 10〕「沒有生活就無所謂『生命』。生命的表現，就是生活；證明生命的存在，就是生活。」〔註 11〕表面上看，這樣的觀點同現實主義創作方法無異，都否認「才華」的自我生成，都認爲唯有回歸現實生活才能產生眞正的創作。但我們都很清楚，徐訏絕不是一個「現實主義」作家，研究者賦予其「新浪漫派」、「後期現代派」等稱謂，亦可見其作品與「現實主義」並沒有直接的關係。實際上，徐訏所指的「生活」，有內心生活和外在生活之分：「一個人外表的生活：旅行、遊獵、革命、參加戰爭，別人可以瞭解，但一個人內心的生活是外人無從知道。」〔註 12〕在徐訏看來，文學作品有的記錄外在生活，有的記錄內心生活，「最終的源泉則還是外在生活」，但又必須經過「內心生活的提煉才能成爲作品」。〔註 13〕這就使我們不禁聯想到英伽登關於「觀相」的討論，在英伽登看來，用文字描述事物，會帶有講述者的「觀相」角度，一個被描述的事物，在不同作者的筆下可能會千差萬別。〔註 14〕這種差別便是「內心生活的提煉」造就的主觀視角的不同，而這又終於歸結到不同人「感覺」的千差萬別——徐訏始終將「感覺」放於詩歌乃至文學創作的第一位。

　　可以說，在「游離」體驗下，徐訏將眞實的體驗狀態視爲詩歌創作的根本，經由這種體驗生發的「感覺」即是詩歌創作的根本生發點，一切主題的呈現均需經由體驗而來的「感覺」，而不是任何其他。徐訏追求的「現實生活」實際上是一種眞實的常態，對於徐訏而言，即是「游離」體驗下生發的「感覺」。這完全不同於現眞實模式，或是理想化的現實追求。這種眞實的常態完全靠第一時間產生的「感覺」來生發醞釀，並最終形成作品，同意識形態化的現實主義，以及爲宣導某一政治主張刻意關注具體現實的作品大有不同。

〔註 10〕 徐訏：《作家的生活與「潛能」》，《場邊文學》，香港上海印書館，1971 年版，第 84 頁。

〔註 11〕 徐訏：《作家的生活與「潛能」》，《場邊文學》，香港上海印書館，1971 年版，第 85 頁。

〔註 12〕 徐訏：《作家的生活與「潛能」》，《場邊文學》，香港上海印書館，1971 年版，第 75 頁。

〔註 13〕 徐訏：《作家的生活與「潛能」》，《場邊文學》，香港上海印書館，1971 年版，第 86～87 頁。

〔註 14〕 可參考英伽登：《論文學作品》，張振輝（譯），河南大學出版社，2008 年版。

第二節 「現實情境」與「非現實情境」的雙重主題

在上一節中，我們主要討論了徐訏詩歌的多重主題，以及這些主題各自大致的內容。可以說，在「游離」體驗作用下，徐訏的情感與思想狀態皆呈現出飄忽不定的搖擺狀態，在這樣的狀態下，他所產生的「感覺」是多重的，當他從「感覺」出發來創作詩歌時，詩歌作品也必定會表達出多種多樣的詩歌主題與內容。而在這諸多的主題內容中，有兩種主題內容的抒寫彼此對照，又經常交替於徐訏的詩歌中，值得我們專門討論。這兩種主題內容即是：現實抒寫與非現實抒寫，在本節中，我們將之稱爲「現實情境」與「非現實情境」。在具體的討論中，我們將看到這兩種情境的抒寫各自的表現向度，以及兩者之間的內在關係，並由此發覺「游離」體驗對徐訏詩歌抒寫的影響作用。

在先前的論述中，我們已經發現，徐訏的詩歌具備多重向度的詩歌主題。我們當然可以說，徐訏之所以觸及到如此之多的表達向度，是因爲他是一個忠於「游離」體驗，更忠於這種體驗帶來的複雜「感覺」的詩人。這樣的詩人不會將自己的文學創作局限於某一種固定的模式與主題，更不會跟隨某一種思想主張使自己的創作符合宣傳的要求。在這些複雜的主題向度中，有兩重向度之間存在著相生相剋的關係，表面上，這兩重向度互相悖逆，但實際上卻存在著密不可分的關係：

> 我說我們這一代不會再有春天，
> 你說我忘去了現實就會有春意，
> 我說你始終沒有看到世界，
> 你說我不會在心中創造天地。

（《新春》）

> 你說世事如夢，
> 塵世終究虛妄，
> 繁華過眼雲煙，
> 富貴難留健康。
>
> 我說我雖非鳳凰，
> 我願爲你歌唱，
> 勸你捨棄珠寶，
> 洗淨紅粉白霜。

（《人老珠黃》）

讀過這樣的詩句會發現，徐訏的詩歌中存在兩個抒情主人公，各持己見，無法取替：一個看清現實，一個沉於夢境。這也的確符合徐訏的文學觀：藝術家可以時而出世，時而入世，不必有同一的思想，同時也符合「感覺」的善變與多樣化特徵。然而，「出世」與「入世」並不僅僅是「感覺」的多樣，而實際上已成爲「感覺」的對立與辯駁，這種對立與辯駁體現於向度相異的主題、思想、態度，充斥於徐訏整體的詩作之中，並且尤以晚年詩作爲突出。於是，讀者會發現詩人忽而感歎時光的流逝，忽而泯滅時空的意義，忽而抨擊極端的政權，忽而悲歎現實的無奈，忽而像個目空一切的道人，忽而又是期待人世的赤子……這種跳蕩與對立僅僅意味著詩人「感覺」的眞實與駁雜嗎？或是僅僅說明詩人不受某一政治主張或文藝理論的牽扯和束縛嗎？實際上，在我們看來，這仍然與徐訏的「游離」體驗密切相關。

徐訏曾有過這樣的觀點：「藝術上文學上流派很多，如意象派、達達主義、惡魔派、未來派、現代派，在小說上有意識流，有反小說的小說，在戲劇上有荒謬劇，有迷幻藥文學藝術……趨勢所及，似乎都是遠離生活的姿態。可是按之實際，正是反映眞實人生的另一面。」〔註15〕在徐訏看來，許多看似脫離實際的浪漫唯美類創作，不過只是面對現實刺激所做出的或變形或對立的反應而已，其「感覺」的生發源頭，仍然是現實：「最想逃避現實的思想與情感，正是對現實最有反應的思想與情感。」〔註16〕這種主張其實也在徐訏的詩作中有著鮮明的體現。詩人唯美類的詩歌雖也確實在嚮往一種美好，但在某種程度上說僅是治療人生空虛的手段而非眞正的目的。可以說，在「游離」體驗下，徐訏一生未能找到歸屬之感，唯有通過某種唯美內容的詩歌表達，才能在文學世界裏獲得某種安慰。「於是我祈禱我可以重新戀愛，／只有在愛時我心清如鏡，／沒有任何欲念可侵佔我思想，／我唯一想念的我所愛的情人。」（《不寧》）戀愛本身的確是美好的，但此時的徐訏已絕非憧憬青春戀情的毛頭小子，而更多把戀愛當做鎮定劑、麻醉品，希望可以通過類似的感情使自己不寧的人生得到寄託，使得「心清如鏡」、「沒有任何欲念可侵佔我思想」。晚年的徐訏已並非因夢美而去尋夢，而是醒時無路可走才去尋夢罷了。從這個角度看過去，徐訏所寫的目空一切的宇宙觀、時空觀，其實也同樣是一劑治療「游離」之苦的

〔註15〕徐訏：《三邊文學序》，《場邊文學》，香港上海印書館，1971 年版，第Ⅱ～Ⅲ頁。

〔註16〕徐訏：《三邊文學序》，《場邊文學》，香港上海印書館，1971 年版，第Ⅲ頁。

鎮定劑：「看遊魂漂泊， ／一切死也只是 ／生的輪迴。」（《海浮孤山》）「雄壯
的，悲哀的， ／寂寞的，任何的 ／呼聲，永恆的 ／都變成了一瞬。」（《千萬種
雲》）詩中所寫的道理雖眞，但在情緒上，乃是唯有靠目空一切，才能得片刻
的安慰，或通過天地齊一、生靈渺小的感悟，對人類乃至自己的生命追尋進行
無情的諷刺與消磨。這些「目空一切」的感觸，在徐訏這裡並不代表閱盡滄桑
後的超越，也不同於老莊哲學的澄淨，而其實是對現實的無力。詩人的心境在
面對現實時始終處於理不清的混沌狀態，爲破解種種煩憂，只得超越其上，在
更高層級上泯滅現世的悲喜。詩人甚至還會幻想一些顛覆性力量，將這個世界
重新來過，「我說，那麼也何妨暫緩叫我投胎， ／我一定謹愼地等他們的電話
鈴聲， ／待他們的核子戰毀滅了世界， ／我一定投胎來整頓那破爛的江山。」
（《投胎》）詩中幻想著顛覆性的力量，看似玄妙，實際不過是對現世不滿的憤
懣、嘲諷與深深的「游離」之痛。

　　通過論述，我們發現了徐訏詩歌文本的悖謬：一個擁抱現實、清醒地感
受著現實的抒情主人公，卻在詩句的文字層面上缺省了現實感的流露，而是
讓詩歌的遁入某種虛幻的情境中，使得部分文本變成非現實之作，與其他現
實之作形成主題與情感的悖謬。這樣的悖謬狀態可以說是緣於詩人無處消解
的「游離」體驗，在這樣的體驗下，詩人一方面直擊現實，直呈自己內心的
情感，另一方面卻遁入虛幻的情境中，去尋找寄託。我們不妨將抒寫現實場
景與現實感懷的詩作稱作「現實情境」之作，而將抒寫相對冥無空靈、抒寫
場景多爲預設與想像的詩作成爲「非現實情境」之作。在偏離內心眞正傾向
的詩作中，詩人逃遁其中，並且希望通過「非現實情境」消解現實場域中的
矛盾與憤懣、或實現「現實情境」中不能實現的理想，使得詩人因「游離」
體驗獲取的情緒得到一定程度的消解：

> 生命過半矣，
>
> 婀娜輕柳，
>
> 已綠葉蓬鬆。
>
> 望關山阻隔，
>
> 心率情匿
>
> 海底留長夢。
>
> 倦睡乍醒，

　　小病初痊癒

　　始悟色即是空。

　　　　　　（《日暮黃昏》，《時間的去處》，1952 年 2 月 11 日，新加坡）

在《日暮黃昏》這首詩中，中年心境的徐訏完全把自己的心態放低，並讓自己的心境沉入某種平和之態中。詩中雖並沒有設定一個具體的「非現實情境」，但從詩人的抒情狀態上看，已是預設自己超離於現實紛爭之外，並「始悟色即是空」了。在這樣一個主題預設下，詩人的心境得以獲得某種撫平，雖然這種撫平也僅僅是撫平而已，卻也通過文字的抒寫使現實境遇中無法疏導的憤懣緩和下來。在《安詳地睡》一詩中，詩人的情緒不僅得到了安撫，更通過某種夢境的呈現，得以實現現實中無法實現的嚮往：

　　如今我只希望可以安詳地睡，

　　因爲夢深處有我的故鄉，

　　那裏草子花點點如星，

　　牡丹花朵朵像月亮。

　　還有那裏的喜鵲專報平安，

　　燕子的愛情縈繞著舊樑，

　　岸堤上都有柳絲的纏綿，

　　長春藤留戀著半圮的紅牆。

　　說一切的聲色夢外都有，

　　但異國的泥土沒有清香，

　　鳥聲都是失侶的呻吟，

　　流水也是無望的惆悵。

　　如今我只希望可以安詳地睡。

　　因爲長夢裏有我自由的想像，

　　上半夜我在我母親的懷中，

　　下半夜我會見愛我的姑娘。

　　　　　　（《安詳地睡》，《時間的去處》，1953 年 4 月 10 日晨 1 時，九龍）

在《安詳地睡》這樣的詩歌中，「非現實情境」已不僅僅用來疏導內心情感，更用來實現「現實情境」中無法實現的願望。詩人絲毫沒有遮掩自己的心靈

乞求，並在夢境的展現中將這些嚮往曝露無疑。在夢中，詩人得到了鳥語花香，得到母親的懷抱，得到異性的愛情，這原是人類生存於世最基本的情感需求：對安全呵護的需求，對異性愛情的需求。在《安詳地睡》中，詩人實現的情感需求越基本、越真切，越表明詩人在「現實情境」中的失去與無助。詩人試圖讓自己停留在無謂的夢境中，永不醒來，以得到愛與溫暖的呵護，以麻醉自己不至於過於悲苦。

但是，即便詩歌的文本向度必然輻射了足夠的愛與溫暖，或言之足以抵擋「現實情境」洶湧而來的無助。作為詩歌寫作者的徐訏，又是否真的能夠借助某些非現實詩作將自己完全沉溺在文本虛構的虛無世界中？詩人在「游離」體驗下積壓的情緒又是否真的在這樣的詩歌文本裏得到了釋放與宣洩？在本節中，我們可以循著這樣的路徑繼續探尋下去，看一看在這一向度的詩歌表達中，還存在著哪些更深層的特質。實際上，進一步挖掘可發現，即便是在相對超離的以描寫非現實為對象的詩歌中，詩人雖欲圖超離殘酷的現實，追求飛升之境，卻也同時滲透著某種程度上的懷疑與疲倦：

> 記不起誰告訴我，
> 天國裏有一種東西，
> 唱出希奇的聲音，
> 專迷惑聰敏人的癡心，
> 騙去了心裏的魂靈，
> 飛到了虛無的天庭，
> 任憑那茫茫的世上，
> 行走著愚笨的屍身。
>
> 這所以引起我越那茫茫的原野，
> 登那悠悠的山峰，
> 穿那陰森的樹林，
> 攀那荊棘的草叢，
> 這所以引起我步那悄悄的月夜，
> 望那雨前的青雲，
> 候那淒涼的黃昏，
> 等那虹過時的星辰。

於是我聽到烏鴉的奇噪，

喜鵲的煩亂，

鴟梟的蠢號，

九頭的苦酸，

我還聽過蛙聲啼熟了稻，

聽過蟋蟀啼荒了秋草，

還有是弔喪的哀猿，

可是這些，起初使我感到疲倦，

聽多了又引起我心頭怔忡，

於是我心中浮起了無謂的煩亂，

終於使我墮入了夢中。

但是在那幽幽的夢裏，

像有奇聲輕輕地把我喚醒，

醒來時我不知是否聽見什麼歌聲，

我只見白雲中有我靈魂的瘦影。

（《希奇的聲音》，《借火集》，1936 年 6 月 21 日，上海）

這首詩歌描寫了抒情主人公嘗試飛昇天國之境，經歷重重艱難後，卻並沒有真正獲取美妙的「希奇的聲音」。這樣的一首歌自然不可能是完全的寫實，其中「希奇的聲音」究竟是什麼樣的聲音，天國又意味著什麼樣的境界，「我」艱難的跋涉過後聽到的那些聲音又是什麼，都可以有大的解讀空間。不過，這首詩表達出的對「非現實情境」的懷疑卻是始終恒一的主題：在聽了所謂的「希奇的聲音」過後，「我」感到疲倦、怔忡、煩亂，使「我」墮入夢中，夢中有奇聲將「我」喚醒，但「我」卻只能看見白雲中靈魂的瘦影。在詩歌文本層面，詩人就已然昭示了自己對「非現實情境」的看法：「非現實情境」雖則具備美好的引誘性，卻實際很難企及，又或者根本只是一種幻想，最終還是一副泡影。「非現實情境」既然可以說只是某種程度上的逃遁，那麼，在詩人的意識中，也根本明瞭詩歌所描寫的「非現實情境」的意味：它更多只是詩歌疏導內心情緒的管道，而並非真正的目的。詩人並非著意去描繪一個非現實的場域，但因現實境遇的苦悶，而不得不借助文字的描繪使自己在臆想的世界裏體會美好。

對於這樣一個想像而出的世界，詩人實際上明瞭它的虛無。也即，詩人最終仍然清醒地感受他深刻的「游離」體驗。只不過，即便明瞭，詩人卻也同時需要它的存在：

　　此地的佳節已非舊地的情調，
　　街頭照耀的是商品的燈光；
　　但別人的歡樂該是自己的慰藉，
　　客身在今朝應有忘我的瘋狂。

　　不要為痛苦的過去不安，
　　不要為可怕的未來憂傷，
　　只要你未失去高貴的良心，
　　就不必擔憂你會無歌可唱。

　　一切的宗教都是人的歸宿，
　　任何的節日你都可慶賞，
　　請莫問彼此的信仰與傳統，
　　將來終在有愛的遠方。

　　人間正多可耕的田地，
　　無須仰慕渺茫的天堂，
　　但科學未解決人間的憂患，
　　為何要指謫美麗神話的虛妄。

（《佳節》，《時間的去處》，1952 年 12 月 21 日，香港）

1952 年，剛剛南下香港不久的徐訏寫下了《佳節》這首詩歌。「佳節」一詞具有傳統的隱喻意義，隻身客居，又怎可能不覺得身心的孤寂疲倦？「此地的佳節已非舊地的情調，街頭照耀的是商品的燈光；」在這物也不是人更非的場景中，顧影自憐，很容易生起一種悲淒之情，像徐訏這樣容易自陷於「感傷」狀態的詩人，更容易因這樣的場景而倍感悲悼。但在《佳節》一詩中，引領詩人堅持下來或勇敢向前的卻是愛與希望，「只要你未失去高貴的良心」，「將來終在有愛的遠方」，「但別人的歡樂該是自己的慰藉，客身在今朝應有忘我的瘋狂。」詩人從未放棄現實的生活，即便是在客居的情境中，他也篤定著人間的意義：「人間正多可耕的田地，　／無須仰慕渺茫的天堂，」一切非現實的「渺茫」都是「無須」的。然而，與之同時，徐訏也並未放棄一

種幻想、一種寄託的存在：「但科學未解決人間的憂患，爲何要指謫美麗神話的虛妄。」也即是說，在並不算圓滿的「現實情境」中，徐訏始終願意立足於現實，卻也需要通過「非現實情境」的浸潤在一定程度上消解「游離」體驗帶來的苦悶與悲淒。徐訏始終不曾放棄「現實情境」，但卻也始終無法拋棄「非現實情境」帶來的慰藉。這原是並不矛盾的，但在一些具細的感受體驗中，「現實情境」與「非現實情境」必然產生兩極拉扯的關係，而詩人的詩作最終會給人彷徨於兩極狀態之下的感覺。而這種彷徨，正是徐訏的「游離」體驗造成的。

我們知道，在徐訏的詩歌文本中，經常可見「你」與「我」的對弈、爭辯、遊說：

> 頭上白雲崢嶸，
> 腳下山路崎嶇，
> 我登峰頂訪你，
> 原想勸你歸去。
>
> 但你寂然默坐，
> 對我不言不語，
> 在你牆上桌上，
> 也不見留有詩句。
>
> 黃昏鷗梟夜歸，
> 聲聲念著咒語，
> 於是你勸我下山，
> 說夜來將有大雨。
>
> 那麼是你連年山居，
> 就此學會了鳥語，
> 於是我也不再歸去，
> 靜候夜來大雨。
>
> （《山居》，《燈籠集》，1942 年，6 月 24 日，桂林）

在詩歌《山居》中，就出現了「你」與「我」的觀念分歧。白雲崢嶸、山路崎嶇，「我」走了那麼遠的路，原只是想勸「你」歸去，但「你」顯然沒有聽從「我」的意見，「你」只是「寂然默坐，／對我不言不語」，並「勸我下山」。

有意思的是，「我」勸「你」不成功，自己竟也沒有下山，而是「也不再歸去」，同「你」一起「靜候夜來大雨」。詩歌中的「你」與「我」顯然更多可以看作詩人自我內心的兩種分裂向度，一個嚮往現實俗世，一個歸隱深山老林。這原本也並不是什麼稀奇之事，「尊德樂義，則可以囂囂矣。故士窮不失義，達不離道。窮不失義，故士得己焉；達不離道，故民不失望焉。古之人，得志，澤加於民；不得志，修身見於世。窮則獨善其身，達則兼善天下」。〔註17〕中國傳統中素來有「窮則獨善其身，達則兼濟天下」的出世、入世觀念，而例來的隱者也無非是現實所遇不淑，只得歸隱而已，無論是「隱」是「現」，「士」的心中始終存在著義與道的現實關照，「隱」與「現」從來存在著剪不斷的繫連。在徐訏的詩歌中，這兩種分裂向度被具象為兩個具體的人，一個持現實之觀，一個持隱者之觀。「你」與「我」之間向度的搖擺，正可以說是徐訏內心對出世、入世態度的搖擺，而「你」與「我」之所以搖擺不定，其根本也仍舊是對現實的關懷之真切，也正因為對現實關懷之真切，才會始終不停地搖擺。在《山居》這首詩中，出世觀顯然說服了入世觀，「你」與「我」最終共同歸隱於山林，無論風雨。

　　而在另外的詩中，情感傾向則又將產生另外的偏轉：

　　　可是四季的花兒，
　　　都到你座前頌揚？
　　　所以世上的南風，
　　　再不送你花香。

　　　多少樹下黃昏，
　　　只有月兒消長，
　　　難道當年的繁星，
　　　也只在你頭上發亮？

　　　虎聲如雷你不理，
　　　猿聲如泣你不響，
　　　還有人們頻頻的詢問，
　　　你也沒有一絲反響。

〔註17〕孟子：《孟子‧盡心上》，《孟子》，方勇譯注，中華書局，2010 年版，第 261 頁。

多少指甲與頭髮，

在你感覺中生長。

那麼川流的時光，

難道還不夠你想像？

無限星雲的流動，

隨時都會吞沒太陽，

而你竟敢妄學上帝，

在燦爛的寶座上安詳。

（《安詳》，《燈籠集》，1942 年 10 月 25 日，夜，重慶）

在《安詳》之中，指責之意直現文本，四季的花兒都到「你」座前頌揚，於是，「你」變得養尊處優，變得麻木，「虎聲如雷你不理，／猿聲如泣你不響，／還有人們頻頻的詢問，／你也沒有一絲反響。」這樣的一首寫於 1942 年的詩歌，顯然不僅只是詩人內心情感的曝露，也可能包含著抗戰等思想，所指也可能有具體的物事。但如果我們可以把這首詩理解為徐訏內心中「你」與「我」的博弈，則可以認為，詩人所指責的「竟敢妄學上帝，／在燦爛的寶座上安詳」的人，實際是以出世心態處世的詩人自己，這個自己隱匿在燦爛的寶座上，無能為力於現實世界，只能「安詳」著。在不斷的辯駁中，詩人不能忘記現實世界中人類的苦楚，同時又無法承受現實境遇帶給詩人的壓迫。在反覆的情感中，詩人不斷在出世入世狀態中彷徨，在《山居》的歸隱與《安詳》的不安中彷徨。終其一生，徐訏實際上都未能擺脫這樣的彷徨局面，其詩歌也始終未能超離於兩者搖擺所輻射的主題之上。可以說，徐訏的詩歌在主題上鮮明地呈現出了詩人終其一生的「游離」體驗，無論詩人本身還是詩歌作品，均處於一種搖擺不定的彷徨狀態。

第三節　空間抒寫與時間抒寫的雙重維度

在上一節中，我們重點討論了徐訏詩歌中「現實情境」、「非現實情境」的雙重主題，分析了「游離」體驗下，徐訏詩歌出現兩種情境的原因，以及必然的表現特徵。如果說在主題上，「現實情境」、「非現實情境」屬於具體內容層面，那麼，在本節中，我們將討論的是徐訏詩歌中涉及的空間與時間，

並進一步討論兩者之間的關係。在時空表達這一範疇裏，徐訐的詩歌創作呈現出空間抒寫與時間抒寫的雙重維度：物象的摹寫在空間抒寫上給人凝滯的穩定感，現實的流動又在時間抒寫上給人難以操控的不穩定感。兩種抒寫狀態不僅在各自的向度中特點鮮明，同時具備了某種對照關係：空間抒寫的穩定狀態彌補了時間抒寫的不穩定感受，從而使詩人獲取了片刻的依託與歸屬。然而，這僅是表面狀態的穩定，卻實際上從不曾消解時間抒寫層面的焦慮，詩人可以說一面遁入空間，一面又焦慮於時間，形成了特殊的詩歌表達。這種空間與時間兩重維度的抒寫也正體現出詩人徐訐「游離」體驗下的彷徨狀態，在這樣的對照性抒寫中，徐訐實際也未能擺脫「二元對立」的固定性思維，從而喪失了更多自我表達的可能。

（一）

我們注意到，在徐訐的詩歌表達中，有一種空間形態的對象經常被涉及、被關注，即雕塑或畫幅一類的物象。在這樣的詩作中，徐訐總是喜歡具細地描述著雕塑或畫幅的形態造型，並形成獨特的空間抒寫：對物象的摹寫。在摹寫過程中，詩人總是將自己的感性意識融入其中：

> 我的家遙遠得
> 同一切人間想像的烏托邦
> 一樣遙遠。
>
> 我的家是空洞的，
> 同穴居時代的山窟
> 一樣空洞。
>
> 寄存在友人處，
> 塵封在閣樓上
> 有我祖父的畫，
>
> 畫裏有煙囪與園圃，
> 亂堆的書籍杯碟與搖籃，
> 那應相信是我的家。

（《我的家》，《輪迴》，1947 年 10 月 30 日，甬）

詩人說「我的家」遙遠如烏托邦，空洞如「穴居時代的山窟」，這只能證明詩

中所指涉的「家」，並非故鄉切實的土地，也非自己安居故鄉的任何場所，而更多代表了一種精神性訴求——即詩人對安寧感、歸屬感的渴望，也即第一章所討論的，對「安身立命」的渴望。有意思的是，這種精神渴望最終與「祖父的畫」連通一處：此處有兩個關鍵點，一爲祖父，二爲畫。祖父的形象代表著家族血脈的源頭，在徐訏的意識深處，對家族與故鄉最原初的依靠與信賴始終可以指代生命中最安寧的那一部分訴求。而畫幅的描摹是一種固態：煙囪與園圃、書籍杯碟與搖籃，這些事物將始終以定型的方式存在於畫框中，這也即形成了另一種安寧——可被留存、控制，不擔憂產生任何變化的安寧。這一切描摹反證了徐訏內心對「游離」於「安身立命」之外的焦慮，他只有在追蹤至血脈源頭和固態情境時，內心才能收穫片刻的安寧與歸屬。類如這樣的畫幅描寫，還可見多處，如這首《少女像》：

> 今夜你鬆亂的頭髮，
> 竟象徵了江南的想像，
> 在雲端，伴著星光，
> 散步了萬種的惆悵。
>
> 還有你燈光下的眼睛，
> 昨夜似曾幻化過水底的月亮，
> 在今宵的三更時分，
> 將從你眉瓣中播送夜香。
>
> 我希望你睡眠時的笑容，
> 莫騙取魔鬼的雙眼，
> 我怕它會記在一個青年的心上，
> 叫他爲相思永遠淒涼。
>
> 但我不信你端直的鼻子，
> 已指定了你生命的光亮，
> 我怕你憾軻的牙齒，
> 將決定你命運中的惆悵。

（《少女像》，《燈籠集》，1942 年 7 月 29 日，桂林七星岩）

寫於 1942 年桂林七星岩的《少女像》，即是詩人對一幅少女畫像的描寫。詩中具細地涉及了少女像的鬆亂的頭髮、燈光下的眼睛、睡眠時的笑容，

以及端直的鼻子。很顯然，在這些描述中，詩人加入了自己的情感，並融合著少女像的姿態進行自我想像與評述，於是「萬種的惆悵」、「爲相思永遠淒涼」、「命運中的惆悵」等充沛著感情色彩的詞語也便疊加在並不算長的詩歌中。可以說，徐訏已經將自己濃鬱的情感充分地融入到一幅少女畫像中了。我們知道，在西方人眼中，畫面對物象具備很高的凝定效果，而詩歌則更適合表現流動的物事，以及體現個體意志情感，這使得西方詩歌具備「意志化」的表達特徵。在萊辛眼中，畫只適合描寫靜物，詩只適合敘述動作，故他在《拉奧孔》中說：「動作是詩所特有的題材。」〔註18〕但我們同時也知道，中國古典詩歌素來有詩畫相生的傳統，從中國古典的藝術眼光看過去，以物觀物的「物態化」〔註19〕詩歌也並不一定不適宜描寫靜物。朱光潛在批評《拉奧孔》時即強調了中國詩歌的不同。「中國寫景詩人常化靜爲動，化描寫爲敘述，就這一點說，萊辛的話是很精確的。但是這也不能成爲普遍的原則。在事實上，萊辛所反對的歷數事物形象的寫法在中國詩中也常產生很好的效果。」〔註20〕徐訏的詩歌顯然承襲了古典詩歌傳統，其所欲表達的意境先不論，僅就對畫面的鍾愛而言，則已達到了十分熱衷的程度。並且，在徐訏的詩歌中，所謂的畫面描寫並非是攝取現實場景中的某一剎樣態形成詩歌的文本描述，乃是對眞正的畫幅有著格外強烈的喜好。正如《少女像》中所抒寫，詩人徐訏彷彿全然將畫像的樣態摹刻入詩，頗有些題畫詩的意味。然而，我們也應注意到，這樣的「題畫詩」卻也不僅只爲追求詩畫相通的古典詩歌韻味，而更多通過物象的摹寫傳遞出凝定的安穩感。在《少女像》中，詩人顯然並非只著意於畫幅的描寫，而更意在將凝定的畫面滲入詩人自己的情感體驗與情感表達。可以說，詩人是在借助畫幅的抒寫表達自己內心的情感，從這個角度上說，畫幅實際必然是詩人徐訏詩歌情感抒發的「客觀對應物」。實際上，在徐訏的詩歌中，畫幅是確實存在的一幅畫，凝定的效果並非詩歌文本賦予，而是原本

〔註18〕 萊辛：《拉奧孔》，朱光潛譯，人民文學出版社，1979 年版，第 83 頁。

〔註19〕 這裡「意志化」、「物態化」等用詞借用了李怡在《中國現代新詩與古典詩歌傳統》中的用法及定義。有關這些詞語的用法、意義，以及中國古典詩歌與西方詩歌的區別，詳見《中國現代新詩與古典詩歌傳統》（增訂版），北京大學出版社，2008 年版。

〔註20〕 朱光潛：《詩論》，上海古籍出版社，2005 年版，第 114、50 頁。

即存在，這傳遞給讀者較爲強烈的固定感與安穩感。

　　與空間的抒寫相對，徐訏詩歌中同時存在著時間的抒寫。如果說物象的摹寫在空間表達上給人凝滯的穩定感，那麼，現實的流動卻又在時間表達上給人難以操控的不穩定感。我們可以來看這首《歲月的哀怨》：

　　　　悠悠的白雲載來了歲月的哀怨，

　　　　耿耿的長夜未掩去人間的煩惱，

　　　　多少窗外的花朵都在自開自謝，

　　　　蕭蕭的庭院，落葉也無人理掃。

　　　　……

　　　　所有我住過的地方你都未去過，

　　　　一切你去過的地方我都已先到，

　　　　你告訴我的新奇的故事我已經閱歷，

　　　　我經過的複雜的人生你從未知道。

　　　　那麼莫信風雨不會搖落你院前的菩提，

　　　　溫和的陽光不會焦枯你園裏的青草，

　　　　自然安排了一切鮮豔都要褪色，

　　　　一切花要謝，一切青春都要衰老。

　　　　（《歲月的哀怨》，《時間的去處》，1952 年 12 月 20 日，九龍）

這首詩以「歲月的哀怨」作爲題目，顯然描寫的是歲月流逝中人所經受的哀怨情感。詩句中充滿了時間的流動：白雲飄動、長夜漫漫、花朵開謝、葉片凋落、風雨飄搖，詩句中的「我」也顯然是一個經歷了無數人生的人，因此才會說「一切你去過的地方我都已先到，／你告訴我的新奇的故事我已經閱歷」。整首詩歌帶給人的閱讀感受即是一種經年的滄桑，而最終的哀怨即指向永遠無法留存的時間：「自然安排了一切鮮豔都要褪色，／一切花要謝，一切青春都要衰老。」時間的流動使得事物不停地變化，並將美好擊碎爲破敗，任何人也沒有能力挽留。實際上，徐訏的時間抒寫帶給人的是一種難以操控的不穩定感，所有的「鮮豔」在「褪色」的結局面前展現著前所未有的慌張，而這種慌張帶給抒情主人公的即是無能爲力的「哀怨」。

　　相比空間抒寫的穩定狀態，時間抒寫即呈現著動盪的不穩定狀態。有意思的是，當時間抒寫與空間抒寫在同一首詩歌中出現時，彼此的對照即看出

詩人對待時空狀態的不同態度：

> 你叫青山枯黃，
> 又叫綠水淒黯，
> 還叫山園的花木，
> 前後爲你枯萎。
>
> 你還叫日升月沉，
> 叫村落化作墳堆，
> 還叫多情的人們，
> 因你錯過了歡會。
>
> 你叫我從搖籃起來，
> 飄流到人群間徘徊，
> 於是又叫我烏黑的鬢髮，
> 冉冉地變成白灰。
>
> 你能叫我生，叫我死，
> 叫我在你的懷裏顚沛，
> 那麼難道我永生的塑像，
> 你也有權叫它衰老憔悴？

（《時間》，《鞭痕集》，1942 年 1 月 12 日，夜尾。上海）

僅從題目便可得知，《時間》一詩著意進行的是一種時間抒寫，而實際上，這首詩也的確在傳達現實世界的時間流動帶給人的不穩定感受。在這首詩歌中，「你」顯然是一個主宰著人世命運的高層級存在，作爲人世的普通生命，「我」顯然無能抗拒「你」的一切安排，於是在詩歌中，「你」無所不能地安排著「我」的一切運命走向，從出生直至衰老，無能抗拒。對於「我」而言，這種被安排的運命走向顯然並不是期望中的，卻同時只能是無能爲力的。《時間》一詩主要在時間抒寫的維度上表達著命運的無常，時間飛逝、不能主宰，詩人認命地只能隨著時間之流顚沛，體驗到的是一種難以操控的不穩定感。值得注意的是，在整首意在進行時間抒寫的詩歌中，詩人筆鋒一轉，突然提及了「永生的塑像」，時間抒寫對應的即是空間抒寫，在這個時候，「塑像」作爲一種物象即成爲相對於時間的空間存在。在時間抒寫給予的難以操控的不穩定感中，詩人突然說到：「那麼難道我永生的塑像，

／你也有權叫它衰老憔悴？」這即突然造成了一種逆轉的效果：在時間抒寫中，抒情主人公負隅頑抗：「你能叫我生，叫我死，」「叫我在你的懷裏顛沛」，但卻始終無能為力，然而，在空間抒寫中，一切發生了變化，時間只能改變所有時間性的事物，如日升月落、草木榮枯、生命過程，卻不能改變空間性的事物，在詩人看來，「永生的塑像」即是空間維度的存在，而無法被時間維度磨蝕，因此，「我永生的塑像」是永不能被更改變動的，是無權被主宰的，也就成為了逃脫於時間法則之外的存在。這樣的時間與空間的對照抒寫使我們發現了徐訏詩歌中時空表達的特殊意味：在徐訏的「游離」體驗中，他時常感到人生的難以掌控，時間是永遠抓不住的，而與之相對的空間存在卻可以因為空間的實在性而具備一定的凝定與恒定，從而具備了穩定感。通過《時間》一詩的分析我們可以發現，徐訏的時空描寫已不僅僅是時間與空間各自的描寫，物象的描摹與時間流逝的表述也已不僅僅是不同向度的表達本身，而同時具備了十分重要的對照意義：時間抒寫抒發了詩人無能抗衡時間的不穩定感，而空間抒寫即彌補了這種不穩定感，從而使詩人具備了穩定的歸屬與情感的依託。在《時間》一詩中，空間物象不受時間的制約，如是，時間的確無權讓塑像「衰老憔悴」。「我永生的塑像」成為了抗衡無常時間的空間凝定，也成為了徐訏「游離」體驗中唯一可感可把握的存在象徵。

　　通過《時間》一詩的闡釋，我們會發現，在徐訏的詩作中，畫幅或雕塑一類的凝定物象的描述與表達顯然是一種抗衡性表達，它成為了徐訏「游離」體驗中可以憑藉的安慰。在這樣的畫幅或雕塑中，徐訏得以實現某種安慰，獲取某種安全感。凝定物象彷彿是無涯時間旅途中的黑洞，吸納所有猖獗的無常，將一切變成安全的黑：

> 東壁雨雪霏霏，
> 西壁新月如眉，
> 南懸蒼鷹奔天，
> 北掛鸚鵡午睡。
>
> 多少虎吼猿啼，
> 還有杜鵑鳴淚，
> 最動人是遊魚無情，

把池中的荷葉弄碎。

遠處白浪滔天，

天外孤舟未回，

何怪路邊難婦，

癡望夕陽光輝。

願借畫人顏色，

塗去我面頰憔悴，

讓我靈魂躲入你畫中，

冒充「李白夜醉」。

（《題幻吾畫展》，《鞭痕集》，1942 年 3 月 29 日，上海）

在顛沛流離的人世中，流動的時間與流動的物事均帶給詩人不安定感。《題幻吾畫展》一詩中，現實中的物事多處於流動狀態：雨雪霏霏，蒼鷹奔天、北掛鸚鵡、虎吼猿啼、杜鵑鳴淚、荷葉弄碎、白浪滔天、癡望夕陽……在三段流動物事的抒寫之後，詩人徐訏筆鋒一轉，將自己隱匿在凝定的畫幅之中：「願借畫人顏色，／塗去我面頰憔悴，／讓我靈魂躲入你畫中，／冒充『李白夜醉』」。如此，詩人不再受時間的限制，將自己的靈魂放諸畫幅中，獲得凝定的安穩與安全，這種安穩與安全，恰恰是徐訏「游離」體驗的人生從來不具備的。在《對窗吟》一詩中，借助畫面獲得安定感的意圖更加明顯：

請你暫充畫幅的框子吧，

讓藍天鑲上新月，

全宇宙只有寒梅未睡，

她對著月光歎息。

（《對窗吟》，《進香集》，1941 年 2 月 13 日，深夜，上海）

現實風景一旦被畫框框住，詩人便獲得了穩定感，風景所帶來的感受立刻有了質的不同。藍天新月、寒梅未睡，月光下歎息，無論所抒寫的對象是否美好，抒寫者都獲取了某種從容，使文本的表達帶有前所未有的餘裕之感。畫幅所框定的物事實際上等同於做舊的記憶，在前文中，我們也曾探討過徐訏對「鄉愁」情結的隱在含義。無論是畫框還是記憶，都有一個共同的屬性，即恒定不變。詩人即如同可以隨意玩味記憶一樣地玩味著框定的世界，而框定的世界也如記憶一樣保藏著，觀摩著，恒定著：

埋在我記憶裏的過去，
當受我想像的灌溉，
它有新鮮的色澤與內容
以及那永恆的存在。

那裏老幼的人物，
有不變的年齡；
情侶有永生的愛，
山水有不移的風景。
……

　　（《記憶裏的過去》，《時間的去處》，1951 年 11 月 20 日，香港）

通過以上的闡述，我們很容易便可瞭解畫框的凝定對詩人徐訏的意義。實際上，在徐訏的詩歌中，始終存在著對抗流動、對抗不可控現實的對照物。畫框、雕塑、記憶，以及先前我們重點論述的「非現實情境」，都可以說是這樣的對照物。詩人時常遁入其中，以獲取現實之外的安慰。甚至有些時候，詩人會混淆現實與非現實的差異，或是希望凝定的安穩可以變成現實：

白雲圍著青峰，
煙霧繞著竹林，
四周清水山岩，
長天碧藍無垠。

怪我旅心恍惚，
怪我今宵有病，
誤把夜來山色，
看成桌上盆景。

此景有人贈我，
消我斗室淒清，
多少次我都，
把它想成了眞景。

苦茶熱氣如霧，
紙煙蘊涇如雲，
在那窗下桌上，

　　渡著月光燈影。

　　如今山色蕭然，

　　無人知我有病，

　　把它看成盆景，

　　記取周圍溫情。

（《盆景》，《燈籠集》，1942 年 8 月 25 日，桂林）

在這首《盆景》中，詩人已然很難區分現實景色與盆景的區別，但當我們瞭解了凝定物象對徐訏的意義後，也便不難理解詩人何以將眞景誤看做盆景，而又許多次把桌上盆景想像成眞景了：將眞景看成盆景，是爲了獲取凝定的安穩，而將盆景看成眞景，是希望現實生活可如盆景的狀態一般凝定、安穩。這一出一進之間，徐訏的心路歷程也可謂力透紙背，而他「游離」體驗下的詩歌創作特色也就鮮明地呈現而出。

（二）

　　但與之同時，我們也可以發現徐訏出入於空間與時間之間的悖論關係：表面上，徐訏追尋著物象給予的安穩與安全，並試圖離開流動的不可控的世界，甚至會將流動的世界想像成盆景世界；但實際上，徐訏卻又從來沒有忘卻流動的不可控的世界，他意識的立足點始終是流動的眞實世界，因此，才會再次試圖希望盆景世界變成眞實世界。也即是說，在「游離」體驗下，徐訏即便渴望遁入可操控的空間，消解自我的彷徨，卻也始終未曾忘卻眞實世界中時間的流動與「游離」的處境，而他內心眞正的渴望，其實仍是最終能夠把握時間的流動，而不再因「游離」彷徨。在凝定的恒定感後，徐訏實際上仍然期待著某種流動與爆發：

　　多少年不見天日，

　　蚌殼內珍珠才發異光，

　　如許的森林變成泥土，

　　但埋在山深中都是煤礦。

　　往昔太陽在混沌中運行，

　　結萬年的哀怨、隱恨、悲傷，

　　如今他在無際的宇宙裏遨遊，

－134－

　　　　多少星球在依賴他的光芒。

　　　　那麼且忍受那疲倦饑渴，

　　　　還有那羞辱、訕笑與謗謗，

　　　　暗拊我身上鞭痕血跡，

　　　　在浮世的笑容裏隱藏。

　　　　待黑夜從海上沉去，

　　　　天邊應有未泯的曙光，

　　　　那時我今夜的低訴，

　　　　應換取全世界的歌唱。

　　　　　　（《隱藏》,《鞭痕集》,1945 年 1 月 20 日，黃昏，紐約）

蚌殼的珍珠最終還是要發光，埋在深山中的煤礦最終要被發掘，混沌運行的太陽最終引領了一整個星系，所有的忍受與饑渴最終也為了換取全世界的歌唱。在徐訏的意識中，「隱藏」是一種漾雪精神，是一種為了突破的隱藏，最終，這種隱藏並不為隱藏本身，而必須爆發出來，成為可用之物。與之同時我們也可以認為，在徐訏的意識中，空間物象的涵泳最終還是欲圖成為時間流動的可用之物，空間的雪藏更多是為了保藏自我的實力與精神。《隱藏》表面看也不過是一首一般意義上的勵志詩，但如果仔細挖掘，便會看出徐訏的內心觀念，即徐訏仍然熱衷著現實的價值與意義，而並非決心從此「隱藏」。也即是說，在「游離」體驗下，徐訏仍舊不能忘懷當下世界，遁入某種畫幅描寫，實際只是一時的消解，並不能解決徐訏真正的彷徨。

　　通過多首詩的解讀，我們實際可以發覺出徐訏詩歌中時間與空間中的某種悖論關係：也即看似拒絕「時間」的詩人，實際上最為在意的仍然是「時間」，所謂「空間」的選擇無非是一種遁入，一種權宜，而並非詩人真正所求。正如康夫所說：「徐訏受制於一種可稱之為『時空困頓』的情況——時間而言，屬於回懷之過去；空間而言，又好比五千年前巴比倫人所造的『空中花園』，於是徐訏無論在地球上那個區域寫詩（例如說：中國大陸、香港、印度、美國……），詩中的時空依舊不變，可以說他是非常固執的。」〔註21〕從根本的時間空間的對立關係看過去，我們會發現：在徐訏的詩歌中，時間是流動的、

────────────

〔註21〕康夫：《徐訏抒情詩一百首‧後記》，廖文傑出版，1999 年版。

不可控的，被詩人認作是需要逃匿的，空間是具象的、可控的，被詩人認作是需要遁入的。在文本向度中，詩人遁入空間，擺脫時間，但在情感向度中，詩人即便擺脫了時間、遁入空間，卻也依然心繫於時間。這樣的對立及統一關係將會使徐訏的詩歌呈現出什麼樣的特徵？又同時說明了什麼問題？又與徐訏的「游離」體驗存在著怎樣的關係？這樣的表達方式與文本抒寫又使得徐訏的詩歌最終展現出什麼樣的意志向度？這就需要我們進一步挖掘時間與空間的對立關係，並同時跳出對立關係，整體性地剖析徐訏詩歌的這一表達方式。

在前文的論述中，我們就已討論到，無論徐訏身處何時何地，他的詩歌總是回指向故鄉，回指向記憶。而反過來說，無論徐訏身處何時何地，他的詩歌始終沒有當下，從來不曾獲得切實的「此刻」體驗，我們可以再來看一首徐訏鮮明表達出這一特徵的詩歌：

在異地的鄉村夜裏，
有火車聲遠去近來，
告訴我世界的廣闊，
故鄉在遙遠的星下期待。

夜夜夢回舊地，
看多少種花謝花開，
幼年的已經長成，
中年的已經老衰。

才悟到鏡裏的白髮，
已不是故我的存在，
是宇宙無聲的憂戚，
點化我歡樂與悲哀。

家國有無數山峰，
峰峰都對我引領期待。
江南的冬雪溶後，
哪一雙燕子不知道歸來？

（《歸來》，《鞭痕集》，1946 年 2 月 10 日，Wisconsin，Madison 鄉下）

這是一首寫於美國威斯康辛鄉下的詩歌，令人驚訝的是，全詩毫無體現美國

生活的意象與情感表達，只有一句「在異地的鄉村夜裏」，模糊地指代著詩人的處境。但實際上，所謂「異地的鄉村夜裏」也不過爲了指涉出「故鄉」的存在而已，也只有在異地的鄉村夜裏，鄉愁才能夠得以抒寫，詩人心中凝定的記憶才能夠被喚醒而出。《歸來》的寫法並不是鮮見的，無論徐訏身處美國、香港、法國、新加坡，還是中國任何一個地方，「時空困頓」的狀態都使他的詩作並無新意可言，更很少著意於其時其地，而始終不變的主題均是凝定的物事。這已然說明了徐訏詩歌中的一個重要的缺失點：當下，以及對當下的情感表達。誠然，徐訏的詩歌，尤其是晚期的詩歌，有很大一部分很難使讀者發覺「當下」感，總是遁入過去乃至更空無的場景中，即便時而出現一些現代場景的描寫（如城市描寫、舞窟描寫等），實際也僅起到對照、襯托作用，沒有太多本體性意義。於是我們感受到的徐訏，是一個飄忽於無時空中的「無物」：「忘忽了空間，／忘忽了時間，／忘忽了我在塵世流落，／堆積著人間的年齡。」（《癡情》）「在無限起伏的時間中，／且求有限空間的寧靜。」（《送別》）或是逆時空回轉，去到原始的某情境中：「我在廣大的原野中生長，／日夜在無垠大地中馳騁，／開闊的天空緊貼我面龐，／柔軟的草原偎依我夢魂。」（《原野的呼聲》）

以上詩歌缺失當下感的特徵可以說徐訏的「游離」體驗密切相關，正是「當下」難以給予徐訏確定感，使其無論情感還是思想始終處於「游離」的彷徨狀態，徐訏才會選擇進入回憶，進入畫幅，或是無時空的表達中。然而，我們知道，在徐訏的人生態度上，注重自由、注重生活的體驗都是徐訏一再堅持的基本價值內容。而實際上，無論是注重自由還是注重生活體驗，生命的存在感都是實現這些價值的基本前提。何謂存在感？也即可以說是一種當下的感受與當下的體驗。唯有抓得住當下，個體才能真正在當下的存在感受中體味獨屬於自己的生活興味，一切感悟也才可能擁有起碼的存在可能。徐訏否定功利主義的價值觀，注重作爲個體的「人」的價值，他明確地反對啓蒙的功利、政治的功利，追求個體真切的感受與表達。可以說，沒有人會比徐訏更懂得個體體驗的價值與意義，也不會有任何一種思想比徐訏追求「人」的思想更注重個體的感受與體驗、個體的存在與當下了。然而，令人倍感弔詭的是，在徐訏卷帙浩繁的詩作中，「當下」的體驗竟不是最重要的表達內容，充斥詩文的竟更多是對過去的無限留戀、對「非現實情境」的嚮往、以及對未來的惶恐、對命運的哀悼。實際上，徐訏最終離散了自己的真實感受，並

沒有更多地觸及到「當下」，更談不上對「當下」生活感悟的表達與沉澱。這可以說必然是「游離」造成的弔詭狀態，使徐訏並沒有更多的可能去感悟原本可能獲取的生命空間。這樣的表達造成了徐訏詩歌表達的悖論，也即徐訏本人或許也未曾意料到，在用來表達自己真情實感的詩作中，「游離」體驗帶動徐訏逃逸於時間的流動之外，並在物象的摹寫裏獲取所謂的安慰與安穩，最終使詩人「游離」出「當下」，而始終逡巡於過去或想像的情境之中，反倒與「當下」缺失了更多的關係。

（三）

我們知道，在徐訏的詩作中，涉及現實批判與諷刺的詩歌佔據了徐訏詩歌中的一部分重要內容，這樣的詩作對立於逃遁入空間的詩作，表現出對時間狀態的負隅頑抗與否定：

> 為了黃鼠狼放了一個久悶屁，
> 於是世界又彌漫著臭氣；
> 鹿兒自顧自對著湖水照照小白臉，
> 喝飽了水打呵欠，
> 水牛在島上，糧食塞飽了肚皮，
> 懶得不願搖動它的金銀蹄。
> 於是黃鼠狼追兔又偷雞；
> 弄得雞兒滿籠啼，
> 兔子駭得討救兵，
> 嚷：「鹿兒，你的角兒尖，
> 個子大，還有四隻梅花蹄，
> 平常日子你領著我們跑，
> 患難時你怎麼理也不理？」
> 鹿兒聽了打呵欠：
> 「我怎麼會不著急，
> 他吞了你，也要偷我的東西，
> 可是隔壁牛兒肉正肥，
> 腿正健，他的角兒比我還要尖。
> 平常日子喚使我，喚起你，

—138—

今天怎麼擺這副醜神氣。」
於是鹿兒過去叫水牛，
水牛搖搖頭兒歎口氣，
喚聲：「黃鼠狼，黃鼠狼，
你到底是少穿少吃，還是少東西，
無緣無故放他媽的久悶屁？」
「說起來我可真可憐，
十二月裏我黃鼠狼獨張皮，
我天天半夜三更肚子饑，
不能同你比，牛油牛肉全都齊，
到處都是你的殖民地，
所以我要一張兔兒皮，
披在身上好捱那下雪天，
所以我要個把隻小雞，
半夜三更也好充個饑。」
黃鼠狼說完笑嘻嘻：
「老大哥，我不要你般胖，
不要你般肥，
你放心，我也不要有
你一樣的金銀蹄。」
牛兒於是歎一口氣：
「好，我同你訂一個友誼，
兔皮一準隨你穿，
小雞決定隨你吃，
但是請你答應我一個條件，
從此你再不要放久悶屁！」
……
牛兒說完打呵欠，
鹿兒早已盤頭眠。
黃鼠狼掀掀嘴唇皮，
流出三尺四寸臭唾涎，

拉著白羊做夫妻，

逼著鴨子做奴隸。

聽著牛兒哈欠響，

聽著鹿兒鼾聲重，

黃鼠狼得意又得意，

它把尾巴搖得快如電風扇，

預備再放久悶屁。

　　（《歐羅巴的童話》，《待綠集》，1938 年 11 月 10 日，夜半，上海）

《歐羅巴的童話》顯然並不是一個童話，而是鮮明的諷喻詩，無論詩中的黃鼠狼究竟影射何人何物，詩人都在表達「現實情境」中某種不合理現象。徐訐自稱是自由主義者，並尊重他人的不同意見，「原因是我的意見只是我自己的意見，我並不想強人與我相同。」〔註 22〕這也的確是自由主義者所秉持的思想主張。但是，有一種觀點卻是自由主義者所反對的，即反對自由主義的觀點。很顯然，在徐訐看來，任何具有功利屬性的思想與意識形態都是反自由主義的。徐訐以極為強烈的姿態所抒寫的《無題的問句》等詩歌，也即體現出徐訐強烈的反對意識。不過，在類似《歐羅巴的童話》這樣的詩作中，我們除了看到徐訐強烈的理性認知、情感態度，卻無法看到徐訐越過這些之上的解決途徑。

　　徐訐詩歌只是情感態度的表達，而沒有任何理性解決的方案。我們當然可以說，詩歌並不負責解決具體的問題，而本來就應該是一種情感表達，但同時，我們也可以鮮明地看到，在徐訐整體的創作與思想表達中，確實不曾尋找到解決問題的方法。文學文本世界僅提供給徐訐一個逃遁的物象空間，或是一個批判的場域，卻不曾提供給徐訐一個確立的途徑。可以說，文學文本僅只是徐訐狀態的表達，卻無法獲取本質的思想。格里德曾在《胡適與中國的文藝復興》中認為：「自由主義之所以會在中國失敗，乃因為中國人的生活是淹沒在暴力和革命之中的，而自由主義則不能為暴力與革命的重大問題提供什麼答案。」〔註 23〕自由主義與中國發展的艱澀問題暫且不論，僅就徐訐本身而言，我們即可發覺，至少在文學文本世界裏，徐訐最突出的特徵便

〔註 22〕　徐訐：《個人的覺醒與民主自由·序》，傳記文學出版社，1979 年版，第 1 頁。

〔註 23〕　（美）格里德：《胡適與中國的文藝復興》，魯奇（譯），江蘇人民出版社，1998年版，第 368 頁。

是營造出「非現實情境」，用耿傳明之語，即是一種「審美個人主義的烏托邦」、「來自『別一世界』的啓示」〔註24〕。在這樣的世界裏，徐訏「以富傳奇性的故事情節爲依託傳達他的浪漫哲思、情愛理念，以及對人性的冥想和沉思。」〔註25〕但我們同時也可以認爲，這是一種主體性的逃遁，即作者強迫自己的主體隱匿在烏托邦的世界裏，而在現實世界中，作者的主體價值始終是缺失的。體現在詩歌作品中，即文本缺乏主體的承擔意義，充斥其間的更多是情緒的泡沫與逃遁後的虛無情境。徐訏的詩歌文本能否提供給世界改良的方案暫且不論，重要的是，其自我的主體性始終處於坍塌的狀態。一種文本既已喪失重要的主體性，就更遑論提供給外界什麼有益的價值與信息了。從這個層面去看徐訏的詩歌與徐訏本人的情感態度，即發覺，抒情主人公始終處於懦弱無依的狀態，他僅能表達出自我的情感姿態，卻不能確立自我的主體價值，更不可能提供給外界任何信息，抒情主人公最終「游離」出自己原本堅定的主體性，主體性既已缺失，「人」的價值與意義也便沒有了更多的依憑。

　　葉南客在《邊際人：大過渡時代的轉型人格》一書中，曾論述過「邊緣人」的概念，「『邊緣人』在社會關係中的位置和命運實質上是他們不安於在社會已有的規範、禁忌內活動的結果，他們偏要掙扎著打破禁忌，衝出傳統的規範之外，以整個人類的前衛姿態堅持不懈地拓展人類知識和人生的新領域」，〔註26〕「『邊緣人』則是在同一時代背景下兩個或兩個以上的區域、民族、社會體系、知識體系之間從隔閡到同化過程中人格的裂變和轉型特徵，這是一種空間性、地位性文化衝突的產物。」〔註27〕我們可以認爲，「邊緣人」是一種「游離」於主流社會之外的人，他們擁有自己清醒的價值觀與思想態度，卻很難被主流社會接受。從葉南客的定義上看，徐訏自然也可以算作是某種程度上的「邊緣人」，本書所論述的徐訏的「游離」特性，也可以說是「邊緣人」狀態的體現。不過，在本節的論述中我們會發現，這樣的「邊緣」特徵不僅是主流與個體的邊緣關係，更是個體自身的某種邊緣，對於徐訏而言，

〔註24〕詳見耿傳明著：《來自「別一世界」的啓示》，南開大學出版社，2014年版。
〔註25〕耿傳明：《來自「別一世界」的啓示》，南開大學出版社，2014年版，第297頁。
〔註26〕葉南客：《邊際人：大過渡時代的轉型人格》，上海人民出版社，1996年版，第5～6頁。
〔註27〕葉南客：《邊際人：大過渡時代的轉型人格》，上海人民出版社，1996年版，第7頁。

也即是「游離」於「安身立命」、「社會使命」追求之外的體驗。實際上,我們並不難解釋徐訏「游離」於「安身立命」與「社會使命」之外的體驗。在中國現代詩學中,從來不曾拋棄二元對立的思想意識,無論是功利的意識形態支持者,還是所謂的自由主義,實際都是同一個二元對立體系下的產物,「歷史的有趣在於它的規定性不是體現在某一思想傾向上,而是體現在幾乎所有的思想傾向上,包括彼此對立的傾向。例如左翼詩歌以『社會現實』意義來反對自由主義詩歌的藝術趣味,而與之同時,自由主義詩人在表達自己的藝術追求時,也同樣以刻意的反對『介入現實』自我標榜,同一個二元對立就這樣被反覆強化著。」「中國現代詩學在涉及詩歌的社會意義時,從來沒有跳出過這樣一種藝術社會的二元對立方式,無論他們的具體選擇如何。」〔註28〕

　　徐訏自然也並不曾跳出這樣的二元對立局面,在先前的論述中,我們曾討論過徐訏困於「現實情境」、「非現實情境」的極端拉扯中,並不曾真正獲取表達真實自我追求的機會,而這種極端的拉扯,無論是在「現實情境」中抨擊著現實,還是在「非現實情境」中逃遁自我,獲取安穩,實際上都未能擺脫二元對立的思想局面,而本節所論述的時間與空間的變異,說到底其實也仍然是這樣二元對立所導致的分裂:時間的流動代表現實的不確定,而空間的凝定代表非現實的逃遁,徐訏遊走於時間與空間之中,也正說明了現實與非現實、社會與個人、社會政治與藝術的兩極拉扯,是典型的二元對立思維的體現。在這樣的二元對立格局中,徐訏喪失了自我追求的表達、喪失了主體性也並不是聳人聽聞的。這種狀態實際上更少具備哲學層面的形而上意識,而仍然可以說是社會衝突與二元對立思維在具體的個體身上的具體顯現。在徐訏的人生體驗中,社會的現實價值始終佔據著重要的地位,這可以說深受中國傳統思想對士人要求的影響。在這樣的價值導向中,即便如徐訏這樣看似擁有「別一世界」的作者,最終也不可能真正超離到「別一世界」去,所謂文學的享受功能也無非是某種虛妄:「將享受納入『社會功能』加以認識,這在中國現代詩論中是不可想像的,它意味著一系列我們熟悉的二元對立方式——個人／社會、內容／形式、藝術／社會政治——的消解」。〔註29〕不過,對於徐訏來講,他的可歎之處在於個體價值追求與個體價值實現之間弔詭的差異:一個追求「人」的個

〔註28〕李怡:《被圍與突圍》,重慶大學出版社,2012年版,第90、91頁。
〔註29〕李怡:《被圍與突圍》,重慶大學出版社,2012年版,第92頁。

體思想、注重生活感悟與體驗的作家，最終沒有獲取眞正的「人」的追求，而無一例外地深陷入二元對立的詩歌價値體系乃至社會價値體系中。這不得不說是令人扼腕並値得深深思索的。

本章小結

在「游離」體驗之下，徐訏的詩歌產生了獨特的文本主題及抒情特徵。在主題內容方面，「游離」體驗使得詩人並無固定的先行主題，而是根據體驗獲取的「感覺」進行創作。在這樣的創作狀態下，徐訏的詩歌呈現出多樣化的主題特徵，現實、虛幻、民生疾苦、感時傷懷……多重多樣的主題無所不包。可以說，「游離」體驗使得徐訏遵從內心的眞實感受，而從不爲某一特定的主題進行創作。在多重主題中，徐訏詩歌也體現出「游離」體驗的具體影響。徐訏的部分詩歌擅寫「現實情境」，而另一部分詩歌卻墮入「非現實情境」，這造成他的詩歌主題呈現雙重情境。與之同時，從時空角度看，徐訏詩歌也存在著空間與時間的雙重抒寫，空間抒寫給人穩定感，時間抒寫給人不穩定感，兩種向度的抒寫不僅在各自的區間裏有著獨特表達，彼此的對照同時也體現出「游離」體驗下徐訏內心的彷徨狀態。可以說，在主題內容上，徐訏詩歌充分地表現出徐訏「游離」體驗下複雜的內心狀態。

第四章　徐訏詩歌的抒情特徵

　　在上一章的討論中，我們重點闡釋了徐訏詩歌主題內容方面的特徵。可以說，徐訏詩歌的主題及內容深受「游離」體驗的影響，並呈現出這一影響之下的獨特特色。與之相對，徐訏詩歌的抒情特徵也同樣深受「游離」體驗的影響，並呈現出該層面的獨特特色。在本章中，我們將對「游離」體驗下的詩歌創作：徐訏詩歌的抒情特徵進行討論。我們將分兩節內容展開論述，在第一節中，我們將討論徐訏詩歌的「感傷」抒情，及此種特徵在整體詩歌背景中的位置和意義，並討論「感傷」特徵引發的抒情主人公的自憐姿態。在第二節中，我們將對抒情主人公理性與感性兩種抒情方式的分裂進行討論，從而進一步發掘「游離」體驗下徐訏詩歌表達的獨特特徵。

第一節　「感傷」抒情與自憐姿態

　　在「游離」體驗下，徐訏獲取的是一種難以掌控的彷徨人生。這造成他內心積壓著大量情感，而這種情感主要被傾瀉於詩歌寫作中。在這樣的創作狀態下，徐訏詩歌的抒情呈現出「感傷」的特徵，這種抒情特徵過於強烈，反而阻礙了詩歌對鮮活感受的表達，並造成抒情主人公的自憐姿態。從新詩整體的發展上看，徐訏詩歌雖然具備從「感覺」出發的珍貴特質，卻因「游離」體驗造成的「感傷」抒情，再一次與鮮活自由的情感表達缺失更多關聯。

（一）

我們在先前的論述中，就曾引用過徐訏在《四十詩綜》後記中說的話：「我對這些詩篇有比對一切我其他的作品有特別的情感。它忠實地記錄我整整二十年顛波的生命，坦白的揭露我前後二十年演變的胸懷，沒有剪斷，沒有隱藏。」〔註1〕可以說，在詩歌寫作中，徐訏傾注了自己大量的情感與心緒。我們都知道，「游離」體驗帶給徐訏強烈的不穩定感與彷徨狀態，在這種彷徨狀態下，徐訏內心積壓著大量的情感，即如徐訏所說，是「整整二十年顛簸的生命」，及「前後二十年演變的胸懷」。這樣積壓的情緒又是通過什麼途徑泄導呢？徐訏放棄了其他釋放人生激情或壓力的場域，他不追隨某種政治信仰、不信奉宗教，不加入任何文學流派，甚至不與人做更多的交流……唯只用大量的文學寫作抒發及填補自己人生的憤懣與空白，而其中的詩歌創作尤其能直接、鮮明地體現出這一特點。也即所說，詩歌於他「有特別的情感」，「它忠實地記錄」，它「坦白的揭露」，在詩歌中，徐訏願意無所保留地傾倒自己的情感與「游離」體驗造成的內心積壓，從而使得自我的心緒得以寄託與釋放。

這樣的作品顯然是情緒的、個人的、體驗的，是未曾加諸更多功利色彩的力的表達，只為將「游離」體驗積壓的心緒泄導而出。這樣的詩歌表達特徵本也是新文化運動之後、新詩產生之時所具備的重要特徵。眾所周知，魯迅就曾呼喚過這樣的摩羅詩人：「剛健不撓，抱誠守眞；不取媚於群，以隨順舊俗；發爲雄聲，以起其國人之新生，而大其國於天下。求之華士，孰比之哉？」〔註2〕而不久之後，郭沫若的詩歌創作即響應了這樣的摩羅號召，成為區別於古典詩歌的主觀抒情色彩濃厚的抒情文本，當我們朗讀著「我把月來吞了」、「我把日來吞了」這樣的詩句時，確實看到了前所未有的抒情主人公的存在，也即看到了屬於現代新詩的現代詩情。在詩學主張上，「抒情」也被認作是現代詩歌的重要抒寫特徵，「詩的本職專在抒情。抒情的文字便不采詩形，也不失爲詩。」〔註3〕「新詩的手法，我不很佩服白描，也不喜歡嘮叨的敘事，不必說嘮叨的說理，我只認抒情是詩的本分。」〔註4〕這樣的詩歌創作

〔註1〕 徐訏：《四十詩綜・後記》，上海夜窗書屋，1948年版。
〔註2〕 魯迅：《摩羅詩力說》，《魯迅全集》（第一卷），人民文學出版社，1973年版，第99～100頁。
〔註3〕 田壽昌、宗白華、郭沫若：《三葉集》，亞東圖書館，1920年版，第46頁。
〔註4〕 周作人：《揚鞭集序》，收入《談龍集》，開明書店，1927年版，第68頁。

與詩學主張在「五四」時期顯然具備強大的衝破效應，得以使新詩立足於文壇，有繼續生長的可能性，而在日後的新詩發展中，它也始終佔據著強大的位置，形成了新詩抒寫的重要寫作特徵。「19 世紀末期一直到二戰結束後，現代主義構成了西方現代詩與詩學的主流，關於『情感逃避』之類的聲音堪稱大宗，而相比之下，抒情主義卻牢牢奠基為現代中國詩學之霸權結構，這個差異，引人深思。」〔註5〕中國現代新詩的抒情特質一直延續，在徐訏開始大量寫詩的 1930 年代，雖則一些學院派詩人開始嘗試新的詩歌表達模式，〔註6〕「抒情」也依然並非一個落伍的表達。當然，1930 年代的「抒情」已經出現了多種表達模式，普羅詩歌、國防詩歌、抗戰抒情詩等皆可算作抒情詩的陣列。

　　而具體到徐訏這裡，詩歌的抒情特質卻依然延續了「五四」時期的情緒的、個人的、體驗的詩風：

　　　　情千萬，話千萬，
　　　　我知道什麼事情都麻煩，
　　　　低泣一番，輕訴一番，
　　　　平凡的生命都為難。

　　　　煙一支，飯一盞，
　　　　嚕嗦的生活真難堪，
　　　　醒時，我靜候曙色爬入窗檻，
　　　　聽雞啼一番，雀噪一番。
　　　　……

　　　　　　　　　（《別意》，《借火集》，1935 年 9 月 22 日，上海）

在徐訏這樣的詩歌表達中，「我」主宰著詩歌情緒的流動，「煙一支，飯一盞」，是為直接申訴生活的難堪，意象皆為「我」直接服務，屬於直接抒情類別的作品。與之同時，這個「我」在詩歌中顯然也只代表詩人個人的情感，只表達著詩人自我的體驗，並未曾試圖將之經典化、集體化。「我靜候曙色爬入窗檻，　/聽雞啼一番，省噪一番。」世界在徐訏這裡是內心化的，他只在靜靜地等待著世界的變化，波動著自我的內心。如此的主觀抒情詩作，並不同於

〔註5〕　張松建：《抒情主義與中國現代詩學》，北京大學出版社，2012 年版，第 7 頁。
〔註6〕　如京派及現代派詩人開始接觸西方意象派、現代派詩歌，並由之反觀中國古典詩歌的抒情特質，將詩歌的情感表達隱於意象之下，不再直抒胸臆。

同時期的普羅詩歌、國防詩歌，也不同於與直接抒情漸行漸遠的學院派詩歌，具備自我獨特的抒情特質。我們知道，政治抒情詩容易陷入模式化的表達，難以抒發多層次的精神向度豐富的聲音，〔註7〕學院派詩歌雖然精緻、學理，卻又容易掉入知識的枯井，變得乾癟無體驗氣息，在鮮活程度上有所欠缺。那麼，如果說，在 1930 年代開始大量寫詩的徐訏具備與以上詩歌寫作不同的特質，他的詩歌會不會衝破限定的表達，從而擁有與其他詩歌流派及風格兩相不同的詩歌表達？

　　我們先來看一首徐訏的《旅中夜醒》：

　　　　誰在這悄悄的三更夜，
　　　　把我從淚夢中驚醒？
　　　　可是在這荒漠的旅途中，
　　　　會有種鳥兒特別多情？

　　　　還是纏綿的松風，
　　　　歌頌那月色的淒清？
　　　　或者是附近的溪流，
　　　　駛來了古人的低吟？
　　　　……

　　　　但這時只有壁縫中的燈光，
　　　　在夜來分外光明，
　　　　那麼莫非流離中的少女，
　　　　也在旅店中細味鄉心。

〔註7〕 僅以穆木天為例，1920 年代以象徵主義手法創作的《旅心》，同 1930 年代以後以現實主義手法創作的《流亡者之歌》、《新的旅途》，差異即很明顯。僅舉前後期三首詩為例，「我們要聽白茸茸的薄的雲莎輕輕飛起 ／我們要聽纖纖的水溝彎曲曲的歌曲 ／／我們要聽徐徐渡來的遠寺的鐘聲 ／我們要聽茅屋頂上吐著一縷一縷的煙絲」（《雨後》），「為結算歷久的血債，我們 ／忍待著償報，忍待著償報！ ／享樂與悠閒再不在大家的心中種下根苗。 ／這時代的『嚴肅』，你與我都應一例嘗到，」（《全民族總動員》，見《抗戰半月刊》，1937 年 1 卷，第 1 ／2 期），「我們的全民族的熱情， ／我們眼望著你們， ／我們的心 ／要從口裏跳出來了，」（《全民族的生命展開了——黃浦江空軍抗戰禮贊》，見《光明（上海 1936）》，1937 年，戰時號外 2）對比前後三首詩，雖然詩歌中皆出現了「我們」，但前者顯然蘊含著細微的個性化的情感體驗，而後者則是眾聲的合唱，抒發的是集體的聲音，小我被淹沒其中。

原來是旅途的寂寞，

叫她漫弄店頭斷弦的胡琴，

試拉記憶中的名曲，

抒訴她哀怨的旅情。

　　　　　　　　（《旅中夜醒》，1942 年 8 月 10 日，陽朔）

這是一首典型的承襲中國古典文化抒情模式的詩作。在中國古典文化及文學中，高山流水的典故始終深入人心，「伯牙善鼓琴，鍾子期善聽。伯牙鼓琴，志在登高山，鍾子期曰：『善哉，峨峨兮若泰山。』志在流水，鍾子期曰：『善哉，洋洋兮若江河。』」〔註 8〕另亦有運斤成風的典故：「『郢人堊慢其鼻端，若蠅翼，使匠石斲之。匠石運斤成風，聽而斲之，盡堊而鼻不傷，郢人立不失容。』宋元君聞之，召匠石曰：『嘗試爲寡人爲之。』匠石曰：『臣則嘗能斲之。雖然臣之質死久矣。自夫子之死也，吾無以爲質矣！』」〔註 9〕這些古典故事均以生動的情節表達著知音之感。在古典詩歌作品中，同類型的詩作不勝枚舉，白居易的《琵琶行》最爲後人熟知：

忽聞水上琵琶聲，主人忘歸客不發。

尋聲暗問彈者誰，琵琶聲停欲語遲。

移船相近邀相見，添酒回燈重開宴。

千呼萬喚始出來，猶抱琵琶半遮面。

……

莫辭更坐彈一曲，爲君翻作琵琶行。

感我此言良久立，卻坐促弦弦轉急。

淒淒不似向前聲，滿座重聞皆掩泣。

座中泣下誰最多，江州司馬青衫濕。〔註 10〕

江州司馬本已欲歸，聽到琵琶聲，又重開宴，而這個「猶抱琵琶半遮面」的女子，即可謂知音之人。徐訏也是在這樣一個行旅的夜晚因聲驚醒，本已淚夢，驚醒所聽之音更可謂心有戚戚焉，同「青衫濕」的江州司馬心境可謂相

〔註 8〕列子：《列子·湯問》，《欽定四庫全書薈要·老子道德經、列子》，吉林出版社集團有限責任公司，2005 年版，列子第 50 頁。

〔註 9〕莊子：《莊子·徐无鬼》，《欽定四庫全書薈要·御定道德經注、莊子》，吉林出版社集團有限責任公司，2005 年版，第 151 頁。

〔註 10〕白居易：《琵琶行》，《唐詩三百首》，見顧青編注《唐詩三百首》，中華書局，2009 年版，第 114 頁。

通。但兩者遇知音的情況尚有不同之處。白居易「忽聞水上琵琶聲」，即刻便「尋聲暗問彈者誰」，「移船相近邀相見」，琵琶女來後，即便「猶抱琵琶半遮面」，卻也是在實際場景中確實地與詩人面對面相遇了。且這種相遇具有很大的公開性，他們不是在私人的場合裏兩相對坐，而是在「添酒回燈重開宴」的公開場合下以主人、歌妓的高下身份交流。在歌女彈奏之時，聽眾亦很多，「滿座重聞皆掩泣」這樣的詩句表明了「心有戚戚焉」不只江州司馬一人，只不過，江州司馬是「座中泣下」最多之人。對比《旅中夜醒》這樣的詩歌，我們發現，徐訏與彈奏胡琴的少女從未謀面，甚至連這個少女本身，也可能僅是詩人想像中之人。「誰在這悄悄的三更夜，／把我從淚夢中驚醒。」在詩句一開首，詩人即因驚醒而追問聲音的來源，他並未起身出門一探究竟，而只是在房中兀自揣測，是「鳥兒特別多情」？是「纏綿的松風」？是「附近的溪流」？當他看到壁縫中的燈光，他也只是揣測，「莫非流離中的少女」。如果說這一句之前的種種表達皆是可能性的思索，則這一句之後的所有詩句皆是一種蛛絲馬蹟過後的設想。詩人設想，「流離中的少女」，「也在旅店中細味鄉心」，她也有著「旅途的寂寞」，只得「漫弄店頭斷弦的胡琴」，「試拉記憶中的名曲」，以此來解「哀怨的旅情」。雖則在情感表達上，徐訏的《旅中夜醒》與古典典故及詩歌中表達的「知音」之感是一致，但它更鮮明地擁有了想像向度，即整首詩作皆是情感活動的記錄與表達，除卻確實聽到某聲音而醒，剩下的一切表達都是詩人自己的精神活動。這就將詩歌的表達帶入了精神活動層面，而非實際的摹寫，更突出了現代人複雜的詩歌思域，以及它們更為糾纏細密的精神體驗。

我們知道，在中國現代詩歌中，亦有這樣想像知音之作，最著名的便是戴望舒的《雨巷》：

她是有

丁香一樣的顏色，

丁香一樣的芬芳，

丁香一樣的憂愁，

在雨中哀怨，

哀怨又彷徨；

……

撐著油紙傘，獨自

> 彷徨在悠長，悠長
> 又寂寥的雨巷，
> 我希望飄過
> 一個丁香一樣地
> 結著愁怨的姑娘。〔註11〕

詩人在雨巷中徘徊，想要找尋到一個丁香女子，詩句中對該女子的一切描述均是不折不扣的想像。戴望舒想像的鮮活度甚至超越了徐訏，不僅想像出丁香女子，還把她的顏色、芬芳、憂愁、哀怨、彷徨一併描述，甚至使讀者產生這並非想像的錯覺。這個「結著愁怨的姑娘」是詩人內心的投射，是知音之求的外化形象，同徐訏「流離中的少女」異曲同工。然而，在《雨巷》中，對於丁香姑娘的想像並非開區間性存在，而是在詩歌結尾處將淒美的想像驟然拉回現實。「我希望飄過／一個丁香一樣地／結著愁怨的姑娘」，詩歌結尾處同開首處的兩相呼應不僅為了詩歌整體的美感而設計，同時也將蔓延了一整首詩作的知音想像破除，再次回歸現實的虛無。這就使《雨巷》的詩歌情緒有了收束，不至於漫無邊際，同時也對這場想像做了最終的反諷，使之重新歸結於現實。同樣的，我們再來看一首林庚的《滬之雨夜》：

> 來在滬上的雨夜裏
> 聽街上汽車逝過
> 簷間的雨漏乃如高山流水
> 打著柄杭州的油傘出去吧
>
> 雨水濕了一片柏油路
> 巷中樓上有人拉南胡
> 是一曲似不關心的幽怨
> 孟姜女尋夫到長城〔註12〕

這一首《滬之雨夜》也是詩人林庚旅居時寫就，「滬上的雨夜」，「街上汽車逝過」，詩人也感到如同徐訏旅居時的寂寞，甚至將「簷間的雨漏」視作「高山流水」的知音之音，可見都市雨夜的體驗帶給林庚的並非美的享受，而是孤

〔註11〕 戴望舒：《雨巷》，見梁仁編《戴望舒詩全編》，浙江文藝出版社，1989年版，第27頁。
〔註12〕 林庚：《滬之雨夜》，見《林庚詩文集》（第一卷），清華大學出版社，2005年版，第125頁。

寂之感。然而在這首詩裏，詩歌的情緒被控制得恰到好處，未曾噴薄。當詩人「打著柄杭州的油傘出去」時，他聽到「巷中樓上有人拉南胡」，覺得那南胡聲只是一曲似不關心的幽怨，表達了孟姜女尋夫到長城的傷痛。我們注意到，徐訏的《旅中夜醒》也是因聽到聲音而發起詩興，並且徐訏和林庚一樣，並沒有親見拉琴人卻做出了諸多抒發與表達，但兩首詩依然有諸多不同之處。林庚確實聽到了南胡，並確證這曲子拉的有關孟姜女，而琴聲中透露的是「似不關心」之感，但在徐訏的詩歌中，從琴聲到少女到情感到心境，都沒有完全可證的現實性，而多存為詩人的想像。在林庚的詩歌中，「孟姜女尋夫到長城」的悲苦以「似不關心」的琴技表達出來，詩人未曾投諸其中感受戚戚焉，而是忽然因之獲得反諷之感，詩歌驟然完結，詩興在反諷的思索中餘音不絕。而徐訏卻在自我的想像世界裏不斷沉溺，將「流離中的少女」「哀怨的旅情」開放性表達，並把自我的旅情與之揉融一處，形成長久的情感噴發。

（二）

我們可以發現，徐訏的詩歌表達的確最富於充沛性情感，並且，相比於寫實色彩較強的古典詩歌，情感的表達更多倚重內心的精神向度，注重心靈層次的情感活動與情感體驗，與虛寫的想像性場景。這符合現代詩歌注重挖掘內在精神體驗的抒寫向度，並且可以說達到了一種噴薄擴張的效果。但這種噴薄擴張的抒情顯然是不具備更多節制的，而是以自然的態勢任其發揮下去。魯迅在《摩羅詩力說》中期盼的衝破的「力」，到了徐訏這裡雖依然充沛，卻滑落為充沛的感傷表達。這種充沛的感傷表達具備強烈的抒情性，抒情主人公形象也十分突出鮮明，文本的內在體驗也可以達到很深層的精神向度，表達出詩人細密的詩思。但這種強烈的抒情性同時也給文本帶來很大的傷害——文本抒情向度可以達至很深的層次，卻缺失了除此之外的多向度表達，也即是說，這種感傷表達佔據了詩歌的重心，無法再使文本具備其他厚度，在整體上因抒情性而造成傷害。相比前文提到的其他詩作，我們會發現，徐訏的詩歌兀自朝向抒情的向度而去，未曾節制，整個詩情與抒情主人公均掉入感傷的泥淖，限制了詩歌文本更多元的表達可能。而類似戴望舒、林庚的詩作，我們暫且不論這些詩歌在其他方面的不足之處，僅就抒情表達上看，確比徐訏詩歌文本具備更多反諷的距離，從而使詩情有效地節制，抒情主人

公也可以跳出抒情語境，重新審視自我的詩歌情感。實際上，徐訏因「游離」體驗而獲取的強烈抒情慾望具備雙刃。一方面，徐訏的詩歌倚靠這種抒情慾望獲取充沛的表達可能，詩作在數量上也可以達至較高的數目，且這種抒情慾望衝破了其他的精神支撐，使徐訏可以在不攀附任何信仰、宗派的精神體驗中兀自自我於內在情感表達。但另一方面，這種抒情慾望的充沛情感也淹沒了詩歌更多的表達空間，以至於所有的詩歌均被這種抒情慾望所俘虜，未能獲取自由與發展。「游離」體驗可以成爲詩歌寫作的發展源頭，但如若一味任其蔓延，又最終會傷害到詩歌的表達。

　　除了《旅中夜醒》，徐訏九部詩集中幾乎隨處可見這樣充沛著感傷的詩作：「如今再沒有一句話可以講，　／冤誰在帶弄命運的花樣，　／天邊沒有顆舊識的月亮，　／空浮著地中海的惆悵。　∥爲了會也匆匆，別也匆匆，　／於是我醒也朦朧，睡也朦朧，　／我聽不見夜鶯啼，鳳凰叫，　／我只還記得野路上霜正濃。」（《悔》，《待綠集》，1937 年 3 月 26 日，晨三時半，巴黎十四區）「生命空虛如夢，　／年來更見糊塗，　／尋得甜語如酒，　／難消心頭凄苦。　∥過去多少往事，　／殘荷碎蕉老梧，　／回首舊約慘澹，　／何處是我歸途？」（《哀訴》，《燈籠集》，1942 年 11 月 1 日，夜，重慶）「於是我諦聽　／自己心臟的忐忑，　／像喪兒的母親，　／聽墓心嬰屍的啼哭。　∥我不想有人知道，　／這哀怨與這寂寞，　／那麼難道還有誰曉得，　／我有破碎的夢在夜尾寥落。」（《夜尾》，《進香集》，1941 年 12 月 15 日，夜尾，上海）並且，正如前文所述，即便到了晚年，徐訏的詩作也依然充滿了感傷：「那麼何必再提起，　／長長的夜裏　／渺茫的雲層中　／星月迄未停止低訴。　∥我原只是低著頭　／拖著疲倦的腳步，　／走我沒有目的的　／暗淡的道路。」（《未題》，《無題的問句》，1975 年 6 月 3 日）這樣的詩作構成了徐訏詩歌的情感主線，它們突出了詩歌中的抒情主人公形象，將感傷的情緒塑造爲徐訏詩歌的重要情感特徵。當我們發現「感傷」成爲了徐訏詩歌的情感特徵關鍵字時，我們就不得不注意到「感傷」對於詩歌的表達作用及影響。袁可嘉曾在《論現代詩中的政治感傷性》一文中談及中國新詩發展的「感傷」問題：「現代人發現了感傷的更多的屬性——也就形成我們所要說的次一種形式——，而籠統地指一切虛僞、膚淺、幼稚的感情，沒有經過周密的思索和感覺而表達爲詩文，便是文學的感傷。」〔註 13〕在袁

〔註 13〕袁可嘉：《論現代詩中的政治感傷性》，見《論新詩現代化》，三聯書店，1988
　　　　年版，第 53 頁。

可嘉看來,「感傷」已成爲限制新詩整體發展的通行的弊端。徐訏詩歌的「感傷」雖然並非虛僞、膚淺、幼稚的感傷,但單向度的情感指向過於濃鬱,同樣限制了詩歌多向度的情感表達,並且同樣拉遠了詩歌與現實的距離,使詩情一味沉溺在感傷情緒中。無論表達悲傷、懷念、悔意、期盼、欣慰,徐訏的詩歌的確富於充沛的力,但這種力雖充沛但並不鮮活,是被某一種單向度的情緒束縛後,才於局限中衝擊而出。這其實已形成徐訏詩歌表達的弔詭之處:在詩人的「游離」體驗下,詩歌創作從「感覺」出發,任主題與內容自由發展,本並不存在某一種預設與限定,但「感傷」詩情同樣限制了詩歌的多向度表達,使詩歌難以呈現內在的張力,僅能在一維的情緒區間裏充沛,喪失了生命的鮮活感受,實際依舊不自由。可以說,徐訏的詩歌以自由抒發「游離」體驗爲目的,卻最終又很難眞正表達出豐富的「游離」體驗,這不得不說是極其弔詭的。

　　「感傷」抒情特徵彌漫於整體的徐訏詩歌創作中,隨時體現著徐訏「整整二十年顛簸的生命」、「前後二十年演變的胸懷,沒有剪斷,沒有隱藏。」〔註14〕的確,抒情性是詩歌最爲本質的屬性,詩歌的詩性氣質及詩性表達均需通過抒情性來呈現。《詩・大序》有言:「詩者志之所之也。在心爲志,發言爲詩。情動於中而形於言,言之不足,故嗟歎之;嗟歎之不足,故永歌之;永歌之不足,不知手之舞之,足之蹈之也。情發於聲;聲成文,謂之音。」〔註15〕詩歌天然便適宜於人類情感的抒發,「人生來就有情感,情感天然需要表現,而表現情感最適當的方式是詩歌,因爲語言節奏與內在節奏相契合,是自然的,『不能已』的。」〔註16〕即便是傾向於「反抒情」的詩歌表達,其本質也仍然是通過「反抒情」來抵達某種不露聲色的情感表達。不過,「感傷」性質濃烈的抒情性卻並不能完全等同於一般意義上的抒情性,它所造成的詩歌表達效果也應需另外做考量。

　　廢名所言,新詩「一定要這個內容是詩的,其文字則要是散文的」,即是在破除格律對詩歌文本束縛的基礎上,同時要求詩歌的表達具備詩歌的本質。新詩產生之後,很多詩人都在嘗試著將詩歌的抒情方式拉向富於詩歌本質的表達。在穆木天看來,推行白話詩的胡適並沒有把握到詩歌之所以爲詩

〔註14〕徐訏:《四十詩綜・後記》,上海夜窗書屋,1948年版。
〔註15〕毛亨傳、鄭玄箋、孔穎達疏:《毛詩正義》(上),《十三經注疏》整理委員會整理,李學勤主編,北京大學出版社,1999年版,第6頁。
〔註16〕朱光潛:《詩論》,安徽教育出版社,1997年版,第6頁。

的詩質，因此是新詩最大的罪人：「中國的新詩的運動，我以爲胡適是最大的罪人。胡適說：作詩須得如作文，那是他的大錯。所以他的影響給中國造成一種 Prose in Verse 一派的東西。他給散文的思想穿上了韻文的衣裳。」〔註17〕正因穆木天認爲胡適將中國新詩帶向了歧途，才會有這之後的象徵詩派的詩學追求。在梁宗岱看來，詩歌所要追尋的是一種「契合」，「象徵之道也可以一以貫之，曰，『契合』而已。」「我們開始放棄了動作，放棄了認知，而漸漸沉入一種恍惚非意識，近於空虛的境界，在那裏我們底心靈是這般寧靜，連我們自身底存在也不自覺了。可是，看呵，恰如春花落盡瓣瓣的紅英才能結成累累的果實，我們正因爲這放棄而獲得更大的生命，因爲忘記了自我底存在而獲得更真實的存在。」〔註18〕梁宗岱所謂「契合」乃是希望文本的抒情同內心的詩性非意識產生某種一致與銜恰。在柯可看來，詩歌創作同一般意義上的感情流動還存在更進一步的把握與要求：「感情第一次流過時並不能成詩，只可說它本身就是詩。……而能夠覺察到自己的這種感情時，卻又已經脫離這種境界了。詩人卻除此之外還可以使感情再流過而同時能有捉摸其發展，玩味其心緒，就是說對自己客觀的餘地；於是能使這感情化而爲形象音響以至於文字。所以詩人必能自味其感情，而且能鍛鍊其感情，使不虛發，不輕發，不妄發，不發而不可收。這種感情的鍛鍊加以技巧（表現工具的運用）的鍛鍊便可結成很好的詩。」〔註19〕這就在抒情方式上對詩歌提出了要求，而不僅限於一般意義上的感情記錄，須得在感情生發的基礎上尋找最適宜的表達手段與技巧。袁可嘉則在認可中國新詩派「現實、象徵、玄學的新的綜合傳統」〔註20〕的同時，進一步推行新詩戲劇化的主張：「詩所起用的素材是戲劇的，詩的動力是戲劇的，而詩的媒介又如此富有戲劇性，那麼詩作形成後的模式豈能不是戲劇的嗎？」，〔註21〕在袁可嘉看來，「戲劇化」的手

〔註17〕穆木天：《譚詩》，見楊匡漢、劉福春：《中國現代詩論》（上），花城出版社，1985 年版，第 99 頁。

〔註18〕梁宗岱：《詩與真・詩與真二集》，中央編譯出版社，2006 年版，第 71、76 頁。

〔註19〕柯可：《論中國新詩的新途徑》，見楊匡漢、劉福春：《中國現代詩論》（上），花城出版社，1985 年版，第 264～265 頁。

〔註20〕袁可嘉：《新詩現代化的再分析——技術諸平面的透視》，《論新詩現代化》，三聯書店，1988 年，第 20 頁。

〔註21〕袁可嘉：《新詩現代化的再分析——技術諸平面的透視》，《論新詩現代化》，三聯書店，1988 年，第 34 頁。

法可以有效防止新詩的說教或感傷的惡劣傾向，避免詩僅只是詩歌激情的流露。

從以上詩歌觀念的列舉中可以看出，爲使新詩朝向詩質發展，不同詩學傾向的詩人和詩論者均做出了不同程度的努力。我們暫且不去考究這些觀點最終在多大程度上印證爲具體的詩歌創作，僅就這一觀念本身而言，可以說始終將詩歌的詩質放在了首位。在前文的論述中，我們已然涉及到徐訏詩歌文本所呈現出的抒情特質以及徐訏詩觀中對於詩歌表達的看法，並且也已經發現，徐訏詩歌具備難能可貴的出發點——有「感」。正是這一有「感」的存在及生發，徐訏詩歌才具備了鮮活的表達源頭與表達可能，這使得他的詩歌創作區別於其他以意識形態爲出發點、以知識結構爲出發點的作品。在討論徐訏詩觀時，我們也發現，在詩歌生發的詩性源點上，徐訏也有著十分清晰的觀點認知，他認同並重視詩歌生發時的剎時感興，認爲類似千代女乞水時有擁有的感受即是詩歌產生的第一個步驟。〔註22〕可以說，在詩歌產生的起點上，徐訏既有著清晰的生發意識，同時也的確將這一意識運用到了具體詩歌創作中，其詩歌創作始終依循著這種發自內心的有「感」，並從這一感受生發出具體的文本。不過，正如徐訏自己的體認，有「感」只是一首詩歌的起點，僅僅擁有有「感」尚不能形成一首眞正的詩歌，必須再有表達與傳達作爲這之後的第二、第三步驟。表達是爲將內心積蓄的這種有「感」表達而出，傳達則是進一步使詩歌符合一般的閱讀規範、審美規範，以便讀者能夠順利地領悟詩人欲表達的內容與興味。即如朱自清在《詩與感覺》中所言：「各個感覺間交互錯綜的關係，千變萬化，不容易把捉，這些往往是稍縱即逝的。偶而把捉著了，要將這些組織起來，成功一種可以給人看的樣式，又得有一番工夫，一副本領。這裡所謂可以給人看的樣式便是詩。」〔註23〕在表達與傳達上，徐訏顯然有著自己清晰的觀念意識，然而，在具體的創作中，徐訏雖然做到了內心情感的眞切「表達」，也用明白易懂的語句「傳達」給讀者明確的內容信息，其詩歌起點處極爲珍貴的有「感」卻並未隨之一併「表達」和「傳達」。徐訏詩歌「感傷」的抒情性沖淡了詩歌源發的詩性，未能最終抵

〔註22〕 徐訏：《從文藝的表達與傳達談起》，收入《懷璧集》，臺北：大林出版社，中華民國69年（1980年）版，第31頁。
〔註23〕 朱自清：《詩與感覺》，《新詩雜話》，廣西師範大學出版社，2004年版，第7頁。

達眞正的詩歌本質。在徐訏九部詩集具體的作品中，雖則每首詩歌的產生都源於詩人內心的眞實有「感」，源於徐訏心中的詩的體悟，但在無論偏重抒情、敘事還是說理的作品中，「感」均被強烈的「感傷」噴發狀態沖淡，而更多成爲了一種情緒的宣洩。

在注重戲劇化嘗試的袁可嘉看來，「感傷」對詩歌的影響十分負面：

> 無論想從哪一個方向使詩戲劇化，以爲詩只是激情流露的迷信必須擊破。沒有一種理論危害詩比放任感情更爲厲害，不論你旨在意志的說明或熱情的表現，不問你控訴的對象是個人或集體，你必須融合思想的成分，從事物的深處，本質中轉化自己的經驗，否則縱然板起面孔或散發捶胸，都難以引起詩的反應。〔註24〕

具體到徐訏的作品中，我們會發現，徐訏作品雖談不上「板起面孔」或「散發捶胸」，但過於充沛的「激情流露」式抒情確實對文本的詩性起到了負面作用，使徐訏的詩歌雖擁有詩性起點的可能性，卻在具體的文本表達與傳達中喪失了更多保藏這種可能性的機會。「感傷」的抒情性造成了文本詩性的斷裂，也破壞了徐訏詩歌可能的美感與藝術蘊藏。這使得徐訏詩歌雖在起點上十分具備「詩」的可能性，卻又在最終的文本表達上遠離了「詩」，較爲遺憾地與詩性文本缺失更多的關聯性。

當我們將徐訏詩歌的表達特徵放於新詩發展的整體背景中去看時，我們又會發現更多值得探討的問題，以及新一重的弔詭之處。爲此，我們先來看余光中在《評戴望舒的詩》一文中，對中國新詩的發展做過的否定性評價：

> 三十年代的詩人大都面臨一個共同的困境：早年難以擺脫低迷的自我，中年又難以接受嚴厲的現實，在個人與集體的兩極之間，既無橋樑可通，又苦兩全無計。眞正的大詩人一面投入生活，一面又能保全個性，自有兩全之計，但是從徐志摩、郭沫若到何其芳、卞之琳，中國的新詩人往往從一個極端跳到另一個極端，詩風「變」而未「化」，相當勉強。〔註25〕

余光中對新詩發展的定論是否有偏頗之處暫且不加以討論，僅就他在這段評價中指出的問題而言，確實具有深思的空間。「在個人與集體的兩極之間，既

〔註24〕袁可嘉：《新詩戲劇化》，《論新詩現代化》，三聯書店，1988 年版，第 28～29頁。

〔註25〕余光中：《評戴望舒的詩》，《名作欣賞》，1992 年 3 期。

無橋樑可通，又苦兩全無計」，1930 年代過後，中國詩人便開始出現較爲鮮明的兩極分化，「在急迫的政治衝突和救亡壓力面前，一部分經過政治實踐活動洗禮的詩人把社會變革的目標置於壓倒性的地位。」「而另一部分詩人，卻因爲『幻滅』而開始『迴避』政治，在政治鬥爭的殘酷性和危險性面前，他們不得不逐漸收斂了五四時代的浪漫激情，放棄了『自我』中所包含的那種社會使命意識，而隱遁於『小我』的世界中」〔註 26〕。特殊的社會政治背景造就了詩人們不同的詩歌選擇，在余光中看來，這樣被裹挾於政治世界的詩歌無法產生偉大的詩篇，沒有「一面投入生活，一面又能保全個性」的「兩全之計」，只能從「一個極端跳到另一個極端」。卞之琳在回憶詩壇分化時也曾說：「大約在 1927 年左右或稍後幾年初露頭角的一批誠實和敏感的詩人，所走的道路不同，可以說是根植於同一個緣由——普遍的幻滅，面對猙獰的現實，投入積極的鬥爭，使他們中大多數沒有工夫多作藝術上的考慮，而迴避現實，使他們中其餘人在講求藝術中尋找了出路。」〔註 27〕

那麼，具體到徐訏詩歌又如何呢？我們知道，徐訏並不曾被歸同於任何詩歌流派，說其「把社會變革的目標置於壓倒性的地位」，顯然不符合他詩歌整體的表達內容，說其「放棄了『自我』中所包含的那種社會使命意識」，徐訏卻也存在著議政、關心時事、關心民生疾苦的作品。徐訏的作品雖說多數也在抒發著「『小我』的世界」，但在他的詩歌世界裏，很難標清「大我」、「小我」，而是跟隨著情緒之流抒發，所到之處皆成詩。可以說，徐訏的詩歌既不同於極端之一的抒發「政治變革目標」的詩人，也不同於「普遍的幻滅」後，「在講求藝術中尋找了出路」的詩人。在這樣一個自成體系的詩歌表達空間裏，徐訏的詩歌是否有可能避免了「從一個極端跳到另一個極端」的新詩發展之苦，從而自由地表達著詩歌自身的詩情？問題又回到了前文述及的徐訏詩歌的「感傷」特徵。正如前文所討論的，徐訏詩歌受「感傷」特徵所限制，同樣難於自由地表達詩歌自身的詩情，在實際詩歌表達效果上，並未形成比前兩者詩人更鮮活的詩歌情感與多重向度的表達，仍然也不過只是同樣的極端狀態而已，只不過這一極端狀態表現爲「感傷」的極端。因此，對照 1930

〔註 26〕 張林傑：《都市環境中的 20 世紀 30 年代詩歌》，中國社會科學出版社，2007 年版，第 63 頁。

〔註 27〕 卞之琳：《戴望舒詩集‧序》，《戴望舒詩集》，四川人民出版社，1981 年版，第 2 頁。

年代文壇的分化問題，我們發現，徐訏的詩歌表達實際形成了第二重的弔詭之處：在主觀意願上，作爲詩人的徐訏從不肯倚靠派別之說，無論「把社會變革的目標置於壓倒性的地位」，還是「在講求藝術中尋找了出路」，都不是徐訏的自我選擇，在主觀上，徐訏的詩歌表達自認爲是不同於大的詩歌走向和流派歸屬的。但實際上，「不同」雖也的確「不同」了，客觀的效果卻依然是另一重的「極端」，並未自由、鮮活，而僅就不自由不鮮活的特徵而言，又竟然與大的詩歌走向和流派歸屬別無二致。於是，儘管徐訏的詩歌嚴格上並不能歸屬於任何流派，卻依然似如余光中所言「變而未化」，「相當勉強」，似乎走了不一樣的詩歌道路，又最終殊途同歸。

　　「人類的需求，除生物性的需求外，其強度、滿足程度乃至特徵，總是受先決條件制約的。對某種事情是做還是不做，是讚賞還是破壞，是擁有還是拒斥，其可能性是否會成爲一種需要，都取決於這樣做對現行的社會制度和利益是否可取和必要。在這個意義上，人類的需要是歷史性的需要。」〔註28〕在這樣的歷史性限定中，任何人都難以逃脫具體的背景對其認知、情感體驗、價值判定的限制，也同時不被察覺地控制了人的行爲與表達。實際上，任何人的任何舉措與言論都不可能是孤立存在，而早就被歷史情境所限定。對於徐訏來講，他的詩歌表達也被限定在這樣的歷史大背景之下，童年症候式體驗決定了他對世界最初的認知，而成人後複雜的情感體驗又加重了他多向度的「鄉愁」感受，最終使詩歌情緒緊緊縛於「感傷」的狀態中，並突顯著形象鮮明的抒情主人公，排除了其他多向度表達與詩歌內在張力。對於中國的新詩實踐來講，無論是主觀傾向於政治抒情、刻意逃避至藝術空間，還是自以爲可以自由抒發自我情感，詩人們寫就的文本都難以逃脫同樣的歷史限定——在余光中看來，他們統統無法做到既「投入生活」，又「保全個性」，只能以「相當勉強」的詩歌文本示人。在限定性的歷史情境中，想要眞正獲取自由的可能性微乎其微，而每一位身處其中的詩人，無論主觀上意願如何，也都不得不承受這一切帶給他們詩歌的傷害，以及這種傷害構成的文本生成。有關於這一文本共性的更多論述及深層探究顯然非本書力所能及，但至少通過徐訏可以發掘問題的存

〔註28〕 （美）瑪律庫塞：《單向度的人》，劉繼（譯），上海譯文出版社，2008年，第5～6頁。

在，發掘徐訏開始創作詩歌時期，同時代詩歌文本之間展現出的各自發展向度及共通的背景限定。

（三）

　　當我們瞭解到徐訏詩歌的「感傷」特徵，及此種特徵在整體詩歌背景中的位置和意義時，我們仍需再次掉轉頭，重新回到徐訏的詩歌文本中，因為有關徐訏詩歌中的抒情主人公問題尚留有很大的探討空間。從文本角度看，「感傷」的表達直接突現了詩歌中抒情主人公的存在，且抒情主人公的形象始終以強烈的姿態示人：

> 我曾辜負了
> 多情的夜鶯，
> 五更時為我
> 把心尖唱碎！
>
> 我也曾忍心！
> 任那癡心的蠟炬，
> 為我的光明
> 流盡了眼淚。
>
> 是這份回憶，
> 我久久未睡。
> 學夜鶯蠟炬，
> 悲哀地憔悴。
> 難道我獻給上帝光榮與贊美，
> 獻給上帝我生命與智慧，
> 還要我獻給他恒久的懊悔！？
>
> 　　（《恒久的懊悔》，《燈籠集》，1942 年 11 月 6 日，黃昏，重慶）

> 雖在明媚的春光中，
> 我還是一株無葉的喬木，
> 四周燦爛的千紅萬紫，
> 未點破我悠悠的寂寞。
>
> 遙望廣闊的河山，

曾寄我連年漂泊，

如今任憑日升月沉，

我也未願改變我的孤獨。

念風電雷電的時日，

我都保守我的緘默；

在旌旗蔽天的歡呼中，

我也仍在斗室中寥落。

那麼莫說在炎熱的太陽下，

我皮膚未被曬成焦黑；

就是在傾盆大雨的街頭，

我也未曾沾濕我的衣服。

（《悠悠的寂寞》，《時間的去處》，1957 年 9 月 19 日，晨一時，香港）

以上選取的兩首詩較為典型地突出了徐訏的抒情主人公形象。我們知道，在一首詩歌中，直接體現抒情主人公聲音的即是「我」的表達，在所選取的《恒久的懊悔》的片段和《悠悠的寂寞》全詩中，每段皆出現「我」，且有的段落不僅一次，這當然直接帶給讀者抒情主人公自我的聲音。細分析這兩首詩，一首用充沛的情感表達懊悔之感，一首用同樣充沛的情感表達寂寞之意，所選取的詞語也是較極端、衝擊性較大的，如「辜負」、「唱碎」、「癡心」、「流盡」、「久久」、「憔悴」、「連年」、「孤獨」、「寥落」、「焦黑」、「傾盆」。當這些極端性詞語蔓延整首詩作時，帶給讀者的閱讀感受便是持久的高潮與驚警，未曾留有任何緩衝之機，這就使讀者完全被抒情主人公「我」的情緒包裹，而「我」更是沉浸在自己的情緒中，用情緒帶動文字，再用文字重新回返煽動情緒，以達到自我沉溺的作用。「我曾辜負了」，「我也曾忍心」，「我久久未睡」，「悲哀地憔悴」，「難道……還要！？」在這樣的情緒抒發與情緒煽動下，詩歌很難控制住文本的情緒，最終必然泄導於感情強烈的疑問詞、連接詞及標點符號，當一個詩人的情感抒發已必須仰仗這些詞彙標點時，其詩情必然已達到難以收控的程度。「春光」、「喬木」、「河山」、「日升月沉」、「風電雷電」、「旌旗蔽天」，當一個人表達自己的寂寞已跨越了原因與本事，跨越了現實生活中的鉅細，而直接以如此宏大擴張的意象裝裹，似乎唯此才可以安放與寄託，則說明這份寂寞已達至難以訴清的激烈程度，而作為詩人的徐訏已完全

沉溺於其中，不可自拔。

　　這樣的詩歌表達特徵實際已體現出了某些危險特質，也即是「感傷」帶給抒情主人公的情緒抒發弊端──自憐心態。「富有敏銳而不深厚的感性的人們常常有意地造成一種情緒的氣氛，讓自己浸淫其中，從假想的自我憐憫及對於旁觀者同情的預期取得滿足，覺得過癮。有些是外界環境給予方面或可有可無的刺激而引起，更多的則是自身決然的『陶醉』。」〔註29〕雖然徐訏並不能算作感性不深厚，但他在詩歌中塑造的抒情主人公形象確實「讓自己浸淫其中」，以此獲得人生情緒的抒發與泄導。但這種自憐心態會導致詩歌變成情緒宣洩的場地，並使詩情拘於自我之中，難以獲取更多表達空間。詩情一旦拘於自我，反射鮮活現實的可能性就變得很小，而更多塑造出一種虛擬的自我情緒場域。綜觀徐訏九部詩集，其詩歌帶給讀者的閱讀感受難免有雷同之嫌，無論身處上海、重慶、香港，還是法國、美國，虛擬的情緒場域展現給讀者的往往都是情境類同的星空大地、草木自然、家居場景，表達的往往只是以自我為中心的情感沖刷，而非鮮活的當下體驗：「我有顆沉重的心，　/流落在外而未歸，　/可是他在崗頭祈禱，　/還是在月下懺悔。　//或者是到荒涼的墓頭，　/對寥落的骷髏讚美，　/希望骷髏口中的新歌，　/染綠了月亮的光輝。」（《未歸》，《燈籠集》，1942 年 11 月 2 日渝）「我懷起常唱的小曲，　/到那柳岸邊渡河，　/那是淒風淡霧的夜裏，　/有星兒將河面點破。　//遠處青山無限黑，　/可有驢蹄在那裏蹉跎？　/最可關念是樹上乳鳥，　/等候迷途的父母回窠。」（《小曲》，《進香集》，1941 年 11 月 30 日，上海）「我白日對藍天呼嘯，　/夜裏對明月歌唱，　/森林是我的故鄉，　/草原是我的眠床。　//自從我流落塵世，　/竟日為生活奔忙，　/因一次戀愛的失敗，　/就注定我一生的荒唐。」（《靜待》，《原野的呼聲》，1963 年，1 月 9 日，香港）以上列舉的幾首詩歌均寫於不同的地點，但實際上，詩中所關注的地標沒有任何當下性可言，無論崗頭、月下、墓頭、柳岸、河面、青山、藍天、明月、森林、草原，都只是從自憐心態生發而出的意象，它們的源頭是古典詩歌的常用意象，其中如「月下」、「柳岸」、「明月」等，均能直接讓人聯想到離愁別緒、思念懷戀等古典詩歌常用主題。

　　這樣的意象代表了詩學傳統在詩人血液中的延續，並在新的詩歌創作中

〔註29〕袁可嘉：《論現代詩中的政治感傷性》，見《論新詩現代化》，三聯書店，1988
　　　　年版，第 53 頁。

形成了固定的精神徵指。徐訏想要表達的更多是抒情主人公的自憐情感，這種情感內容單一，向度封閉，在進入詩歌文本時，詩學傳統中固有的意象與意境完全可以駕馭這種情感的抒發，詩人也可以自如地運用這些傳統意象無阻礙地表達抒情主人公的情緒，因此，對於徐訏來講，他已無需再費力地勾勒全新的意象系統，而僅將詩情安放於已有的表達模式中即可。與之同時，抒情主人公封閉的內心狀態也導致詩人無需關注於當下，而僅只在自我情感空間中營造出固有的抒情氛圍即可，對於徐訏來講，世界再大，景色再不同，卻已無涉內心，詩歌所要吐露的內心世界可以說是相當固守的。即如前文所引：「徐訏受制於一種可稱之爲『時空困頓』的情況——時間而言，屬於回懷之過去；空間而言，又好比五千年前巴比倫人所造的『空中花園』，於是徐訏無論在地球上那個區域寫詩（例如說：中國大陸、香港、印度、美國⋯⋯），詩中的時空依舊不變，可以說他是非常固執的。」〔註30〕這種固執重要的生發源頭便是自憐心態——抒情主人公作爲一個自憐者，其抒吐的意象往往以自我的情緒軸心爲出發點，缺省更多當下關懷，導致詩歌無論處於哪個寫作階段、寫作地點，其所表達的內容與描寫的意象均大同小異，沒有更多當下感。

抒情主人公的自憐心態是徐訏詩歌中的重要抒情特徵。一方面，這一抒情特點使我們對徐訏詩歌的抒情性給予了極大的關注，使我們看到了新詩寫作中情感宣洩的「力」的澎湃。在徐訏詩歌中，這種「力」顯然是自我的，表達的，在表層抒寫上帶給人強烈的衝擊效果。回顧「五四」時期郭沫若的新詩嘗試，以及郁達夫等人自敘傳式的小說創作，我們尚能強烈地感受到這股「力」的脈絡在繼續流淌，當徐訏呼喊著內心的憂傷與寂寞時，我們也可以聯想到郁達夫筆下悲痛的「零餘者」形象。但在另一方面，通觀徐訏九部詩集的創作，我們會發現，徐訏詩歌中的抒情主人公所抒發的多是幽怨哀歎之情，縱然具備「力」的強度，卻並不剛硬質直，而更多體現出一種孱弱虛無之感。實際上，這也的確是自憐者慣常的姿態，這一姿態使得文本表達過份沉溺，且固執地頑守在自我的內心世界，造成情感不再鮮活。魯迅曾在《摩羅詩力說》中呼喚過眞的情感，這種情感在徐訏這裡雖有展開的可能性，卻被其詩歌的感傷與自憐心態所折煞，其詩情不僅頑守於內心，且孱弱虛無，並未在詩歌中眞正呈現出體驗的鮮活。

〔註30〕康夫：《徐訏抒情詩一百首・後記》，廖文傑出版，1999 年版。

　　自憐姿態也對詩歌具體的文本層面造成了影響，使得文本整體的審美情調偏重於唯美，並架空於淩厲的現實之上。當然，所謂唯美並不代表文本是在描寫風花雪月，或歌吟圓融美滿，而是即便在抒發悲傷懷戀之情，也同樣附上了一層優美的面紗，使一切情感看起來都楚楚動人，而被刻意地審美化了：

我老去！
再無從想像
我生命氾濫著
青春時的歡息。

也無法回憶，
我如何放過
如許春夏秋冬的
無情歲月。

僅記得，
兩三次夢裏
我葬過一朵落花
拾起一瓣落葉。
……

（《純潔》，《原野的呼聲》，1964 年 1 月 9 日，晨四時）

我擔憂子規啼血，
擔憂蟋蟀唱破了心顆，
還擔憂夜裏哀鳴的天鵝。

今晨我擔憂麻雀新歌，
它會唱岸邊有多少樹葉，
昨宵都悄悄地投河。

秋來有多少新雨，
我擔憂會敲碎殘荷，
此後遊魚將在寒風裏婆娑。
……

（《擔憂》，1942 年 1 月 12 日，深夜，上海）

在《純潔》一詩中，詩人格外注重自我形象的塑造，以「我老去！」作爲一

詩的開頭，足以見得抒情主人公在詩歌表達中的重要作用。在抒發了無法回憶青春與歲月的哀歎之後，詩歌出現了一段畫面性的抒寫：「僅記得，　／兩三次夢裏／我葬過一朵落花／拾起一瓣落葉。」這樣的話語表達分明是極其強烈的詩性，我們很難想像，即使是作爲詩人的徐訏，會眞的去葬落花，拾落葉。詩句爲了凸顯它的審美性質，將這樣一個行爲過程裝入夢境中，以使得一切看起來較爲合理，但單只是這樣的詩句表達，就足以凸顯出徐訏詩歌追求唯美的特質。在《擔憂》一詩中，詩人所擔憂之物也皆是風花雪月的象徵，而非現實生活中眞正的所需所憂，「子規」、「蟋蟀」、「天鵝」、「麻雀」、「新雨」、「遊魚」固然自然美好，卻與眞正的情感體驗生發源頭缺失更高的精神關聯度。我們可以認爲這樣的意象表達帶有象徵的暗指，但僅就詩歌的表達方式而言，又確實使得文本愈發凸顯爲凌空虛蹈的詩質。這裡所提出的詩質實際是在傳統審美方式影響之下人們對詩歌的普遍印象，但這種唯美、架空現實的表達卻並不一定適合於現代詩歌的詩情，反倒使詩歌陷入慣常意象、場景的控制中，難以生發出鮮活的詩感。縱覽徐訏的諸多詩作，類似這樣的情感表達模式並不少見，抒情主人公往往沉溺在虛設的審美情境中，突顯著內心的情愫，並將孱弱的哀怨、悲傷等等情感置於審美之感中去抒發，雖是悲傷，但也在這樣被製造的情境中自我陶醉，獨自沉溺。「藝術作品之所以能引起千百萬人的共鳴、激動就是因爲它道出了我們心靈深處時代相承的歷史積澱的東西，沒有它，藝術就無法進入我們這些『傳統人』的心靈，從而失去了存在的基礎。但是，反過來說，如果藝術純然由『認同』驅使，也終將會日益僵硬，喪失掉活力。」〔註31〕徐訏顯然具備很好的文字駕馭能力及審美傳承能力，但抒情主人公的自憐心態使詩歌文本浮露於唯美的情境之中，造成詩歌難於找尋眞正的活力，並很難從唯美的高臺上走下，赤誠地抒寫粗糲而鮮活的情感。

　　徐訏的詩歌實際上過於像「詩」了，抒情主人公形象的異常突顯說明了徐訏創作詩歌時有著強烈的作詩姿態。「作詩」並非指詩人刻意去營造詩歌情感，而是即便眞情流露，詩歌的腔調依然端在一個與現實狀態相聚甚遙的位置上，這表現於詩歌的格律、內容等諸多方面。慕容羽軍回憶香港時期的徐訏時，曾說過這樣的話：「而徐訏這一時段，也抱持著明星的心態，出現於公

〔註31〕李怡：《魯迅與中國現代新詩》，《中國現代文學研究叢刊》，1993 年 03 期。

眾場合，十分重視服飾。在某些地方，曾經有記者拍攝了他的照片登在報上，令他覺得自己太不『上鏡』，此後便見到記者拍照，他一定要掉頭望向別處。」〔註32〕有關徐訏的作家姿態自然是另一個需要深層探討的問題，但僅從他人描述的「明星心態」上看，徐訏確實十分看重自我的姿態和形象，以此可推，對於作品，他也應抱持著相當程度的姿態感，具體到詩歌創作，「作詩」的狀態並不難想像。在新詩發展過程中，「作詩」並非徐訏一人所為。我們知道，同時期詩人戴望舒就曾因《雨巷》過於像一首詩而果斷放棄了這樣的詩歌路數，轉而尋找類似《我的記憶》這樣的詩情。〔註33〕實際上，無論是將新詩創作看作鞏固新文學重要高地的胡適，〔註34〕自我膨脹甚至癲狂的郭沫若，還是注重新詩美感抒發的徐志摩，亦或對文字精雕細琢注重暗喻用典的學院派詩人，都不過將詩歌看得過於像「詩」，而作出的文字也多少端離於現實狀態之上。時間進入20世紀末期，當詩人兼研究者身份的鄭敏近乎否定式地質疑新詩的文化承襲問題時，新詩的整體走向已在語言的向度上出現新的裂

〔註32〕 慕容羽軍：《徐訏——作家中的明星》，見寒山碧編著《徐訏作品評論集》，香港文學研究出版有限公司，香港文學評論出版有限公司，2009年版，第18頁。

〔註33〕 杜衡在《望舒草‧序》中曾言：「固定著一個樣式寫，習久生厭；而且我們也的確感覺到刻意求音節的美，有時候倒還不如老實去吟舊詩。我個人寫詩的興致漸漸地淡下去，蟄存也非常少作，」從這種感受性表述上，我們已感到敲邊鼓的詩人們對喪失鮮活感的詩歌表達有種厭棄的態度。而戴望舒自己對《雨巷》的態度也一直並不熱衷，「《雨巷》寫成後差不多有年，在聖陶先生代理編輯《小說月報》的時候，望舒才忽然想起把它投寄出去。」「就是望舒自己，對《雨巷》也沒有像對比較遲一點的作品那樣地珍惜。望舒自己不喜歡《雨巷》的原因比較很簡單，就是他在寫成《雨巷》的時候，已經開始對詩歌底他所謂『音樂的成分』勇敢地反叛了。」（見梁仁編：《戴望舒詩全編》，浙江文藝出版社，1989年版，第51、52、53頁）杜衡這裡雖然強調的是「音樂的成分」，但在束縛詩歌鮮活情感上看，同徐訏的詩歌表達有著同樣的困境。這樣的詩作皆端在現實狀態之上，難以給人自由的表達空間。

〔註34〕 胡適在《嘗試集‧自序》中明確表示：「這一年以來白話散文雖然傳播得很快很遠，但是大多數的人對於白話詩仍舊很懷疑；還有許多人不但懷疑，簡直持反對的態度。因此，我覺得這個時候有一兩種白話韻文的集子出來，也許可以引起一般人的注意，也許可以供贊成和反對的人作一種參考的材料。」「我實地試驗白話詩已經三年了，我很想把這三年試驗的結果，仔細研究一番，加上平心靜氣的批評，使我也可以知道這種試驗究竟有沒有成績，用的試驗方法，究竟有沒有錯誤。」（《嘗試集》，1920年，上海亞東圖書館）以上自述顯然說明胡適創作新詩更多是為確立白話文的根基，而並非因體驗的鮮活而創作。胡適對新詩實際採取的是理性的態度，也可謂是一種類型的「作詩」。

變，開始向口語詩前行。當我們翻越著《新世紀詩典》中那些看似缺乏詩意的作品，確實感到了詩歌發展在左突右衝中爲自己苦苦尋找著適合的表達路徑。然而對於徐訏這一代詩人來講，打破「作詩」的堅硬姿態仍顯得十分艱難，無論表達著怎樣的情感或傾向於何種詩歌路數，難免仍會「葬過一朵落花」，「拾起一瓣落葉」。

　　徐訏詩歌的自憐姿態可以說是「感傷」所造成的極大弊端。反觀徐訏自身經歷與詩歌創作的諸多複雜關係，我們會發現，徐訏的「游離」體驗與文本「感傷」特徵之間產生了一種互爲因果的關係，並且，這種關係反覆影響，造成「游離」體驗與「感傷」特徵之間的惡性循環。回顧前文，徐訏確因情感與思想體驗的「游離」使自己長期處於彷徨的狀態，這種狀態推動了徐訏詩歌的情感表達，使詩歌中的抒情主人公有著強烈的傾訴欲望，造成詩歌的「感傷」特徵，從而使詩歌沉溺在自我的抒情中，充滿了自憐姿態。但反過來，詩歌的「感傷」特徵又拒絕了當下性，使詩歌文本中缺失鮮活的當下體驗與當下表達，兀自沉浸在內心情感世界裏不能自拔，在實際上造成了體驗的抽離，使詩人難以抒發真實的人生，喪失尋求及表達鮮活感受的機會，最終又一次被抽離於現實生活之外。徐訏的「游離」體驗與文本的「感傷」特徵互爲因果，兩相影響，確實形成了反覆的惡性循環。在新詩史上，徐訏詩歌雖因從「感覺」出發具備了珍貴的詩歌起點，卻因「感傷」的抒情特徵又一次與真實與鮮活的表達缺失更多關係。對比同期的其他新詩創作，徐訏的詩歌也未能做到真正的自由表達，而最終均端離於與現實狀態相聚甚遙的位置上，同樣很難真切地呈現粗糙但鮮活的生命感受。從這一層面上看，徐訏的詩歌創作也未能超拔於限定的歷史背景，「游離」體驗決定了他詩歌「感傷」的抒情特徵，也決定了抒情主人公的自憐姿態，使他的詩歌最終喪失更多鮮活感受的表達。

第二節　抒情主人公的兩重聲音：理性與感性表達的分裂

　　在上一節中，我們重點討論了徐訏詩歌的「感傷」特徵與自憐姿態等問題。在這一節中，我們將集中討論徐訏詩歌抒情特徵的另一個特點，即抒情主人公的兩重聲音問題，這實際上也是徐訏詩歌「游離」體驗對其詩歌創作

影響的重要表現特徵。艾略特曾在《詩的三種聲音》一文中提過詩人聲音的概念，在他看來，詩人的聲音分為三種：「第一種聲音是詩人對自己說話的聲音——或者是不對任何人說話時的聲音。第二種是詩人對聽眾——不論是多是少——講話時的聲音。第三種是當詩人試圖創造一個用韻文說話的戲劇人物時詩人自己的聲音；這時他說的不是他本人會說的，而是他在兩個虛構人物可能的對話限度內說的話。」〔註35〕在徐訏的詩歌中，抒情主人公同樣存在自己的「聲音」，而在本書看來，徐訏詩歌中抒情主人公「聲音」的特徵在於理性與感性的分裂與交錯，這樣特徵的產生同樣源於徐訏的「游離」體驗，並造成徐訏詩歌文本獨特的抒情特徵。

（一）

徐訏曾寫過一篇散文《談睡眠》：

> 夜是想的時間，晨是做的時間；夜是享樂的時間，晨是工作的時間；夜是做興趣工作的時間，晨是做責任工作的時間；夜是屬於愛人與太太的，晨是屬於師友的。
>
> 缺少了晨，人只做了一半；缺少了夜，人也只做了一半。所以，凡是完全的人一定相信晚睡，同時也相信早起。
>
> 當然，在這樣晚睡與早起的習慣下，睡眠是不夠的；為補充這個不夠的睡眠，我們必須另外找時間。這據我個人的經驗，午飯後的辰光才真是一個最適宜於睡覺的情境。〔註36〕

我們當然在第一次的閱讀體驗中，便能感知到作者充分的生活感悟與獨特又精準的生活體驗，也可以感受到，徐訏是一個願意真正用心去體會生活的作家，而並非徹頭徹尾的凌空虛蹈。不過，令人進一步注意的是，這些妙趣體會卻不是用娓娓道來的散漫文字敘述而出的，敘述者顯然也非全然沉溺其中的玩味狀，而是以「論」帶動文脈，用層層遞進的嚴謹論述一一道來，讀之工整完備，使人信服。因此，進一步去閱讀徐訏的《論睡眠》，我們至少可獲取以下信息：徐訏是一個懂得品味生活、享受生活的人；徐訏在表達他對生

〔註35〕（英）艾略特：《詩的三種聲音》，見《艾略特詩學文集》，王恩衷編譯，國際文化出版公司，1989年版，第249頁。

〔註36〕徐訏：《談睡眠》，見《徐訏文集》（第9卷），上海三聯書店，2008年版，第257頁。

活的感悟時，把握得住理性的剖析，而非只有感性的抒情。一則簡短的散文實際已隱約透露出徐訏文本抒寫的張力：一邊是極強的品味賞玩能力，一邊是同樣強的分析論述能力。這至少說明，徐訏是一個既具備生活感悟力的人，又喜歡將這種感悟以較理性的表述表達而出的人。在小說創作中，這種理性實際也始終隱藏在文本表達中，就連充滿了奇幻唯美色彩的富於主人公情感表達的《鬼戀》，在讀者看來，也依然在讀後給予了更多思想的啓發：「讀完了它，我覺到，傳奇式的愛情感動我的地方少，思想上的創作啓示我的地方多。」〔註37〕這就提醒我們注意到，在看似充滿著感性抒情的多重文本中，亦存在著並不削弱的理性思考與表達。與小說、散文相同，在徐訏的詩歌中，我們也同樣可以找到這樣「理性」的「聲音」。

　　我們其實應該注意到，徐訏的詩歌雖然充滿了「感傷」的情緒，但詩歌僅是因爲「坦白的揭露我前後二十年演變的胸懷」，才更多地體現出了他的感性狀態而已，並不能證明徐訏是一個僅有感性特質的人。並且，即便是在充滿了「感傷」特質的詩歌中，文本的表達也並非僅是感性的宣洩，而同時存在著理性的思緒：

> 大家見過天眞的笑，
> 也見過鮮豔的笑，
> 還見過快樂的大笑，
> 見過笑聲裏帶著撒嬌。
>
> 世上有數不盡的歡笑，
> 這些笑似乎都平常，
> 但有些笑也帶著哀怨，
> 有些笑充滿了希望。
>
> 還有些美麗的巧笑，
> 有意叫人家爲此顚倒，
> 還有脂粉塗改的輕笑，
> 笑容中含蓄著衰老。
>
> 多少年輕人無節制的笑，

〔註37〕任封：《人鬼之間：讀徐訏著：「鬼戀」》，《青年空軍》，1944 年，第 6 卷，第 5／6 期。

笑後的回憶都是荒唐，

年老人常有冷澀的怪笑，

裏面總藏著一個大謊。

……

(《笑之淚》，《燈籠集》，1942 年 12 月 16 日，渝)

詩人在《笑之淚》中歷數人世間多種多樣的笑容，這樣的詩歌像是一個介紹者在向某些聽眾娓娓道來，可以說，並不屬於獨語的「感傷」表達。這樣的詩歌顯然更具備一種描述性質及對話性質，它給人的閱讀感受更像是一幕話劇開場前小丑的獨白：雖獨自一人卻是一種講述性質、溝通性質。在這樣的詩歌中，我們可以發覺徐訏另外一個向度的詩歌表達方式及思維方式，這種思維方式很顯然是思路式的而不是情感式的。我們再來看《希望》一詩：

這是一朵奇異的花，

它豐富的多變幻的顏色，

以及它馥鬱的醉人的香，

把人的眼睛炫昏了，

把人的神經迷惑了，

於是人忘了過去的創傷，

現實的重負，向著它，

迷茫地向著它奇幻的色，

奇幻的香處走。

但一百個走去的人不過十人走到，

十個走到的不過有一個敢去採，

一個去採的也不見得全到手，

偶而有到手的也採不到它的色的香

它將化作焦黑的一束在你手中發抖

而那時，他真正的色與香，

又在你茫茫的面前化作了光亮，

這像傳說裏如來手上的明珠，

有無邊的黑暗中給你一絲光，

讓無數無數的人群再向著它闖，

這就是它。是你的，

　　也是我的，又是人人所共有的，

　　它把老年人領進了墳墓，

　　又哄小孩子跨入了人世。

（《希望》，《借火集》，1935 年 2 月 17 日，上海）

在《希望》一詩中，詩人更變成一個講故事人，這個故事富於強烈的傳奇色彩，給予我們一個奇幻的空間。在講故事的過程中，徐訏的姿態顯然是一個較爲全知的敘述者，「這是一朵奇異的花」，在奇異之花吸引人們競相奔走的時候，詩人卻是一個冷靜的旁觀者，他以較高的姿態看清了奔走背後的實質。詩人自身顯然並沒有沉溺於追求奇異之花的隊伍裏，相反，他看破了這一切，知道所謂奇異之花無非是哄騙世人不斷輪迴的把戲，「它把老年人領進了墳墓，」「又哄小孩子跨入了人世。」但同時，詩人也清醒地看到自己永遠也無法獲得眞正的超越，「是你的，」「也是我的，又是人人所共有的，」身爲人世中的一份子，這樣的命運與困境是必然的場域，詩人即便清醒地看破了，卻也意識到自己很難眞正超離。在這樣的一首詩歌中，我們發覺了徐訏作爲詩人的清醒與理性態度，他不僅能夠跳出眾生世相發覺這背後隱含的要義，可貴的是，他同時也能清醒地認識到自己始終無法超離於人世普遍的命運之外。徐訏的清醒也即在於他清醒地認識到世界，同時也清醒地認識到自己始終無法眞正清醒。《希望》一詩使我們看到一個不同於「感傷」抒情的抒情主人公，也即一種理性思辨的抒情主人公。實際上，這種理性的思辨性的內容在徐訏的詩歌中也並不是不存在的，我們可以發現，在詩歌中，徐訏既擁有強烈的情感表達姿態，同時也擁有強烈的自我認知與思辨的姿態。也即在徐訏的詩歌中，抒情主人公呈現而出的是雙重的聲音，既有感性的抒情，也有理性的思辨。

　　這是並不突兀的。我們早就瞭解到，徐訏實際上是學哲學專業出身的學者，文學實際上並不是徐訏的所學專業。既是哲學專業的學者，其詩歌文本中帶有一定程度的理性思辨能力，或是可以站在較爲超然的姿態之上俯瞰人生世相，也就顯得不足爲奇了。在陳旋波的《時與光：20 世紀中國文學史格局中的徐訏》一書中，論者分專節介紹了徐訏所接受的西方哲學思潮影響，在這樣的論述中，我們可以瞭解到，徐訏深受康德、柏格森、弗洛伊德等西方哲學家的影響，我們來看兩段該書中所論述的內容：

　　徐訏 30 年代的文化抉取是多元的，他一方面自覺地回應了作為歷史主潮性的馬克思主義，另一方面又廣泛地吸納西方近代人本主義思想，形成了自由主義的價值觀，從而最終在美學上呈現了與左翼文學截然不同的景觀。

　　由於自由主義價值觀的確立，他沒有繼續沿著左翼文學的道路走下去；由於左翼文學的影響，他不像新感覺派或京派那樣宣洩都市欲望或遁入象牙之塔；由於自覺的都市意識及新感覺派的薰染，他與平淡古雅的鄉土抒情保持一定的距離；由於京派美學的陶冶，他並不熱衷於描寫都市的沉淪及靈魂的扭曲。正是在這種相互對立、相互制衡的合力作用下，徐訏最終形成 40 年代「文化綜合」時期獨特的文學品格。〔註38〕

在論述了不同的哲學思想家對徐訏的影響過後，論者認為，徐訏的哲學思想形成了某種程度上的綜合，這樣的綜合使他有別於同時期的諸種文藝思想觀念，形成了自己獨特的思想理念與文藝表達體系。徐訏的思想體系與其他思想體系的和與不同自然是一個十分重要的論述重心，不過，僅僅是獨樹一幟的思想體系本身，已即看出徐訏的哲學學習與哲學思索對其文學創作的重大影響。雖然說，徐訏的文學創作並不生發於這種哲學性的學理，而生發於「游離」體驗及這種體驗下的表達欲望，但哲學思維也已然匯入了徐訏的人生體驗中，以另外一種形式潛移默化地對徐訏的文學創作產生影響。我們不難理解及解釋這種影響，與影響帶來的文本變化。

　　不過，承認徐訏詩歌具備哲學思辨的影響等問題，似乎尚未完全說清抒情主人公理性、感性雙重表達之間的關係。在釐清徐訏詩歌既存在強烈的「感傷」抒情，又存在較為清晰的理性認知之後，我們需要進一步討論的是，徐訏的哲學認知與感性體驗之間的關係是什麼？它們彼此是毫不相干的各自獨立，是不分彼此地融為一體，還是在同一個體系內對立統一地存在？而這兩種「聲音」的存在，又同徐訏的「游離」體驗存在著怎樣的關係？感性與理性同屬於某一生命個體的性質狀態，原本也不可能有嚴格的界限，在存在狀態及表達方式上，混溶一體也是一種常態。不過，如果基於這一體認，並進一步從認知層面上去看，問題似乎就有了新的討論向度：徐訏詩歌中抒情主

〔註38〕陳旋波：《時與光：20 世紀中國文學史格局中的徐訏》，百花洲文藝出版社，2004 年版，第 46～47 頁。

人公感性和理性的兩重「聲音」不僅僅是以混溶一體的狀態存在，或是擁有正常的分化狀態，而是以超出一般範疇的差異狀態存在。也即是說，感性與理性可能存在著較為鮮明的對立狀態。在徐訏的詩歌中，理性認知即便已然看破，卻不等於感性情感上再也無所欲求，心真的死了，或是真能做到理智的看破與理智的駕馭，這之間存在著理性的認知與感性的體驗之間的反向關係。可以說，在徐訏詩歌中，抒情主人公感性與理性的兩重「聲音」存在著彼此對立與否定的關係，這樣的對立與否定使得徐訏一方面理性地認知著自我的生命狀態，駕馭著自我的生命走向，另一方面卻又混沌地沉溺，不知自我的所向。這實際上仍舊源於徐訏的「游離」體驗，在難以掌控的人生狀態下，徐訏即便能夠做到理性的領悟，但在彷徨無依的生存困境下，理性的領悟依然無法駕馭感性的漫溯。因此在具體的詩歌寫作中，抒情主人公一面理性地認知著，一面卻又感性地混沌沉溺著。為進一步闡釋，我們仍需回到徐訏的詩歌文本，在具體的例證中尋求答案。我們可以來看以下的詩歌：

> 我知道人世中有悲哀，傷心，
> 我知道人世中有愚笨有頑蠢，
> 我知道人世中的橫暴，殘忍，
> 我也知道人世中有殘酷的戰爭，
> 可憐的傾軋，妒忌，老死與疾病，
> 但是我原諒這些，我不願意逃避，
> 我要用我的生命把這些殘缺填平。
> 我是一個凡人，我愛這人世，
> 所以我不愛白天的太陽，
> 我愛夜裏的燈，
> 我不愛泉水，我愛酒，
> 我不愛風聲雨聲，甚至鶯歌鸝鳴，
> 我愛人間的音樂與歌手的唱和，
> 我愛人間的書，科學哲學與詩篇，
> 獨不愛天啟的聖經。
>
> （《我是一個凡人》，《待綠集》，1938 年 10 月 11 日，深夜，上海）
>
> 的確是天地同我開玩笑，
> 黑暗中怎會有紅光在這兒瞟，

晨雞已經啼破了春曉，

我會把天大的事情輕輕忘掉。

這處有狗不住地懶聲嚎叫，

把春霧更加弄得糊塗飄渺，

何人的幻想有這樣的奧妙，

愚蠢的詩情會弄得這樣奇巧。

明明是過去聰明人的高調，

煙霧中哪有喜鵲在築橋？

心已經像沒有宗教時代的古廟，

天涯地角哪裏能有船兒來回地搖。

（《天涯地角》，《待綠集》，1931 年 9 月 12 日，上海）

《我是一個凡人》與《天涯地角》同是《待綠集》中的詩篇，詩歌所描寫的氛圍與表達的情感及認知卻存在著很大的不同，抒情主人公也呈現著不同的「聲音」姿態。我們當然可以將之歸結爲主題表達的多元，也可以說是詩人徐訏盡情抒發自我的情感狀態、不拘泥於某一維意識的結果，但是，若從抒情主人公的感性與理性雙重「聲音」的角度去看，即又將發覺詩人表達狀態中的某種特徵：感性「聲音」的虛無散亂與理性「聲音」的篤定明晰。在以上列舉的兩首詩歌中，即清晰地看到了兩者之間的分野。《我是一個凡人》顯然是詩人在理性認知的狀態下揮就的詩篇，對於人生世相之種種情狀，詩人均有著深刻的認知：「悲哀」、「傷心」、「愚笨」、「頑蠢」、「橫暴」、「殘忍」……詩人承認這世間的一切不美好，卻同時篤定地堅持接受所有一切，「但是我原諒這些，我不願意逃避，　／我要用我的生命把這些殘缺填平。」在詩人的理性認知中，所有這些雖然不夠美好，卻並不能逃避，而是要用自己生命的力量將這一切拯救。在《我是一個凡人》中，詩人顯然願意做一個投入人世並適應人世、改變人世的凡人，所謂「凡人」也即是願意成爲人世中的一份子，體驗人世間的一切，而從不曾「游離」。這的確是理性狀態下的抒情主人公所思考的內容：不姑息逃避，直面人生，貢獻自己的力量，解決人世的問題，實現個體的「人」的價值意義，使世界成爲自由主義思想的天堂，這樣的思想主張即直接呈現在《我是一個凡人》這樣的詩篇中。然而，在感性體驗狀態下，這樣的理性態度卻被眞實的個體感受所覆蓋。無論不姑息逃避的理性認識多麼鮮明清晰，在《天涯地角》中，詩人仍舊眞實地體驗身處這個世界的「游離」感受。這種感受仍舊

眞實地引導著抒情主人公試圖逃遁現實之外，潛行於某一個虛幻的空間中：在這個空間中，詩人可以忘掉天大的事情，即便一切顯得飄渺虛假，也可以暫時棲居於此或經過於此。「心已經像沒有宗教時代的古廟，　／天涯地角哪裏能有船兒來回地搖。」雖然在意識深處，這種輕靈的虛無感被認作並不眞實，但某一時刻，詩人仍舊無法擺脫這樣的虛無感受的引誘。

　　從理性與感性的分野上看，徐訏詩歌產生了較爲鮮明的兩種走向：一種以理性認知引導，一種被感性體驗覆蓋。理性認知承載了詩人堅定的思想與態度，感性體驗充滿了詩人原初的感受與狀態，兩者以較爲鮮明的差異性存在於徐訏的詩歌文本中。實際上，感性與理性的分野是一種普遍性分野，無論是詩人、作家甚至普通的個體，都存在著這樣的分野，這並不是徐訏及徐訏詩歌特有的現象。但是，在徐訏詩歌中，感性與理性較大的差異性與對立性仍舊會使我們特別對此加以關注：在徐訏詩歌中，這種理性與感性的分裂顯示出詩人的內心與世界交融時產生的悖論。徐訏顯然是一個意願立足於現實人生的作家，他在某些文本中早已多次表達了這樣的觀點，這是詩人在對這個世界進行體認後得出的理性認知。從意願上看，徐訏自然願意將這一理性認知付諸實踐，但在實際接觸現實人生的過程中，這個原本堅定的理性認知卻被殘酷的「游離」體驗及現實境遇反彈而回，造成實際的感性體驗變成消極、怠慢、逃逸的狀態。在前文的討論中，我們已然瞭解到，這種反彈實際恰恰是過度關注於現實人生的結果，然而，無論徐訏本意如何，他始終都無法操控自己的感性體驗，而只能任其朝著自身的向度發展下去，在實際的詩歌表達中，我們看到了一個理性與感性彼此悖逆的抒情主人公，這種悖逆的程度已遠遠超出了正常的範疇。並且，在徐訏的詩歌中，理性與感性始終不停地各自反覆言說，更不停地彼此多次的辯駁，僅就彼此糾結的狀態本身而言，卻只能愈發加重了悖論的存在屬性。在徐訏的個體世界中，這始終是一個無法忘卻的焦慮中心。這種關係始終以緊張的狀態存在，並貫穿於徐訏的文學人生中。

（二）

　　在前文中，我們瞭解到徐訏詩歌中抒情主人公感性與理性之間的差異狀態。作爲一個主攻哲學及心理學的學者，徐訏的確掌握著比常人更多的哲學知識與哲學思維，我們也的確可以通過瞭解徐訏的哲學學習過程，發覺他的

詩歌及他的文學創作所受的哲學影響。但是，若從徐訏的個體及徐訏的主體性角度出發，便會發覺，這樣的哲學思維僅是以理性認知的方式滲入到徐訏的個體意識中。我們當然可以從徐訏的詩歌中發掘到哲學思維的影響，但實際上，相對於更加豐富的感性體驗，這種影響更多是一種程序化的影響。在更隱秘的感性體驗層面，噴薄著的仍舊是最眞實的體驗狀態，而這種狀態顯然很難用任何哲學思想或理論認識來概括。

徐訏詩歌中抒情主人公具備感性理性的雙重「聲音」，並且這兩種「聲音」還存在著超出一般差異程度的對立狀態，這不得不說是較爲獨特的。實際上，抒情主人公「聲音」的不同可追溯至詩人徐訏人生狀態的發展變化等多方面的問題。在不同的人生階段，徐訏的理性與感性之間的制衡狀態並不相同。在事物發展的初起階段，感性體驗往往先於理性認知，以生命感受的方式最先觸及到重大的問題，並引導個體前行，其後，才是理性認知的逐漸增強，才可能糾正感性體驗的某些情緒性問題及其所帶來的偏差。在「革命」這一問題上，徐訏就經歷了先感性體驗，後理性認識的過程。在最初接觸馬克思主義革命思想時，徐訏憑著內心的喜好與熱情投入到這樣的潮流中，彼時的他並沒有更多的理性認知做引導，僅是跟隨著感性的體驗混沌地前行。「『革命』不單是一種工作，而是從精神到思想乃至感情一致地統合。但這樣一種革命形態的建立需要相當的過程。在革命初起之時，大部分人仍保留著對革命政治的模糊印象、個人主義式的理解乃至浪漫氣的想像。這使得革命與文學以及其他實踐方式不是處於緊張的對立狀態，而是被隨意地組合在一起。」〔註 39〕徐訏起初所秉持的即是一種「對革命政治的模糊印象、個人主義式的理解乃至浪漫氣的想像」，在這種感性意識驅縱下，個體生命及文學創作很容易便可與革命聯繫一處。然而，隨著時間的推進，個體愈發有了進一步的理性認識，在不斷的書籍閱讀及人生閱歷下，徐訏的理性認知終於發生了應有的效力，這種效力使徐訏認清了自己感性體驗的混沌狀態，並以較爲清晰的理智狀態糾正了先前的偏差。在這裡，我們並不需要討論徐訏的這種「糾正」到底是否正確，又是否眞的引領徐訏從此走上了光明之路，這是另外一個是非判斷問題。我們需要明瞭的，實際是徐訏的「糾正」行爲本身，也即徐訏的理性認知最終超越了自我的感性體驗，在個體的範疇內，做出了個體認爲

〔註 39〕 程凱：《革命的張力：「大革命」前後新文學知識分子的歷史處境與思想探求》，北京大學出版社，2014 年版，第 17 頁。

的「理性」判斷與「理性」選擇。這是一種意識性行為，也即徐訏清楚地明瞭自己的人生狀態與人生選擇，並認同自我的理性認知，使其驅散混沌的感性體驗，佔領生命選擇的高地。「革命」問題領域是徐訏感性體驗與理性認知之間界限較為清晰明瞭的思想領域，思想成熟後的徐訏顯然異常清楚自己在這一方面的思想傾向與思想選擇。而在徐訏的晚年時段，感性體驗卻又重新覆蓋理性認知，最終引導徐訏度過生命的最後階段。我們知道，徐訏一直未曾加入過什麼宗教信仰，在他的詩歌中，他也曾表達過不篤信宗教的觀點，這說明，在理性認知上，徐訏堅持不迷信於某種觀念，也不試圖將自己的思想寄託於某一種信仰，而是勇敢地直面現實、體驗現實，不去關照所謂的彼岸。但有意思的是，在徐訏即將離世的時候，他卻加入了天主教。為何一生堅持立足現實的徐訏，卻在去世之前接受洗禮呢？這其中緣故何在？這至少說明，離世前的徐訏已然拋開了理性認知對他的勸囿，而決意跟隨著感性體驗。一個人在離世前，理性引導往往變得不再重要，而感性的體驗卻成為了他所得體悟到的全部。在感性體驗的世界中，一個消極、怠惰、逃遁的精神個體欲尋求宗教的保護，也可以說是一件順理成章的事。以上這些事實的綜述實際依舊從屬於徐訏的「游離」體驗，在難以掌控的彷徨人生之下，徐訏不停搖擺於感性與理性的狀態之間，很難真正獲取某一向度的穩定。

　　以上的論述可以說明，在徐訏的人生經歷中，感性體驗與理性認知之間存在不同階段的不同制衡狀態。這必然與徐訏的個體成長狀態、生命狀態息息相關，也符合事物發展的一般規律。這使我們清晰地看到不同人生狀態中，徐訏感性體驗與理性認知之間的複雜關係，兩者之間可以說彼此對立統一，共同構成了徐訏的人生體驗過程。這樣的體驗過程必然影響到徐訏的詩歌創作，造成詩歌中抒情主人公感性與理性兩重向度的分裂。然而，有一點我們仍需要明確：如果我們將這樣的感性體驗與理性認知放之於具體的詩歌文本中去考量，就會發現，在文本中，彼此的狀態就不可能用這樣截然分野的形式來闡釋。在文本中，抒情主人公的感性和理性雖也呈現著強烈的差異性，我們也可以找到較為極端的例子來劃分它們之間的區別，但更多的文本中，它們之間的關係不再那麼清晰明瞭，它們甚至並不存在先後的順序關係，而是整體地混沌在一處，終其一生，也沒有做出清晰的劃分與超離其上的認知。在前文中我們已經分析過《我是一個凡人》和《天涯地角》兩首詩，並認為，這兩首詩分別體現出了詩人的理性認知與感性體驗的走向，在另外的詩歌

中，它們甚至會在同一首詩歌中交錯、對決。在前文中，我們曾引用過徐訏「你」「我」辯駁的詩歌，而「你」與「我」選擇的不同、傾向的不同，實際也正是理性與感性的不同在同一首文本中的體現。這就需要我們在考量徐訏詩歌抒情主人公感性與理性的不同「聲音」狀態時，必須以詩歌文本的關照方式進行切入。

在詩集《時間的去處》中，最後一首長詩《眼睛》是徐訏的詩歌中較為突顯理性思辨與閱世冷眼之感的詩作，詩歌通篇在講述人類可怕的眼睛，虛偽地看待世界，看到的也全部是虛偽的世相。在詩歌的最後兩段中，詩人這樣寫到：

> 而我竟還有一對眼睛，
> 從小學習著看，學習著看書看人。
> 看舞臺上的戲，銀幕上的電影。
> 但當我年輕時，我眼裏的人物：
> 講堂上的教師，法院裏的法官，
> 馬路的員警與衣冠楚楚的紳士，
> 總信他們都有顆神明的心，
> 具有高貴，良善，莊嚴與公正。
> 但不知從哪一天開始，
> 我竟看到了他們的眼睛，
> 掩飾著妒忌貪婪勢利與殘忍。
> 當我年青時，我眼前的女性，
> 總相信都是不老的仙子，
> 長裙短裙浮動著美麗的詩，
> 笑容裏蕩漾著蜜，
> 鮮紅的嘴唇與舌端，
> 都是天真無邪的故事。
> 可是如今，我在她們的
> 粉妝的皮膚上看到粉刺，
> 在塗著口紅的唇上，
> 我看到乾癟的裂縫，
> 裂縫裏嵌著焦黃的煙絲，

我還在她們肉食的齒縫裏，

看到已爛的鴨膀與鮮蝦的死屍。

我知道他們的心中充滿著

隱恨妒忌、計較與野心，

嘴裏吞吐著損人利己的謠言，

虛偽的愛與假裝的仁慈。

這是我的眼睛，我可憐的眼睛！

當我看到別人眼上的各色眼鏡，

別人也說我永遠戴著懷疑的眼鏡，

不然我就可以安詳地相信，

相信一切裝飾都是文明；

一切殘忍都是公正；

一切肉麻都是愛情；

一切獸舞鳥歌蟲吟，

都不是弱肉強食；

而生存在世上的都是歡樂的生命。

　　　　（《眼睛》，《時間的去處》，1956 年 7 月 17 日，晨四時，香港）

在《眼睛》一詩中，詩人通過一雙「眼睛」看世界，最終逐漸從膚淺的表象深入到殘酷的現實，人類的不堪與人類的殘忍也就全部盡收詩人眼底。表面的「高貴」、「善良」、「莊嚴」、「公正」，最終浮露的盡是「妒忌」、「貪婪」、「勢力」、「殘忍」，所謂的美女，也終於可以看得見瑕疵的本質。最終，詩人寫到了一組組完全向度相反的詞彙：「文明」與「裝飾」，「愛情」與「肉麻」、「弱肉強食」與「獸舞鳥歌」，在赤裸的對比中，不難發覺詩人徐訏內心深刻的理性認知，也即詩人並不再停留於風花雪月的嚮往中，而是將這些真實的現實赤裸裸地揭示出來。

　　我們可以發現，這些理性的認知並不是通過講道理的方式說出來，而是仍然保持了詩歌的感性抒情。在文本層面上，這樣的理性認知是通過較為強烈的抒情語言表達出來的，也即是抒情主人公所抒寫的內容雖然是富於理性認知的，但表達方式卻是較為強烈的抒情，所有的內心認知，均通過情感強烈的文本表達而出。我們並不難理解這樣的特徵，這一方面源於詩歌本身的抒情性徵，一方面源於徐訏本身強烈的「感傷」表達特徵。如果理性認知是

以乾癟的道理論述而出的，詩歌也就喪失了抒情文本的表達特性，故而，從這一層面上看，徐訏詩歌的感性與理性是以較爲融合的方式存在，並以較爲適宜的方式表達而出的。通過以上的論述，我們即可發覺：抒情主人公的理性認知與感性體驗雖則存在著十分矚目的差異甚至對立關係，但在具體的文學文本狀態下，這樣的差異及對立卻是以混沌的文本狀態傳遞而出的，文學文本本身的感性表達特徵及徐訏自身的「感傷」特質共同造就這樣的混沌。在具體的論述中，我們可以策略性地分析感性體驗與理性認知之間的截然分野，以此看清徐訏「游離」體驗下詩歌文本的內部分裂狀態，而在更多具體的文本中，這種分裂的特徵卻又顯然參差地潛存於混溶的文本中，這造成了我們在體認徐訏詩歌時的複雜感受：如此鮮明的感性理性的差異始終潛藏於難以釐清的混溶文本中。而徐訏自身複雜的「游離」體驗及這種體驗下複雜的生命狀態，也便若隱若現於這樣的文本狀態中。

本章小結

在抒情特徵方面，「游離」體驗使得徐訏詩歌產生較爲強烈的「感傷」抒情。在「游離」體驗之下，徐訏獲取的是一種難以掌控的人生狀態，這種人生狀態導致徐訏大量積壓著內心的情感，並將這種情感在詩歌中抒發，造成詩歌的「感傷」特徵。「感傷」的詩歌表達一方面眞實地呈現出了詩人內心積壓的情感，另一方面卻又使詩歌的表達墮入宣洩狀態，反而使詩歌的表達向度趨於狹窄。與之同時，「游離」體驗也使得徐訏詩歌中的抒情主人公存在著兩重聲音的表達。在難以掌控的人生狀態下，詩人一方面因此獲取了超然的理性人生姿態，另一方面卻又始終無法眞正超拔世相，而是始終感性地耽溺其中。這樣理性與感性的意識狀態表現在詩歌中，即造成詩歌理性與感性分裂的兩重抒情特徵。

第五章　徐訏詩歌的文學與文化意義

　　在第一章、第二章內容中，我們討論了徐訏的「游離」體驗。這種「游離」體驗既包括情感體驗，也包括思想追求，使得徐訏「游離」於「安身立命」與「社會使命」之外，這造成徐訏難以掌控自己的人生，終其一生，均處於彷徨狀態下。在第三章、第四章內容中，我們討論了「游離」體驗下徐訏詩歌的主題特徵與抒情特徵。可以說，「游離」體驗深重地影響了徐訏的人生，當他進行詩歌創作時，這種體驗同樣滲透進文本，形成了詩歌表達的獨特特徵。在本章中，我們對前四章的論述內容進行綜合，討論「游離」體驗下徐訏詩歌的文學與文化意義。這既包括徐訏的詩歌對照文學史、新詩史所產生的文學意義，也包括「游離」體驗下徐訏詩歌獨特特徵形成的文化意義。

第一節　徐訏詩歌的文學意義：「眞」的貫徹與表達

　　作家的文學創作、其時的文學活動，以及最終的文學定位與評價，均需要日後的文學史寫作對其進行功過述評，徐訏「游離」體驗下的詩歌創作自不例外。然而，眾所周知，徐訏與文學史的關係向來微妙。無論是長期占統領地位的「政治革命歷史研究框架」，還是日後注重「現代性」價值的「社會文化史研究框架」，非主導文化宣導者的徐訏都必然是主流映照下的邊緣。徐訏與詩歌史的關係也更非親密，在新詩蒸蒸日上的 1930～1940 年代，徐訏必然算不上引領詩歌潮流的大詩人，在「游離」體驗下，其詩歌的表達內容與抒情特徵也很難說能夠歸屬於哪一具體流派，1950 年徐訏南下香港後，最多因地域與身份被歸屬於「難民文學」陣列。〔註1〕如此看來，徐訏在其時的詩

〔註 1〕 詳見古遠清：《香港當代新詩史》，香港人民出版社，2008 年版。

壇、及日後的文學評價中均處於邊緣狀態，許多文學史忽略了徐訏的存在，具體到詩歌創作，更是鮮有人知。但處於邊緣卻不一定無價值，挖掘它，所得的甚至不僅是「豐富」，更有可能是嶄新的視野與視角。回歸到具體的寫作年代，處於邊緣的徐訏詩歌，反倒可能成為一種對照性文本。這一對照性文本除卻本身的研究價值外，「對照性」價值亦彰顯出徐訏詩歌的存在價值。而邊緣創作與主流文壇之間的關係，更能凸顯出詩歌創作環境與個體選擇之間分而未離的複雜狀態。在本節中，我們將對徐訏詩歌對照文學史、詩歌史所產生的文學意義與文學價值進行討論。

「無論一個人是否喜歡，實際上都不能完全置身於某種政治體系之外」，「不論他們的價值觀和關注的是什麼，人們都不可避免地會陷入政治體系的網中，不管他們是否喜歡，甚至是否注意到這一事實。」〔註2〕政治以強大的覆蓋力普遍地影響著身存其下的人與人的思想，無論熱衷、反對、漠視，任何人都不得不身處於「政治體系的網中」，任何的思想與行為也皆隸屬於這樣的大體系範疇中。進行文學創作的作家自然也不能例外，在中國現代文學史上，無論左翼文學、右翼文學，亦或所謂的自由派文學，其實無一可以超然於社會現實與政治體系之外。即便所寫的文學看似與政治無關，也不過是一種有意識或無意識的隱曲表達而已，誠如朱曉進在《政治文化與中國二十世紀三十年代文學》中所說：「無論是文學群體還是作家個人，不管其主觀上打出怎樣的超脫政治的旗號，提出文學遠離政治的主張，但在事實上這種旗號和主張都在某種意義上成了一種政治的表態，這是對國家政治缺少信任的表示，同時也是一種對社會政治黑暗的一種譴責方式。」〔註3〕在這樣的大環境下，詩歌創作也不能例外，無論是充滿著鐵與血的政治口號詩，還是隱曲於自我世界的吟哦，無非都是面對同樣的社會現實做出的不同反應而已。在中國，無論是民國還是共和國時期，民族的危亡或政治的覆蓋始終以強力形態存在，這就使文學創作與現實境遇更加密不可分，無論這種大環境的影響造就了文學還是破壞了文學，文學與大環境的關係卻始終息息相關。這種影響從正面角度說即構成人生的磨礪與洗刷，可使作品走入更深層的體驗與感悟，但從反面角度說，卻構成搖擺於自我與外在環境、遊移於多重表達向度

〔註2〕（美）羅伯特・A・達爾：《現代政治分析》，王滬寧、陳峰（譯），上海譯文出版社，1987年版，第5、129頁。

〔註3〕朱曉進：《政治文化與中國二十世紀三十年代文學》，人民出版社，2006年版，第117頁。

之間的不定感。我們再來看余光中在《評戴望舒的詩》中對三十年代詩人的
評價：

> 　　三十年代的詩人大都面臨一個共同的困境：早年難以擺脫低迷
> 的自我，中年又難以接受嚴厲的現實，在個人與集體的兩極之間，
> 既無橋樑可通，又苦兩全無計。真正的大詩人一面投入生活，一面
> 又能保全個性，自有兩全之計，但是從徐志摩、郭沫若到何其芳、
> 卞之琳，中國的新詩人往往從一個極端跳到另一個極端，詩風「變」
> 而未「化」，相當勉強。〔註4〕

余光中的評價當然十分犀利，但也道出了中國新詩發展過程中的某些問題。
「從一個極端跳到另一個極端，詩風『變』而未『化』」，這樣的評價已切中
新詩發展中不斷突破現有格局、嘗試改變的數次策略，而在詩風不斷的嘗試
和改變中，為了衝破既有格局而選擇某種極端，也確屬情理中事。新詩自身
體例的確立、區別於古典詩歌、表現自我的情感、突顯現代特徵、融入大時
代的浪潮……一系列焦慮及「影響的焦慮」都促使詩歌不斷地調整自我，尋
求更合適的表達與抒情方式。然而，在不斷的極端嘗試與轉變過程中，新詩
卻始終未能找尋到真正屬於自我的「聲音」。也無怪乎魯迅在談到中國新詩
時，並未給予較高的評價。眾所周知，在《魯迅同斯諾談話整理稿》中，曾
記錄過魯迅對中國新詩人的評價：「最優秀的詩人：冰心、胡適、郭沫若。不
過，他們的詩作，沒有什麼可以稱道的，都屬於創新試驗之作。魯迅認為，
到目前為止，中國現代詩歌並不成功」。「魯迅認為，研究中國現代詩人，純
係浪費時間。不管怎麼說，他們實在是無關緊要，除了他們自己外，沒有人
把他們真當一回事，『唯提筆不能成文者，便作了詩人。』」〔註5〕如此之低的
評價著實令人咋舌。魯迅何以認為「中國現代詩歌並不成功」，「研究中國現
代詩人，純係浪費時間」？除卻新詩本身處於幼稚的發展階段等問題之外，
魯迅認為「真」的缺失是中國新詩最大的弊端。「形成中國詩歌漠視現實生命
形態的心理因素是傳統詩人自覺不自覺的虛偽性，並由這創造者的虛偽彌漫
影響了接受者的虛偽。」「『真』成為魯迅對中國現代新詩的第一要求。」〔註
6〕但實際上，受傳統思維以及現實環境的制約及影響，受新詩自身發展的諸

〔註4〕　余光中：《評戴望舒的詩》，《名作欣賞》，1992 年 3 期。
〔註5〕　（美）斯諾整理：《魯迅同斯諾談話整理稿》，安危（譯），《新文學史料》，1987
　　　　年 3 期。
〔註6〕　李怡：《魯迅與中國現代新詩》，《中國現代文學研究叢刊》，1993 年 02 期。

多焦慮影響，中國詩人卻很難做到「眞」，只得如同余光中所說「變」而未「化」。正如魯迅因《孩兒塔》的眞摯表達而推崇這部詩集，中國新詩也一直期待可以出現「眞」的聲音，這種聲音不能有任何功利性的附加動機，不能委身於任何政治主張與藝術規約，不能束縛於固定流派的集體特色，只爲表達自己發自內心的詩情與詩感。

當我們重新回到徐訏的「游離」體驗及徐訏的詩歌創作，我們會發現，徐訏創作詩歌的動機與欲圖實現的表達內容確實無關於更多的附加「影響」。在文學創作中，徐訏兼及小說、散文、戲劇、詩歌的寫作，如果說在創作小說的過程中，徐訏尚有爲自己博取聲名、確立文壇地位的欲圖，那麼對於詩歌寫作，徐訏一直並未抱有更多功利主張，而只爲抒吐「游離」體驗帶給詩人的複雜感受。徐訏三十年代已開始發表文學作品，其小說、散文、小品、戲劇等早在1930年代便已開始結集或單行出版，其聲明的遠播也主要源於《鬼戀》、《風蕭蕭》等傳奇小說的推廣。徐訏的詩歌創作雖然並不晚於小說甚至比小說更早，詩作數量也絕不在少數，但將它們結成詩集卻已是1940年代的事情，且是在南下香港前集中出版。在《四十詩綜》的後記中，徐訏自述了抒寫詩歌的用意與原動力：「我對這些詩篇有比對一切我其他的作品有特別的情感。它忠實地記錄我整整二十年顛波的生命，坦白的揭露我前後二十年演變的胸懷，沒有剪斷，沒有隱藏。」〔註7〕這段引人注目的自述較清晰地表達出徐訏創作詩歌的基本動機，即忠實地抒發最內心的情感，對於徐訏來講，詩歌寫作更多是抒發自己內心的「聲音」，更多爲眞情實感的記錄。在晚年，徐訏更曾發出這樣的感慨：「這些詩作，不用說，同我別的作品一樣，都反映我生命在這些年來的感受，而詩作似乎更直接流露了我脆弱的心靈在艱難的人生中的歎息呻吟與呼喚。其中自然地紀錄著我在掙扎中理智與感情的衝突，得與失的過失，希望與失望的變幻以及追求與幻滅的交替……」〔註8〕不論詩作在藝術上是否達到了較高的境界，也不論徐訏詩歌是否符合其時的流派趨勢，又是否爲新詩的發展做出具體的貢獻，徐訏的「游離」體驗以及這一體驗下內心眞實的「聲音」卻已毫無保留地傾吐而出，這其實也的確是徐訏創作詩歌的主要目的：

〔註7〕 徐訏：《四十詩綜·後記》，上海夜窗書屋，1948年版。
〔註8〕 徐訏：《原野的呼聲·後記》，黎明文化事業股份有限公司出版，1977年版，第277頁。

飛燕截斷我頭上的白雲，
上弦月遙指遠路的征人；
多少的花葉在風中凋落，
夜來頻剪流水的聲音。

霧裏的山色與夜間的鳥鳴，
江左與江右難辨遠近，
過去的記憶都在瞬間浮起，
渺茫的歷史不分古今。

多少代的春鳥與秋蟲，
天天都在林間低吟，
但廿年來都唱同樣的歌，
從未說出我半分心情。

看窗下殘燭與天外星星，
漏盡時知誰能捱到天明，
那時雖說有晨曦揭曉我們夢，
但我信還有人會不願清醒。

（《睡前》，《燈籠集》，1944 年 3 月 19 日，渝）

徐訏多數的抒情詩歌都符合《睡前》這樣的抒情狀態，可以說，在詩歌中，徐訏就是一個孤獨的獨白者，不停地吐露內心的情感。這種情感的表達本身與任何功利性目的無關，只是以表達本身的狀態存在。在《睡前》這首詩中，詩人看似在平淡不經地描述著身邊經歷的風景，所謂飛燕、上弦月、花月、流水，乃是中國古典詩歌慣常有的意象，在空間的「慣常」中，「時間」卻淆亂乃至無法區分：「過去的記憶都在瞬間浮起，／渺茫的歷史不分古今。」當記憶在瞬間浮起的時候，渺茫的歷史也就融通為「我」的情感，無法區分古今風景與古今境遇的區別。值得注意的是，這一切的時空感受皆來源於「我」的記憶，與記憶的瞬間浮起。它使得古今在記憶迭變的一剎融通為「我」的存在及感受，一切「慣常」場景在「我」的體驗中賦予了「我」的意義。在平淡無奇的古典模式鮮明的詩歌表達中，「我」的個體情感表達卻異常凸起，成為「慣常」中的「特出」。當詩人傾訴著「多少代的春鳥與秋蟲，／天天都在林間低吟，／但廿年來都唱同樣的歌，／從未說出我半分心情」之時，詩

人對於自己所進行的風景描寫與情感抒發顯然已有了不足之感。在這首詩的表達中，慣常的意象與抒情模式甚至已無法說出徐訏心中切實的感受，當「多少代的春鳥與秋蟲」「廿年來都唱同樣的歌」，徐訏心中「眞」的表達欲望已沒有了更為合適的對照物存在。這一方面說明詩人的詩歌表達與內心「眞」的情感之間的差距，另一反面也說明「眞」的情感表達需求之高。眾所周知，言有盡而意無窮，在有限的言語表達中，無限的情感卻很難準確、完整地呈現在紙端，這也說明徐訏詩歌中的抒情主人公內心「眞」的豐沛與湧動，而「眞」的表達也無疑必將是一個無法窮盡的內容。這樣一個追求「眞」的表達的詩人，內心湧動的情愫如何貫通於他整體的詩歌創作中？相對於他所身處的文壇及詩壇，徐訏的「眞」又是否具有與其他流派不同的特別意義呢？實際上，循著「特別的情感」創作而出的詩歌，在文本的層面上展現出了眞實而複雜的主題與思域，其隱含的諸多內蘊，正有待逐步被挖掘。

魯迅所贊許的殷夫詩集《孩兒塔》，因其詩情屬於「別一世界」而備受矚目。我們都知道，殷夫創作《孩兒塔》時只有十幾歲的年紀，少年心緒中勃發著「眞」的律動也並不特出，然而，如若詩人經歷了世態炎涼，或是人到中老年而感慨萬千時，又是否尚能飽有最初的「眞」呢？具體到我們所論及的徐訏，其一生創作詩歌的數量煌煌可觀。徐訏的九部詩集，前五部（《燈籠集》、《借火集》、《幻襲集》、《進香集》、《未了集》）出版於大陸，可算作詩人前期的作品，後四部（《輪迴》、《時間的去處》、《原野的呼聲》、《無題的問句》）則是詩人被迫南下香港後寫成的，可算作詩人後期及晚期的作品。在這樣的九部詩集中，詩人的人生也隨著詩作的發展從青年到中年到老年。無論人生經歷、心境變遷，還是文本特徵、精神蘊含，後期及晚期的作品都更具沉澱感與複雜性。但即如前章所論述的，即便是這樣的老年時期，徐訏創作的詩歌也依然葆有充沛的情感，相比早期詩歌，雖增添了滄桑感，卻依然抓取著最眞切的「感覺」，並呈現著「游離」體驗下的複雜主題與抒情特徵。從這個角度看過去，徐訏的詩歌創作即因「眞」的表達與呈現而具備了詩歌創作乃至文學創作的獨特價值。眞情實感原本是詩歌創作的基本前提，並不具備特出性，然而，不可思議的是，文學在不斷的發展中竟可能會忽略這一基本前提。不論是當時還是現下，文學主題先行化、意識形態化，或是雕琢化、學院化的態勢始終存在，在這一背景下去看徐訏的詩歌，其意義也便不言自明。徐訏的詩歌雖然在詩藝上尚有大量提升空間，但他的詩歌畢竟具備最難能可

貴的「眞」，而「眞」乃是一切詩歌與文學的起點。失去這一起點，詩歌創作與文學創作雖然仍舊可以進行，卻將遺憾地與鮮活的感受擦肩而過。而詩歌一旦離開了鮮活的感受，去依附某種主題、某種意識形態，或是某種技巧、某種知識，那種最爲珍貴的刹時體味與靈性萌發將難再發生。

第二節　徐訏詩歌的文化意義：分裂與彷徨的精神特質

　　上一節重點討論了徐訏詩歌對照文學史及詩歌史所產生的詩歌表達上的獨特價值與意義。可以說，徐訏詩歌雖然很難說臻於藝術上的成熟，但至少在詩歌的起點上，始終保持了「眞」的鮮活狀態，而這種鮮活的表達狀態，卻是中國新詩發展過程中極易丟失之物。這一節將繼續討論徐訏詩歌的獨特意義，並將討論重點從詩歌的表達意義轉向至詩歌精神特質的獨特意義。在本書看來，徐訏經由「游離」體驗獲取的人生感受，使得他的詩歌創作鮮明地呈現出無論主題內容還是抒情特徵上的悖逆，這種悖逆的表達實際體現出現代人生存中的一種典型狀態：分裂與彷徨。徐訏詩歌無疑較爲完整清晰地將這樣的人生狀態精準地呈現在文本表達中，構成詩歌抒寫及文學抒寫的新一重向度。

　　前章的論述已知，徐訏詩歌在主題內容上具備「現實情境」、「非現實情境」兩重向度的分野，具備以畫幅描寫喪失當下感，卻從未眞正忘卻當下的時空表達。在抒情特徵上，具備「感傷」的抒情，任憑情感肆意流動，又同時在理性與感性之間漫溯。以上這些特徵無一例外地呈現出徐訏詩歌經受「游離」體驗所得的表達特徵，可以說，徐訏的詩歌很鮮明地體現出了「游離」體驗給了徐訏的精神狀態：分裂與彷徨。我們都知道，在徐訏的詩歌中，這樣矛盾彷徨的情感表達始終延續在詩作中，直至徐訏創作生命的盡頭。無論立足「現實情境」還是彷徨於「非現實情境」，理性感性的兩重「聲音」，矛盾、彷徨、分裂等多重向度的表達狀態均充斥在徐訏的作品中，波動往復的思慮與情感成爲徐訏詩歌始終需要著力表達的內容，徐訏從不曾將這些拋諸腦後。可以說，分裂與彷徨的人生狀態與情感狀態已成爲徐訏詩歌中重要的表達源頭與表達特徵。這樣的表達實際上印證了徐訏人生狀態的不自由，也即在徐訏的人生中，焦慮狀態始終存在並佔據著徐訏大部分的情思。在《個人主義的觀點與自由的限度》一文中，徐訏曾經闡述過「自由」的定義：

所謂「自由」的說法，上面已經談到不少；說自由就是諧和。如果說是諧和這個名詞還是有抽象的話，那麼不妨說是「不想到」。這意思就是說自由就是自由自在。我們已經說到人的自由最根本的是健康，健康只是「不想到」的境界。這個境界，我們每個人都在經驗，很容易體會，當你頭痛的時候，你必須時時想到頭痛，頭痛痊癒，你自然而然不用去想到，這就是自由。所以說自由不必借什麼深奧學理來詮解，是人的自然一種要求。因此，緊張、恐怖、憂慮，可以說都是不自由。〔註9〕

在徐訏看來，自由就是和諧，進一步說就是「不想到」，如果我們對某種事物產生緊張、恐怖、憂慮等情緒，都可以說是因此而產生的不自由，實際上，如果按照徐訏的觀點繼續發展下去，即便是愛、疼惜、喜歡等情緒，也同樣可以說是對某一對象的關注，也同時可以說因此而產生了不自由。在徐訏的看法中，「自由」是「不想到」，也就等於說，「自由」甚至不是一種擺脫，一種放棄，因為擺脫和放棄都仍然存在著擺脫和放棄的對象本身。「自由」是一種無欲無求無感的境界，可以說，在徐訏的詩歌中，那種充滿鳥語花香的「非現實情境」，或甚至說是無欲無求的虛無的「非現實情境」，就是徐訏所設想到的「自由」境界。這樣的「自由」境界實際上是不存在的，因為生於人世，我們不可能不與其他物事發生勾連，也不可能完全「不想到」著，我們可能獲取的，只能是某種程度上的、某一方面的「不想到」。對於徐訏來講，他所希望獲取的某種「不想到」，實際是不再想到現實境遇帶給他的憤懣、不再關注於他原本並不注目的現實紛爭、黨派紛爭、文藝論戰、文學創作分歧，以及原本從不願擁有的離愁別緒、形單影隻。

然而，徐訏實際上的文學創作卻無時不刻地存在這樣的憤懣、紛爭、論戰、分歧，以及個體的申訴、逃離，與實際上不成功之後而產生的人生境遇的悲苦。在徐訏的詩歌作品中，不停地申訴「現實情境」的憤懣、欲圖超離現實，恰恰說明徐訏對現實境遇的關注，也恰恰說明徐訏的內心始終捆縛於「現實情境」中，從不曾「不想到」，也從不曾獲得「自由」。徐訏一生都未能擺脫「現實」帶給他的「不自由」，這導致他即使擁有著「自由」的文學創作欲望，卻實際上仍未曾真正實現於文學創作中，其作品最終只能反其道而

〔註9〕 徐訏：《個人主義的觀點與自由的限度》，《個人的覺醒與民主自由》，傳記文學出版社，1979年版，第34頁。

行之，雖明爲一種反抗、一種掙扎，但實際上，也仍然是徐訏所反對的「不自由」了。我們最終將看不到徐訏內心眞正想擁有的追求：對生活狀態的表達，這一狀態始終只能是徐訏的一種嚮往狀態，而很難在眞正的詩歌表達中實現。在文本層面，我們看到的只是矛盾彷徨狀態下的徐訏、分裂的徐訏、自我鬥爭的徐訏、彷徨於極端拉扯狀態的徐訏，這個徐訏是虛浮的，是被世相遮蔽的，被「不自由」的人生狀態捆縛的，或是疲於與外界抗衡的，而不再是本質的徐訏。從這個層次上看，無論徐訏詩歌表達的內容是現實的還是所謂非現實的，徐訏都難以表達出他內心眞正想要實現的表達，而是以文本形態遮蔽了自己最初的追求，或言之，這個最初的自己，與內心眞正需要表達的內容，在彷徨與鬥爭未能消解之前，已不再有被表達的可能。從這個角度上看，「游離」體驗帶給徐訏詩歌的是一種質的改變，這使得他整體的詩歌都無從超越「游離」體驗，而始終表達著「游離」體驗帶給他情感或者思想上的彷徨，致使詩歌文本呈現出向度相悖的多重分裂特徵。

徐訏詩歌呈現出的彷徨與分裂的表達特徵，實際上已然代表了人類生存境遇中某一向度的精神特質，並且在現代人的生存境遇中，這種特質更有著生發的可能性。可以說，正是徐訏將這樣一重特質集中且清晰地呈現在具體的詩歌文本中，挖掘出了人類生存境遇中普遍存在著的精神狀態。徐訏詩歌呈現出的分裂與彷徨來自「游離」體驗，但這種體驗一旦進入詩歌創作，並形成詩歌表達的獨特特徵，也即成為了一種詩思狀態的呈現，而這種分裂與彷徨的詩思狀態，可以說已經具備了人類生存狀態中的某種共通的特性。實際上，波動狀態本也是事物在發展中必然的存在狀態，固定不變的模式只能使生命趨於靜止和死亡，在廣泛意義上講，運動狀態是一切事物的存在狀態。「反者道之動；弱者道之用。天下萬物生於有，有生於無。」〔註10〕早在《老子》中，我們就已感悟過相反對立、循環往復的哲學意味。不過，對於徐訏來講，這種相反對立、循環往復卻更多代表了現代人面對現代生活境遇的存在狀態。對於現代人來講，一元的生存狀態漸趨打破，多元的價值觀念湧向人們的生活，更容易造成難以取捨或是價值悖逆的狀態，使得現代人的生存境遇時常在多重的選擇間「游離」，並因「游離」而彷徨。作為個案的徐訏，他的「游離」是情感體驗與思想追求

〔註10〕《老子第四十章》，見《老子今注今譯》，陳鼓應注譯，商務印書館，2012年版，第226頁。

的「游離」，是獲取不到「安身立命」的生存狀態的游離，是搖擺於個體思想與「社會使命」之間的「游離」，這些「游離」促使徐訏創作出了富於「游離」體驗特質的詩歌。而對於詩歌表達而出的彷徨與分裂的特質而言，徐訏的詩歌又不再是個案，它實際上已表達出人類某一向度中的普遍情感，並將這一情感集中且清晰地呈現出來。

在現代人的生存狀態中，分裂與彷徨乃是一個無可避免的狀態，這尤其體現於由傳統生活向現代生活的轉變過程中。葉南客在《邊際人：大過渡時代的轉型人格》一書中曾提到人在現代化的進程中必然形成的二元人格。在他看來，二元人格是由社會結構的二元分化造成的〔註11〕：「二元結構的社會效應除了引發其他社會因素連鎖分化和加速社會整體轉型之外，還有個更重要也更突出的效應，便是使過渡社會的主體——過渡人的行為、觀念、情感和思維出現了兩極分化，從而塑造出了特定時代的『二元型人格』。」〔註12〕在具體闡釋這種二元型人格時，作者說到：

> 二元型的人格，在歷時性上身處傳統文化與現代文化之間，是個「過渡人」；在共時性上又身負相異的中國文化與西方文化，是個「邊緣人」。二元型人格執行著「雙重價值標準」，在兩種文化中承擔的角色義務又往往是分裂和衝突的，所以這種人在新舊規範體系的力量對峙之際，必然倍感焦慮、心理緊張或無所適從，也往往會對二元價值同時失去信念，感到無所依託、無所遵循，並因此而心理失衡。正因為二元型人格中並存著現代化因素與非現代化因素，而非現代化因素作為傳統滲透到中國人的主體素質之中，既沉重繁雜，又根深蒂固，這就使中國社會的現代化過程增添了重重阻攔和多重複雜的結構性衝突。

> 二元型人格是在人的現代化過程中必然形成的，是過渡社會給「過渡人」烙下的最深刻的標記，可以說邊際人的一個基本也是主要的特質便是二元化。

> ……

〔註11〕 有關中國經濟結構、社會結構帶來的二元分化的問題，詳見葉南客：《邊際人——大過渡時代的轉型人格》，上海人民出版社，1996年版。

〔註12〕 葉南客：《邊際人——大過渡時代的轉型人格》，上海人民出版社，1996年版，第114～115頁。

可以說，徐訏詩歌表達出的分裂與彷徨狀態，恰是這種二元型人格的集中表達。在「游離」體驗下，徐訏難以尋找「安身立命」、在個體思想與「社會使命」之間彷徨，造成其詩歌表達的獨特特徵，這既可以說是傳統與現代兩種生存狀態轉換過程中的「游離」，也可以說是現代人生存狀態本身的「游離」，它造成的分裂與彷徨使得徐訏在兩種力量間對峙，「必然倍感焦慮、心理緊張或無所適從，也往往會對二元價值同時失去信念，感到無所依託、無所遵循，並因此而心理失衡。」在徐訏的詩歌中，彷徨與分裂的精神特質成為最重要的精神特質，幾乎可以說完全代表了徐訏詩歌的全部精神狀態。

　　徐訏詩歌呈現出的這種精神特質正代表了現代人乃至人類某一向度的普遍情感，從而具備了文化意義上的價值。在其他詩人的詩歌寫作中，雖也不乏彷徨與分裂的二元狀態表達，但實際上，能夠將之上升至整體的精神特質，並傾盡全部的創作狀態去呈現這種分裂與彷徨的，徐訏詩歌尚屬最特出的一個。比如，在主情詩人那裏，我們也可見強烈的情感狀態，包括苦悶、憂鬱、悲哀、痛苦，這些情緒狀態縱深至詩歌文本中，也會呈現出某種矛盾、彷徨的情緒狀態，但唯有徐訏將這樣的情緒狀態上升為詩歌文本的表達特質，並揭示出人類某一向度的精神特質。我們可以列舉幾個詩人為例。在郭沫若那裏，詩人雖然也時常抒發內心湧動的力，將自己多重狀態的情感真實地傾瀉，在詩歌抒情上也長期保持著某種青春氣質，但他詩歌的貢獻主要在於一種動態的「力」的表達，而並非焦灼的彷徨。在李金髮那裏，詩人雖然也在呈現人與世界搏鬥的痛苦，但「李金髮的人格是完整的，他從來都認為他跟世界是不一樣的。他的詩歌中所展示的痛苦就是因為和世界不一樣而造成的，世界要迫害他，而他是清白的。」〔註13〕但對於徐訏來講，他的分裂與彷徨雖不一定如同波德賴爾等西方詩人那樣深刻地自知，也不一定直接展現的就是明確的現代人的分裂感，他的人格狀態卻已然在客觀上產生了分裂，他的精神特質也同時處於彷徨的表達狀態，並鮮明地呈現在詩歌文本中。在戴望舒那裏，詩人雖也時常抒發愛情的痛苦，這種痛苦也時常帶有矛盾、彷徨的情緒，但對於戴望舒的詩歌來講，其最大的特點仍然是介於想像與真實之間的表達，是現代派吸取法國象徵主義及中國古典詩歌資源之後形成的獨特抒情，這種抒情呈現出的精神特質卻仍然是含蓄的，收斂的，而並非不停搖擺的彷徨與分裂。

〔註13〕李怡：《中國新詩講稿》，中國人民大學出版社，2014 年版，第 90 頁。

當我們瞭解了徐訏詩歌呈現而出的區別於其他詩人的獨特精神特質時，我們再來看一遍曾引用過的徐訏詩歌《你說》：

> 我深居簡出孤獨地讀唐人的詩篇你說我太落伍，
>
> 我奔東走西開會遊行講原子的學理你說我太前衛；
>
> 早晨九點鐘睡在床上看流行的雜誌你說我太懶惰，
>
> 但是十點鐘我對窗讀報紙你又說我把人家吵醒。
>
> 我早出晚歸每天沉默地低頭辦事你說我太貪利，
>
> 我忠誠地對人發表我自己的意見你說我太重名；
>
> 我閉戶謝客不求聞達於社會你說我自命清高，
>
> 我送往迎來交際於舊好你又說我有野心。
>
> 我不修邊幅破衣舊履任髮亂鬍長你說我故作驚人，
>
> 我衣冠整齊湊合著社會的時尚你又說我展覽風情；
>
> 我響亮地逢人說早安你說過敏的朋友都怪我聲音太重，
>
> 我低微地同人道再會你又說人家會怪我禮貌未盡。
>
> 那麼你可是要我跟著你反覆地講述陳舊的八股濫調，
>
> 喊幼稚的口號，對牆上領袖主席的照相自作多情，
>
> 或者也要我穿上制服追隨你在街頭路角，
>
> 搖旗吶喊，賣弄風騷，待新貴權臣的賞識憐憫。

（《你說》，《徐訏文集》，第 15 卷）

《你說》這首詩形象且深刻地展現出了徐訏一直以來的境遇體驗，以及他在這種體驗中憤懣孤苦的感受。在前文的論述中，這是一首與其他價值觀相抗衡的詩作，但在對徐訏精神特質的分析之後，則可以發現，這首詩在更深的精神層次表達出了詩人自我的彷徨與分裂狀態。詩歌中所體現的對話，明為對話，也確實在話語中體現出了對方（「你」）的主張，卻實際上只是「我」一個人的話語表達。這樣的話語表達雖然預設了一個「我」所反對的價值觀，但整個詩作的表達實際均是詩人自我精神狀態的扭結與執念，也即深刻地呈現出徐訏在「游離」體驗之下的彷徨與分裂的精神特質。終其一生，徐訏均處於這樣的精神特質之中，也即典型地體現出現代人乃至人類某一向度的精神特質。

本章小結

在「游離」體驗下，徐訏的詩歌創作最終具備了獨特的文學意義，同時也呈現出詩人既獨特又具有代表性的精神特質。將徐訏詩歌置放於新詩史去看，便會發覺，徐訏詩歌因「游離」體驗而具備的從「感覺」出發、多向度主題等特徵，正使他的詩歌獲得了最真實的情感表達，而這種「真」的表達，卻恰恰是其他具備某一固定寫作主張的詩歌創作者可能喪失的。與之同時，將徐訏詩歌置放於人類普遍的精神境遇去看，「游離」於不同價值觀之間的彷徨與分裂，又很可能是每個人都會體驗到的精神狀態。並且，在現代人的現代生活中，這種彷徨與分裂的人生境遇愈發凸顯了它的存在屬性。故而，徐訏通過詩歌呈現而出的分裂與彷徨的精神特質，又顯然具備了文化層面的意義。

結　語

　　徐訏的「游離」體驗與詩歌創作這個論題，實際上是通過徐訏人生經歷的梳理，挖掘其詩歌創作與之關聯的主題特徵及抒情特徵，並借由詩歌的分析最終呈現出徐訏獨特卻同時富於代表性的精神特質。在研究過程中，徐訏及其精神特質可以說是研究的中心，而詩人的經歷、詩歌的特點等問題的展開，最終均爲了精神特質的呈現。挖掘徐訏的精神特質，實際上是拭去纏繞於徐訏的諸多附加研究條件，將徐訏回歸到主體性本身，並努力呈現出具體時代背景之下個體的徐訏內心的複雜體驗，以及這種體驗造就的精神狀態。在徐訏具體的詩歌中，「游離」體驗造就的文本特徵與精神特質可以說已經達到了格外突出的狀態，成爲徐訏詩歌最顯明的表現特徵，這樣的表現特徵無疑清晰準確地呈現出了徐訏的精神特質，成爲研究者挖掘徐訏內在精神世界的重要文本。在本書中，我們具體討論了徐訏情感體驗與思想追求雙重的「游離」，這樣的「游離」體驗使得徐訏詩歌呈現出無論主題還是抒情特徵的多元與悖逆，最終凸顯出徐訏分裂、彷徨的獨特又具有典型性的精神特質。

　　「游離」體驗無疑成爲本書討論的中心詞彙。在具體的討論中，「游離」被定義爲彷徨於「安身立命」與「社會使命」之外的情感與思想狀態。在徐訏身處的時代背景之下，「游離」於「安身立命」與「社會使命」之外的人生狀態絕非特出。20 世紀上半葉本就是一個動盪的時代，抗戰使得大量知識分子遷徙向大後方，在這個過程中，徐訏僅是身處其中的一份子，並不存在任何特殊性。而 1949 年後，南來香港的作家構成了一個群體，徐訏也並非唯一一個被迫離開祖國大陸的人。可以說，身處於 20 世紀上半葉階段，亂離感受可謂是普遍的人生感受，而思想的對弈也可以說一種普遍存在的狀態。不過，

在這樣普遍的人生狀態之上，徐訏的個體人生經歷卻同時是更為「游離」的，他的一生反覆輾轉，童年沒有獲取足夠的家庭溫暖，成年婚戀經歷始終坎坷，最終客死他鄉；他對於自己經由人生體驗獲取的個體思想也更為堅持，同時也有著更為明確的思想表達。對比同時期的其他個體，徐訏「游離」於「安身立命」、「社會使命」之外的人生狀態只能更為強烈，也更為典型。在這樣既普遍又典型的「游離」體驗下，徐訏詩歌產生的無論主題還是抒情特徵上的特點則具備了表達的獨特性，在這種獨特表達中，本書最終挖掘出詩人徐訏內在精神特質的獨特價值。與「游離」體驗相對，徐訏的精神特質也同時兼具獨特性與代表性。從獨特性上講，唯有徐訏獲取了較為強烈的「游離」體驗並造成詩歌的特殊表達，體現出最為清晰、集中的彷徨分裂的精神特質。從代表性上講，徐訏呈現而出的彷徨分裂的精神特質，實際上有可能存在於任何個體的精神狀態中，若將之納入現代社會的現代人角度去討論，則更能發現，在多元的格局之下，彷徨與分裂是現代人無可避免的典型的精神狀態。

這種彷徨分裂的現代人的典型精神狀態，可以說既是外在社會情態造就的精神狀態，同時也是內心不同向度的價值觀彼此撕裂的精神狀態。對於徐訏而言，童年的寄宿學校生活、社會的動亂、妻子的婚外戀情，以上種種的客觀事實造就了徐訏「游離」在「安身立命」之外，愛國思想的一維化與窄化，以及政治形勢的逼迫，也使得徐訏在客觀上「游離」於「社會使命」之外。在特定的生活背景與時代背景下，徐訏也必然會獲取到這樣的「游離」體驗。但與之同時，我們最終也看到，徐訏的「游離」最終內化並實際體現為自我精神狀態的「游離」。也即是說，在徐訏的內心感受中，實際上存在著兩種向度的價值走向，如果說「安身立命」、「社會使命」是徐訏基本的「中心」價值的話，則注定的遷徙與奔波、個體思想的萌生終將只能「游離」在基本的「中心」價值之外。徐訏渴望「安身立命」，但局於故鄉終老一生顯然已不可能是他的人生追求，面對政治形勢的壓迫，內心渴望自由的精神又使他毅然決定離開大陸，甚至放棄妻兒。徐訏渴望履行「社會使命」，但經由個體體驗生發的尊重「人」的個體思想又使得徐訏不得不間雜在兩種思想之間，又不得不與一維化窄化的「社會使命」產生「游離」。從這個層面上看，徐訏的「游離」即是一種內心向度的「游離」，而其詩歌呈現出的精神特質，也正是這種內心向度在具體文本中的鮮明體現。這種「游離」的精神特質可以說是新舊時代轉換中必然出現的精神特質。實際上，我們每一個個體都可能體

會到這種「游離」感受，表面上，這種「游離」是外界價值觀與自我堅持之間的齟齬，深挖下去卻能發現，這實際仍舊是個體自身份裂狀態的顯現。在現代社會，人們承受著傳統與現代思想觀念在自身內部的彼此掙扎，也體會著不同向度的價值觀在內心的多元呈現與交錯。徐訏無疑較為具體清晰地在他的詩歌中將內心的彷徨、分裂、多元、交錯，以及諸種情緒帶來的「感傷」表達鮮明地呈現而出。讀者閱讀徐訏的詩歌，除去為他本身的經歷與情感狀態而「感同」之外，也同時可能存在著共通「游離」的「身受」體驗。從這個角度看，徐訏的「游離」體驗及其詩歌創作是具有很高的價值與代表意義的。

　　在本書中，徐訏的詩歌創作被當做呈現「游離」體驗的典型文本進行討論。而實際上，本書也認為，徐訏詩歌所體現出的獨特主題、抒情特徵，以及詩人的精神特質，正是徐訏詩歌最大的價值所在。這樣的詩歌文本拋卻了更多的意識形態、主題規約，一切從「感覺」出發，體現出詩人的「真」與詩歌的自由表達狀態。儘管這種「真」與自由最終仍舊被詩歌的「感傷」特性所限定與束縛，儘管詩歌在藝術價值上尚未抵達真正的成熟，徐訏詩歌仍然向我們展示出了詩歌創作及詩人精神狀態表達的某一種可能向度，這種向度至少已提供給研究者一重新的評判標準與研究尺度，使研究者有可能站在主體體驗的視角來重新看待一些被忽略的作家作品。徐訏的「游離」體驗與詩歌創作這樣的論題，僅是該種研究視角的一個開端。當我們開始從主體性這樣的角度來看待徐訏及與徐訏處於同等研究狀態的作家作品時，新的問題將會接踵而至。在以後的研究中，我們可以對徐訏的「游離」體驗進行更為深入的挖掘，並重新釐定徐訏的其他文學作品的價值與表達意義。與之同時，其他的作家作品也同時可以納入「游離」體驗的討論範疇中，甚至以此問題為發端，挖掘到其他作家更多向度的精神特質與存在狀態。這些問題都將成為本書之後的新一重研究目標。

參考文獻

一、民國期刊類

1. 《天地人》編者：《卷頭語：時至今日我們大中華民國確是走到最危險的時期了……》，《天地人》，1936 年，1 卷 4 期。

2. 《西風》編者：《編者的話》，《西風》，1940 年，第 47 期。

3. 巴人：《展開文藝領域中反個人主義鬥爭》，《文藝陣地》，1939 3 卷 1 期。

4. 陳獨秀：《敬告青年》，《青年雜誌》，1915 年 1 卷 1 期。

5. 柳聞：《通過封鎖線的洋場才子：徐訏散記之一》，《遠風》，1947 年，第 3 期。

6. 穆木天：《全民族的生命展開了──黃浦江空軍抗戰禮贊》，見《光明（上海 1936）》，1937 年，戰時號外 2。

7. 穆木天：《全民族總動員》，《抗戰半月刊》，1937 年 1 卷，第 1／2 期。

8. 任封：《人鬼之間：讀徐訏著：「鬼戀」》，《青年空軍》，1944 年，第 6 卷，第 5／6 期。

9. 施蟄存：《創刊宣言》，《現代》，1932 年，1 卷 1 期。

10. 天行：《人物志：記徐訏》，《禮拜六》，1947 年，第 102 期。

11. 天行：《人物志：記徐訏》，《禮拜六》，1947 年，第 102 期。

12. 小卒：《徐訏小說風行女人地界》，《星光》，1946 年，新 16。

13. 徐訏：《晨星兩三》，《魯迅風》，1939 年 11 期。

14. 徐中玉：《論我們時代的詩歌──偉大的開始》，《抗戰文藝》，1938 年，第 2 卷，第 11、12 期合刊。

15. 殷孟湖：《與徐訏談〈風蕭蕭〉》，《生活月刊》創刊號，1947 年 6 月。

16. 周作人：《人的文學》，《新青年》，1918 年 5 卷 6 期。

二、文集類

1. （日）朝吹登水子：《愛的彼岸》，王玉琢譯，1987 年版，湖南人民出版社。

2. 戴望舒：《戴望舒詩集》，四川人民出版社，1981 年版。

3. 胡適：《嘗試集》，上海亞東圖書館，1920 年版。

4. 康夫：《徐訏抒情詩一百首》，廖文傑出版，1999 年版。

5. 李怡：《被圍與突圍》，重慶大學出版社，2012 年版。

6. 梁仁編：《戴望舒詩全編》，浙江文藝出版社，1989 年版。

7. 林庚：《林庚詩文集》（第一卷），清華大學出版社，2005 年版。

8. 魯迅：《魯迅全集》（第一卷、第四卷），人民文學出版社，1973 年版。

9. 孟子：《孟子・盡心上》，《孟子》，方勇譯注，中華書局，2010 年版。

10. 蘇青：《結婚十年》，上海天地出版社，1944 年版。

11. 田壽昌、宗白華、郭沫若：《三葉集》，亞東圖書館，1920 年版。

12. 王夫之：《薑齋詩話》，舒蕪校點，人民文學出版社，1961 年版。

13. 聞捷：《舞會結束之後》，《聞捷全集》（第一卷），北嶽文藝出版社，2001 年版。

14. 徐訏：《場邊文學》，香港上海印書館，1971 年版。

15. 徐訏：《個人的覺醒與民主自由》，傳記文學出版社，1979 年版。

16. 徐訏：《懷璧集》，大林出版社，1980 年版。

17. 徐訏：《街邊文學》，香港上海印書館，1972 年版。

18. 徐訏：《街邊文學》，香港上海印書館，1972 年版。

19. 徐訏：《輪迴》，臺灣正中書局，1977 年版。

20. 徐訏：《門邊文學》，南天書業公司，1972 年版。

21. 徐訏：《時間的去處》，南天書業公司，1971 年版。

22. 徐訏：《四十詩綜》（《燈籠集》、《借火集》、《幻襲集》、《進香集》、《未了集》），上海夜窗書屋，1948 年版。

23. 徐訏：《無題的問句——徐訏先生新詩・歌劇補遺》，香港夜窗出版社，1993 年版。

24. 徐訏：《現代中國文學過眼錄》，時報文化出版企業有限公司，1991 年版。

25. 徐訏：《徐訏全集》（1～15 卷），臺灣正中書局，1966～1970 年版。

26. 徐訏：《徐訏文集》（1～16 卷），上海三聯書店，2008 年版。

27. 徐訏：《原野的呼聲》，臺北黎明文化事業股份有限公司，1977 年版。

28. 葉靈鳳：《香港方物志》，江西教育出版社，2013 年版。

29. 周作人：《談龍集》，開明書店，1927 年版。

30. 朱光潛：《朱光潛全集》（第二卷），安徽教育出版社，1987 年版。

三、傳記及資料類

1. （漢）鄭玄注，（唐）孔穎達疏：《禮記正義》，北京大學出版社，1999 年版。

2. 陳布雷：《故鄉大有佳山水——題亞子分湖歸隱圖》，見寧波市江北區慈城鎮文聯編：《慈城：中國古縣城標本》（上卷），寧波出版社，2007 年版。

3. 陳鼓應注譯：《老子今注今譯》，商務印書館，2012 年版，第 226 頁。

4. 陳乃欣：《徐訏二二事》，見陳乃欣等著《徐訏一二事》，爾雅出版社，1980 年版。

5. 葛原：《殘月孤星：我和我的父親徐訏》，上海文化出版社，2003 年版。

6. 顧青編注：《唐詩三百首》，中華書局，2099 年版。

7. 寒山碧編著：《徐訏作品評論集》，香港文學研究出版社有限公司、香港文學評論出版社有限公司，2009 年版。

8. 列子：《列子・湯問》，《欽定四庫全書薈要・老子道德經、列子》，吉林出版社集團有限責任公司，2005 年版。

9. 毛亨傳、鄭玄箋、孔穎達疏：《毛詩正義》（上），《十三經注疏》整理委員會整理，李學勤主編，北京大學出版社，1999 年版。

10. 寧波市江北區慈城鎮文聯編：《慈城：中國古縣城標本》（上卷），寧波出版社，2007 年版。

11. 商務印書館辭書研究中心編：《古今漢語詞典》，商務印書館，2000 年版。

12. 王靜：《留住慈城》，上海遠東出版社，2004 年版。

13. 吳廷玉編著：《江南第一古縣城再發現：寧波慈城文化內涵挖掘及開發研究》，四川大學出版社，2010 年版。

14. 吳義勤、王素霞：《我心彷徨——徐訏傳》，上海三聯出版社，2008 年版。

15. 徐訏紀念文集籌委會編輯：《徐訏紀念文集》，香港浸會學院中國語文學會出版，1981 年版。

16. 楊匡漢、劉福春：《中國現代詩論》（上），花城出版社，1985 年版。

17. 趙家璧編：《中國新文學大系（第六集：散文一集）》，良友圖書公司，1935 年版。

18. 莊子：《莊子・徐无鬼》，《欽定四庫全書薈要・御定道德經、莊子》，吉林出版社集團有限責任公司，2005 年版。

四、論著類

1. （奧）阿德勒：《自卑與超越》，李青霞譯，瀋陽出版社，2012 年版。

2. （法）勒龐：《革命心理學》，佟德志、劉訓練（譯），吉林人民出版社，2011 年版。

3. （美）費正清、費維愷編：《劍橋中華民國史（1912～1949 年）》（下卷），中國社會科學出版社，1994 年版。

4. （美）格里德：《胡適與中國的文藝復興》，魯奇（譯），江蘇人民出版社，1998 年版。

5. （美）羅伯特·A·達爾：《現代政治分析》，王滬寧、陳峰（譯），上海譯文出版社，1987 年版。

6. （美）瑪律庫塞：《單向度的人》，劉繼（譯），上海譯文出版社，2008 年版。

7. （美）梯利著：《西方哲學史》，商務印書館，1995 年增補修訂版。

8. （英）艾略特：《艾略特詩學文集》，王恩衷編譯，國際文化出版公司，1989 年版。

9. 陳青之：《中國教育史》（下卷），嶽麓書社，2010 年版。

10. 陳旋波：《時與光：20 世紀中國文學史格局中的徐訏》，百花洲文藝出版社，2004 年版。

11. 程凱：《革命的張力：「大革命」前後新文學知識分子的歷史處境與思想探求》，北京大學出版社，2014 年版。

12. 弗洛伊德：《精神分析引論》，商務印書館，2010 年版。

13. 耿傳明：《來自「別一世界」的啟示》，南開大學出版社，2014 年版。

14. 耿傳明：《輕逸與沉重之間——「現代性」問題視野中的「新浪漫派」文學》，南開大學出版社，2004 年版。

15. 古遠清：《香港當代新詩史》，香港人民出版社，2008 年版。

16. 計紅芳：《香港南來作家的身份建構》，中國社會科學出版社，2007 年版。

17. 萊辛：《拉奧孔》，朱光潛譯，人民文學出版社 1979 年版。

18. 藍棣之：《現代文學經典：症候式分析》，人民文學出版社，2006 年版。

19. 李輝英：《中國現代文學史》，香港東亞書局，1970 年版。

20. 李怡：《中國現代新詩與古典詩歌傳統》（增訂版），北京大學出版社，2008 年版。

21. 李怡：《中國新詩講稿》，中國人民大學出版社，2014 年版。

22. 梁宗岱：《詩與真·詩與真二集》，中央編譯出版社，2006 年版。

23. 錢理群、溫如敏、吳福輝：《中國現代文學三十年》（修訂本），北京大學出版社，1998 年版。

24. 司馬長風：《中國新文學史》（下），香港昭明出版社，1978 年版。

25. 吳義勤：《漂泊的都市之魂：徐訏論》，蘇州大學出版社，1993 年版。

26. 許紀霖：《大時代中的知識人》（增訂本），中華書局，2012 年版，第 323 頁。

27. 楊奎松：《忍不住的「關懷」：1949 年前後的書生與政治》，廣西師範大學出版社，2013 年版。

28. 楊乃喬：《悖立與整合——東方儒道詩學與西方詩學的本體論、語言論比較》，文化藝術出版社，1998 年版。

29. 葉南客：《邊際人：大過渡時代的轉型人格》，上海人民出版社，1996 年版。

30. 英伽登：《學作品》，張振輝（譯），河南大學出版社，2008 年版。

31. 宇文所安：《追憶》，三聯書店，2004 年版。

32. 袁可嘉：《論新詩現代化》，三聯書店，1988 年版。

33. 張林傑：《都市環境中的 20 世紀 30 年代詩歌》，中國社會科學出版社，2007 年版。

34. 張松建：《抒情主義與中國現代詩學》，北京大學出版社，2012 年版。

35. 中國科學院心理學研究室編譯：《巴甫洛夫學說與兒童心理學》，中國科學院出版，1954 年版。

36. 周錦：《中國新文學史》，臺灣長歌出版社 1977 年版。

37. 朱光潛：《詩論》，安徽教育出版社，1997 年版。

38. 朱光潛：《詩論》，上海古籍出版社，2005 年版。

39. 朱曉進：《政治文化與中國二十世紀三十年代文學》，人民出版社，2006 年版。

40. 朱自清：《新詩雜話》，廣西師範大學出版社，2004 年版。

五、論文類

1. （美）斯諾整理：《魯迅同斯諾談話整理稿》，安危（譯），《新文學史料》，1987 年 3 期。

2. 馮芳：《作家徐訏 30 年代思想巨變之考辨》，《欽州學院學報》，2012 年 2 期。

3. 耿傳明：《徐訏的晚年心境與精神歸宿》，《粵海風》，1999 年 1 期。

4. 古遠清：《「回到個人主義與自由主義」——評徐訏的文藝思想》，《中國

海洋大學學報》（社會科學版），2009 年 3 期。

5. 李洪華：《論左翼文化思潮對徐訏文學路向的影響》，《南昌大學學報》（人文社會科學版），2011 年 1 期。

6. 李佳：《評徐訏後期詩作〈無題的問句〉》，《青春歲月》，2013 年 5 期。

7. 李怡：《抗戰作為中國文學的資源》，《西南民族大學學報》（人文社科版），2005 年第 9 期。

8. 李怡：《魯迅與中國現代新詩》，《中國現代文學研究叢刊》，1993 年 03 期。

9. 李怡：《戰時複雜生態與中國現代文學的成熟——現代大文學史觀之一》，《北京師範大學學報》（社會科學版），2014 年第 3 期。

10. 錢歌川：《追憶徐訏》，《新文學史料》，1986 年，第 02 期。

11. 施蟄存：《〈現代〉雜憶》（一），《新文學史料》，1981 年 01 期。

12. 施蟄存：《震旦二年》，《新文學史料》，1984 年 04 期。

13. 田仲濟：《通過封鎖線的洋場才子——追求徐訏的為人與為文》，《語文學刊》，1993 年 01 期。

14. 佟金丹：《論童年經歷對徐訏及其小說創作的影響——紀念徐訏誕辰百年》，遼東學院學報（社會科學版），2008 年第 2 期。

15. 王富仁：《「五四」新文化的關鍵字》，《文藝爭鳴》，2009 年 11 期。

16. 王一心：《徐訏與巴人的筆墨官司》，《臺港與海外華文文學評論和研究》，1995 年第 1 期。周允中：《從〈魯迅風〉到〈東南風〉——記苗埒、徐訏和巴人的一場筆戰》，《新文學史料，2001 年第 1 期》。

17. 吳福輝：《城鄉、滬港夾縫間的生命回應——從徐訏後期小說看一類中國現代作家》，《文藝理論研究》，1995 年，第 4 期。

18. 吳義勤：《論徐訏的文藝思想》，《揚州師院學報》（社會科學版），1992 年 4 期。

19. 楊劍龍：《論徐訏創作中的宗教情結》，河南師範大學學報（哲學社會科學版），1999 年 4 期。

20. 余光中：《評戴望舒的詩》，《名作欣賞》，1992 年，03 期。

21. 趙柏田：《說寂寞，誰最寂寞——徐訏在 1950 年後》，《西湖》，2006 年 8 期。

六、學位類

1. 陳同：《文化的疏離與文化的融合——徐訏、劉以鬯論》，歷史學碩士，香港中文大學，2001 年 6 月。